Rök i fjärran

MIKAELA NYKVIST

Roman

Runsorina Books
Runsorserien del 1

www.runsorina.com

ISBN 978-952-68819-4-2
© Mikaela Nykvist

2: a utgåvan, 2018
Inlaga och omslag: Petra Långfors / Peppy Design
Omslagsfoto: (Omarbetat) Finland framstäldt i teckningar, Zacharias
Topelius Skrifter; svenska litteratursällskapet i Finland
Tryckt hos: BoD – Books on Demand, Norderstedt, Tyskland

Utgiven med stöd av:
Eugène, Elisabeth och Birgit Nygréns stiftelse
Svensk-Österbottniska Samfundet r.f.

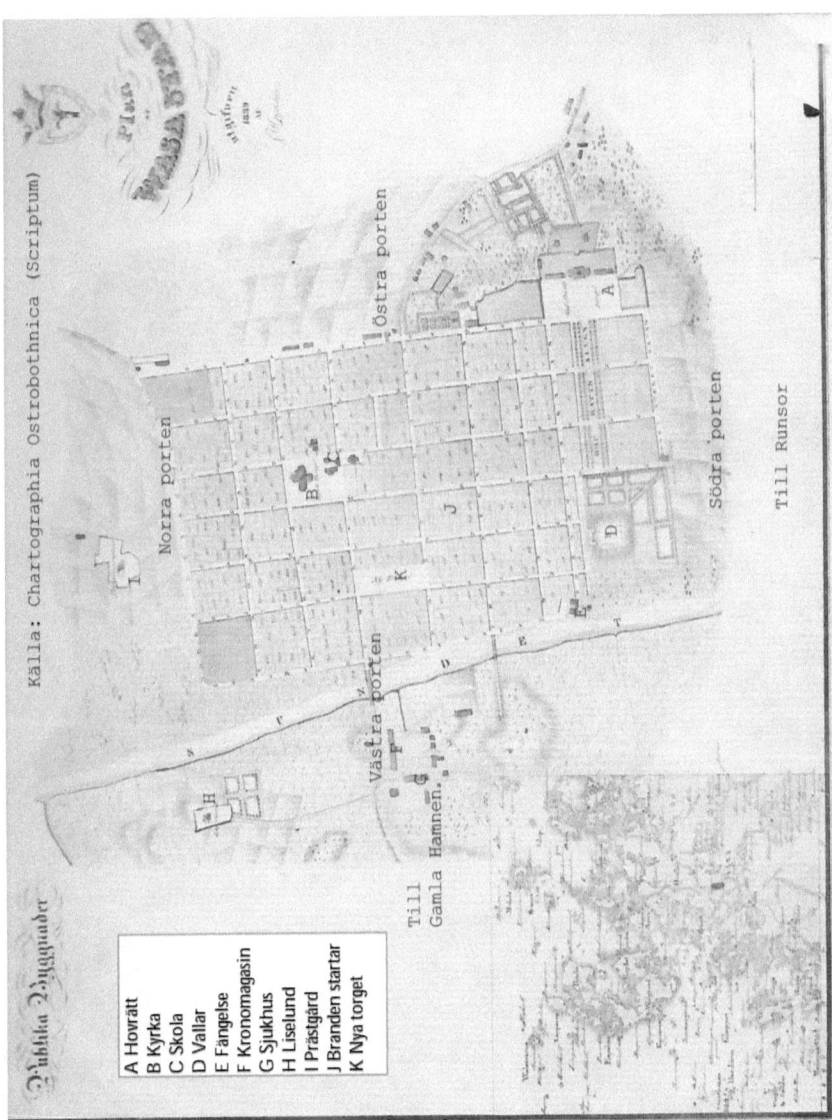

Källa: Chartographia Ostrobothnica (Scriptum)

Publika Byggnader

A Hovrätt
B Kyrka
C Skola
D Vallar
E Fängelse
F Kronomagasin
G Sjukhus
H Liselund
I Prästgård
J Branden startar
K Nya torget

Norra porten

Östra porten

Södra porten

Västra porten

Till
Gamla Hamnen.

Till Runsor

Kapitel 1

Inte ens fåglarna orkar sjunga mer i hettan. Elna sträcker på ryggen, som ömmar av att stå böjd ute på åkern. När ska vi få regn och svalka, tänker hon. Men hon vet att höet måste in innan regnet kommer. När det är vackert vill man ha regn och vid regn vill man ha sol – hur kan man alltid vara missnöjd, snurrar hennes tankar i ett evigt sammelsurium. Magen kurrar också, det är många timmar sedan morgonens brödkant. Men det är bara att arbeta på, höet måste in. Elna vill inte dra uppmärksamhet till sig, uppmärksamhet är sällan bra, så hon försöker låtsas som om hon arbetade på.

Männen har slängt av sig skjortorna i värmen. Ett kort ögonblick iakttar hon ett par av dem innan hon återgår till att räfsa höet. Ett leende leker i hennes mungipa, han har en stark och fin ryggtavla den där Sven. Synd bara att han är förlovad med Agda.

Minuterna går, Elna lyckas glömma sin ömmande rygg och kurrande mage en stund. Hon föser gång på gång bort några envisa, rågblonda hårtestar ur ögonen. Efter en stund faller håret ner i ögonen igen, trots hucklet, så hon stannar upp och försöker hastigt fläta om det svettiga håret. Medan hon står där och flätar håret, suckar hon djupt och vid inandningen känner hon en stickande, obehaglig lukt – en lukt av fara. Hennes blåa blick i det söta, rosiga ansiktet söker sig åter upp från marken. Hon blickar ut över stadens horisont, tiger stilla en stund tills hon är helt säker.

"Det brinner", ropar hon. Ingen reagerar, utom hästen som lyfter på huvudet och ser på henne med sina milda, bruna ögon.

"Det brinner", ropar hon ännu högre.

Nu stannar Sven upp och riktar blicken mot henne. Hon skakar på huvudet mot honom och pekar uppåt, mot himlen ovanför staden. Rökpelaren visar sig nu vara större och svartare än förut. Den är gråsvart och hotfull som ett åskväder och lukten märks allt tydligare. Rök ser inte ut så där när någon bränner löv. Och ingen bränner löv mitt i den längsta och varmaste sommaren i mannaminne. Marken är torr som snus och skulle övertända direkt.

"Det brinner", vrålar Sven med sin grova stämma.

Som på kommando stannar alla på fältet upp och tittar på Sven. Han pekar mot röken.

Då utbryter tumultet. Alla börjar springa, ingen vet exakt vart de ska eller vad de ska göra. Männen springer mot vägen, men kommer plötsligt ihåg att hästarna är kvar på fältet. De springer tillbaka.

Hästarna är oroliga, de känner den stickande röklukten och människornas upphetsning i luften och frustar, stampar och slänger med sina huvuden. Elna stannar upp och inväntar Sven med hästen och kärran. Trots upphetsningen och oron över röken, orkar hon knappast springa ända in till Wasa i den tryckande hettan. Det är ändå några kilometer mellan ängen i Höstves och staden. Hon slänger sig upp på kärran i farten när Sven kommer körande. Hon slår sitt högra knä i kärrkanten och den plötsliga smärtan får det att flimra framför ögonen. Men snart glömmer hon bort smärtan och riktar åter uppmärksamheten på rökmolnet.

Kläderna klibbar mot kroppen, svettig som hon är. Hon är varm och hon är så uppjagad att hjärtat håller på att tränga ut genom de vidöppna porerna; hon måste dra ett djupt andetag och försöka stilla sig. När hon stillar sig kan hon nu höra larmet från klockorna som ringer.

"Betyder klockorna att det brinner?", frågar hon.

"Ja", svarar Sven, korthugget.

Rökpelaren växer och blir både tjockare och svartare. Elna förstår att det här är riktigt illa. Hur går det med de djur som står instängda i burar eller hus, grubblar hon, men snart kommer hon ihåg något som är mångfalt värre: hennes systrar.

"Oj, oj, oj", mässar hon för sig själv och får en glasartad, vild blick.

Med ens når pulsen nya höjder och hon måste böja sig ner mot knäna och slå armarna runt de kjolklädda benen för att hejda illamåendet. Hon sitter och ojar sig för sig själv en stund, tills hon rätar på sig.

"Mina systrar är ensamma hemma", säger Elna. Men Sven verkar inte lyssna, så hon tystnar.

Vägen från Höstves in till staden Wasa är högst ett par kilometer. Den är både jämn och bred, men den känns oerhört lång denna dag. Sven kör snabbt med hästen och dammet ligger tjockt längs med den torra vägen. Elna känner skräckens förlamning sprida sig i kroppen när de närmar sig stadens östra tullport. Det strömmar till hästdragna kärror och folk från alla håll. Larmet är högt och stanken av rök är tung och får huvudet att dunka. Nu när de närmar sig staden kan de se ljusflammorna från elden på himlen – trots att det är mitt på ljusaste dagen.

Elna finner sig själv sitta och beundra Svens ryggtavla igen, när hon blir medveten om sina tankar ruskar hon irriterat på sig för att bli kvitt dem. Hur kan hon sitta och tänka på en rygg när hennes hem kan vara på väg att brinna ner och hennes systrar är i fara.

Elna spanar ut över folkmassan i hopp om att se bekanta ansikten. Hon vet att hennes far, Jakob, har vandrat till Runsor över dagen. Han är en duktig skomakare och har blivit ombedd att komma till ett välbeställt hemman för att mäta fötterna på alla barnen, som skall få nya skor till vintern. Att hennes småsystrar är ensamma hemma är inget ovanligt. Deras mor Signe dog när yngsta systern, Anna, föddes för tre år sedan. Sedan dess har Jakob försökt klara allt ensam. Elna själv sliter som piga hos en bonde i staden medan mellansystern, Magda, sköter hemmet och lilla Anna om dagarna. Fadern hjälper till så gott han hinner och Elna spenderar nästan all sin lediga tid i hemmet. Det är en hård lott för de tre döttrarna och den ensamma fadern, men de reder sig och de är hela, rena och nästan alltid mätta. Ingen av dem klagar, även om alla saknar modern som inte fick leva och se sina flickor växa upp.

"Ska du inte av här?", frågar Sven.

"Vad?", svarar Elna, som befinner sig långt borta i tankarna.

"Hoppa av då! Jag tar till höger här längs Östra Långgatan och fortsätter sedan norrut, mot norra porten, där vi bor", svarar Sven irriterat och viftar mot henne i ett försök att få henne att försvinna fortare än kvickt. Elna kravlar sig av kärran. Kjolen har trasslat sig runt benen och håret är återigen på rymmen ur flätorna. Med svetten droppande från ansiktet tar hon ett skutt ner från kärran. Hon hajar till när smärtan skär till i knäet. Hon tvekar en sekund, där hon står på Postgatan. Elden ser ut att härja rakt framöver, mot nya torget till. Människor skyndar mot henne med allehanda knyten i händerna. Hästar drar kärror som är hastigt packade med attiraljer som ser ut att ha hört till ett hem. Det strömmar till folk och vagnar från alla håll och det utbryter tumult kring porten när ekipagen skall mötas mitt i porten. Männen ropar hysteriskt och hon ser några som griper varandra i de smutsiga skjortkragarna. Hon ser bekanta ansikten skymta förbi, men ingen tar sig tid att stanna och prata när alla skyndar mot sitt mål.

Elna rör sig framåt, det känns som att gå genom gyttja, benen är tunga och trötta. Hjärnan vill inte fungera som den skall och hon vet knappt hur hon skall kunna ta sig hem. Hemmet är ett litet trähus på Nygatan. Till vardags sitter hennes far invid härden och pliggar skor. De har hönor ute i ett litet kyffe på gården och ett litet land där de odlar potatis, lök och rovor. Allt för att dryga ut kostnaderna för maten. Elna äter inte av de knappa förråden hemma, eftersom hon får mat i huset där hon går i tjänst.

Nu är hennes systrar ensamma hemma och de är strängt hållna med regler om tider när de får gå ut och vart de får gå. Hon hoppas så intensivt, att det värker i bröstet, att Magda har trotsat reglerna och tagit Anna med sig ut ur huset. Systrarna måste bort från elden och ta sig till den södra porten, som ligger närmast hemmet.

Elna stöter ihop med sonen i grannhuset, Sören, och hon tar tag i honom.

"Har du sett flickorna Grönberg, Magda och Anna?", frågar hon med gäll röst för att överrösta larmet.

"Nää", svarar Sören kort och river sig loss, ivrig att komma vidare.

Elna sväljer gråten och hysterin som bubblar i bröstet likt jäsande öl. Hon tvingar sig vidare med svidande ögon och larmet ringade i öronen. Ett hästekipage med vattensprutor närmar sig henne i snabb takt längs Östra Långgatan. Hon vet att brandsprutorna förvaras vid Hovrätten som ligger på vägen ut mot Runsor. Det sitter en man på kuskbocken och ringer frenetiskt i en stor klocka. Elna är förvånad över att hästen inte skenar av oljudet.

Hon ser nu stora, ljusa lågor slicka himlen borta vid Postgatan och Torggatan. Hur skall de kunna släcka en stad i brand med dessa små sprutor, undrar hon. Elna tar sig vidare framåt längs gatan, som normalt kantas av vackra träd och lummig grönska. Syrenbuskarna har blommat ut för länge sedan, medan prästkragarna blommar i många husknutar. De rikare familjerna har doftande rosor som blommar i fina formationer invid farstukvistarna. Nu går det inte att känna rosendoften mera, luften är tjock av rök och en känslig näsa känner även stanken av panik över staden.

Ibland, när hon har tid, älskar hon att iaktta blomsterbänkarna på folks gårdar, men idag är hon blind för grönskan.

Ju mer Elna närmar sig hemmet, desto närmare elden och röken kommer hon. Hon ser allt tydligare för varje steg hon tar att hemmet är i fara. Elna förstår också att hon sätter sig själv i fara genom att närma sig elden. Hon borde istället ge sig av åt andra hållet, därifrån hon kom. Men desperationen att finna sina småsystrar driver henne framåt, mot folkmassan som flyr.

* * *

Amalia är uttråkad. Hon har redan borstat och flätat sitt tjocka, mörka hår två gånger denna dag. Hon har vandrat under sitt spetsprydda parasoll längs med Köpmannagatan tillsammans med sin gamla faster och hon har spelat på familjens piano. Varje dag är den andra lik. Hon sitter nu vid sitt utsirade spegelbord, fyllt med dosor och smyckeskrin och hon drömmer sig bort. Amalia är redan 18 år, fyller 19 år senare under året och är mer än redo att gifta sig. Hon drömmer om en man från en gammal fin släkt, en adelsman. Inte från en vanlig köpmannafamilj, som hennes egen. Men det är inte lätt att finna mannen i hennes drömmar där hon är strandsatt ute i obygden i Wasa.

Än en gång känner Amalia harmen bränna i bröstet likt en klunk hett kaffe som bränner hela vägen ner till magen: Varför lämnade föräldrarna henne kvar här i Wasa när de själva åkte tillbaka till Stockholm tillsammans med brodern Sture? Sture är nu befälhavare i svenska armén och har exakt sådana vänner som hon är intresserad av. Föräldrarna har lovat att höra sig för om ett passande parti för henne hemma i Sverige, men de inser inte att hon vill vara med. Att hon vill se mannen först. Att hon vill bli förälskad, inte bara bortlovad. Hon, som är utmärkande lång för att vara kvinna, vill ha en man som inte får henne att se onaturligt lång ut. Även om hon är slank, ser hon ibland stor ut bredvid männen eftersom hon är längre än de. Med sitt mörka, blanka hår, sin resliga längd och sina snedlagda, bruna ögon skiljer hon sig ur mängden i staden Wasa. Amalia är en vacker kvinna med rak näsa, fylliga röda läppar och höga kindknotor.

Amalia lyfter plötsligt huvudet och andas djupt in genom näsan. Genom det öppna fönstret märker hon en lukt som hon känner igen, men som inte brukar vara så stickande. En röklukt som retar hennes känsliga luktsinne. Hon stiger upp och sticker ut huvudet genom fönstret för att se sig om. Hon ser att det röker våldsamt något kvarter bort. Amalia slänger upp dörren och ropar med onaturligt hög röst, för den annars ganska blygsamma unga kvinnan:

"Alda, känner du röklukt?", frågar hon.

Pigan Alda kommer ut ur köket och skyndar sig mot Amalia med en rynka mellan ögonbrynen.

"Ja, fröken Amalia, jag tänkte nyss på samma sak. Jag skall gå ut och undersöka saken. Jag kommer snart tillbaka och berättar varifrån röken kommer", svarar Alda. Hon niger, småspringer iväg och slinker ut genom dörren.

Amalia står kvar på golvet i finrummet och vet inte vad hon ska ta sig till. Att sätta sig framför spegeln och dagdrömma känns inte längre lockande och inte vågar hon gå ut. Hon börjar därför vanka av och an över golvet, medan hon väntar på Alda. Alda är länge borta, känns det som, trots att hon i själva verket bara är borta några minuter. Plötsligt formligen ramlar Alda in i förstugan.

"Fröken Amalia, det brinner! Staden brinner!", ropar Alda med en röst som går upp i falsett.

"Vad? Vad brinner?", svarar Amalia dumt.

"Staden brinner! Fort, packa med dig dina viktigaste saker, säg till faster Francesca att göra det samma. Sen måste vi fly, liksom alla andra redan gör. Jag packar med lite mat åt oss", utbrister Alda med skarp röst.

Amalia förstår plötsligt att Alda menar allvar och hon stänger munnen, som blivit öppen som på vilken bondlolla som helst. Hon ropar på sin faster och förklarar för henne vad som händer. Det är inte någon lätt uppgift att få faster Francesca att förstå allvaret i det som nu sker. I synnerhet som Amalia själv inte riktigt tror att det är så illa som Alda låter påskina.

Amalia packar en stor väska. Hon lägger ner smycken, kläder, hårborste, skor, ett par böcker och sin fina bibel i väskan. Hon byter skor till ett stadigt par, tar på sin hatt och tar sin väska i ena handen och sitt parasoll i den andra handen.

Alda står i förstugan och trampar otåligt. De nås nu av ljudet av klockor, skrik och skrän. Då uppenbarar sig äntligen faster Francesca med sin väska. Fastern har en vacker hatt på huvudet, en tung väska i handen och mungiporna går knappast att dra mycket längre ner. Fastern är en stadig, parant dam med mycket långt till leendet och hon hyser de mest bestämda åsikter en kvinna kan ha. Håret har grånat och hon är kort, storbystad och hon kniper alltid ihop munnen till ett smalt streck. När hon spänner sina isblå ögon i folk ryggar de nästan undan. Det är inte

11

många som tål Francescas sällskap, vilket gör att hon är en ensam kvinna. Ensamheten föder ännu större bitterhet – trots sitt hårda skal gömmer även hon känslor innanför de dyra klänningarna.

"Är det Alda som påstår att staden brinner?", frågar faster Francesca snorkigt.

"Det stämmer frun", svarar Alda. Pigan är normalt både hövlig och väluppfostrad och de har inte haft orsak att vara missnöjda med henne. Men nu är pigans ton allt annat än hövlig.

"Kommer ni med mig eller stannar ni här?", frågar Alda och slänger upp dörren. All artighet är som bortblåst.

Det väller med ens in rök i huset. Damerna hostar och deras ögon tåras. Alla argument är slut och de kommer sig ut genom dörren. De småspringer över gården och stiger ut på Trädgårdsgatan.

Synen som möter dem ute på Trädgårdsgatan är som tagen ur den värsta mardrömmen. Amalia har läst om branden i Björneborg i faderns tidning Ilmarinen. Då hon läste artikeln fäste hon ingen vikt vid historien, eftersom den inte berörde henne just då. Nu erinrar hon sig fasan som beskrevs i tidningen och hon inser att Wasa tycks gå samma grymma öde till mötes. Larmet är högt: Klockor som ringer, människor som ropar, hästar som gnäggar och barn som gråter. Från platsen där de står invid porten till huset ser de redan nu lågor som slår upp mot skyn endast något kvarter bort.

Branden är redan stor och utbredd. Hettan är olidlig och det blåser en liten vind. Askflagor kommer flygande med vinden. Flagorna landar på Amalias parasoll. Irriterat släpper hon taget om väskan och försöker sopa bort flagorna från de vita spetsarna. Istället för att lösa problemet gör hon parasollet ännu smutsigare. Amalia känner sig dum, hjälplös och oerhört rädd. Hon slänger ursinnigt det solkiga parasollet ifrån sig.

"Vi måste fly", ropar Amalia, för att överrösta larmet och hon svänger ryggen mot branden. De går så snabbt de kan med sina tunga väskor, med siktet ställt på den södra porten. Ögonen tåras hos dem alla tre, både av rädsla och av den svidande röken.

"Nej, jag kan inte", säger Alda plötsligt och svänger sig om. "Jag måste se till mor. Gå ni, jag kommer sedan", fortsätter hon medan hon redan är på väg bort från dem.

"Nej, du kommer med oss. Du måste hjälpa oss att bära på väskorna. Vi klarar inte detta själva", ropar fastern mot pigans rygg. Men faster pratar för döva öron. Det sista de ser av Alda är när hon småspringer i riktning mot Nygatan österut och försvinner ur synfältet.

* * *

Alfred svänger lien, han är svettig och törstig, men på utmärkt humör. Han visslar lite för sig själv och i tankarna är han på dansen ute på ängen som han och ett gäng vänner har planerat i flera veckor. Dansen går av stapeln inkommande lördag, när de flesta har höbärgat klart. Alfred är en god dansare och han har ett leende som han ofta och gärna visar, för han har jämna, vita tänder. Han har lite svårt att hitta goda ord med flickorna, han blir lätt blyg, men med lite starkt innanför västen brukar det gå bättre. Så snurrar tankarna medan han jobbar på höängen. Skörden är torr och fin och det lovar gott om foder åt djuren i vinter, trots den varma sommaren. Det enda positiva med denna heta sommar, är att arbetet går undan när det inte störs av regnväder.

En av drängpojkarna, en ung pojke som är kring tio år, kommer fram till honom med mössan i handen. Pojken vrider på mössan, tittar i marken och mumlar något. Alfred undrar i sitt stilla sinne, varför pojken ser ut att vara rädd för honom, när han själv alltid försöker vara rättvis och hålla alla på gården nöjda. Alfred leder numera en allt större del av arbetet sedan hans far, den betydligt strängare hemmansägaren, föll illa i våras och numera har svårt att gå.

"Ursäkta herrn", säger drängpojken.

"Jaa", svarar Alfred och försöker febrilt komma på vad pojken heter. Han låter säkert mera brysk än han avser.

"Jo, mor sa att jag skulle säga herrn att det är väldigt grått i himlen ovan skogen bort mot Wasa och att det luktar rök", sa pojken.

"Hrm", harklar sig Alfred. "Vad heter du pojk?" Det känns pinsamt att fråga, men ännu värre att inte veta.

"Jag heter Rudolf", svarar pojken med blossande röda kinder och blicken i marken.

"Vad pratar du om grått, det är en solig och fin dag", säger Alfred. Men på samma gång ser också han, att norröver, bortåt mot Wasa, är luften grå ovanför staden. Alfred suckar djupt. Inte finns det tid för några märkligheter nu, höet ska in. Han tvekar en halv sekund innan han bestämmer sig.

"Äh, det är nog bara dimma. Röklukten kommer säkert från någon av gårdarna här i Runsor", svarar Alfred och fortsätter därefter arbetet medan han viftar till lille Rudolf att han skall återvända till sin uppgift.

Minuterna går. Alla ute på fältet i Runsor fortsätter med sitt tills de förnimmer ljudet av en klocka som klämtar borta vid staden. Som på en given signal lyfter alla på huvudet eftersom det är ett bekant ljud. De allra flesta tänker på vällingklockan och att det är dags för mat. Men eftersom det inte är mattid uppstår en viss oro bland arbetsfolket. Viskningarna blir snart till rop eftersom det inte längre går att ignorera rökpelaren som stiger i fjärran, ovanför staden Wasa. Alfred står och stirrar och vet att han måste besluta vad de ska göra. Ung och oerfaren som han är, känner han sig som ett barn som vill fråga far. Men alla tittar nu på honom och väntar på hans kommando. Alfred önskar innerligt att de inte tittade på honom allihopa för han känner sig både kluven och förvirrad – och det syns säkert. Om han säger att de skall packa ihop och bege sig hemåt till gården och stugorna i Runsor, har han en hel del att förklara för far då de lämnar höet på åkern. Men om de stannar på fältet som om inget har hänt, samtidigt som de borde hjälpa till med någon olycka, har han lika mycket att förklara.

Efter vad som känns som en evighet har han bestämt sig. De fortsätter att arbeta på höängen. De kan hjälpa till senare på kvällen om det fortfarande behövs då.

"Det ser ut som en brand i Wasa, men det är säkert inte så farligt som det verkar", sade Alfred, med hög röst.

Han anstränger sig för att släta ut ansiktsdragen för att se säkrare ut än han känner sig. "Vi arbetar vidare med vårt, stadsborna har nog säkert läget under kontroll", fortsätter han, rösten känns stadigare nu för de äldre männen nickar instämmande.

"Men mor och far är där", svarar en ung flicka med darr på rösten och tårar i ögonen. "Tänk om det händer dem något. Tänk om de behöver mig", fortsätter hon.

"Nej, fröken lilla är knappast till någon stor hjälp ändå, om det är en större brand", svarar Alfred och vänder ryggen mot den lilla klungan av människor för att demonstrera att diskussionen är över.

Åter igen fortsätter var och en med sitt, men denna gång med en gnagande oroskänsla i mellangärdet och blickarna söker sig gång efter annan mot himlen i norr. De hör nu också att larmet är högre. Många klockor klämtar och om man lyssnar riktigt noggrant är det som om det hördes skrik och gråt från människorna. Även hästen blir orolig. Hon slänger med sitt vackra, bläsprydda huvud, frustar och trampar på stället.

Det är flera kilometer till Wasa från ängen i Runsor. Därför förstår alla i den lilla klungan att det är allvar nu, det som pågår inne i staden. Men eftersom unge husbonden säger att de ska arbeta, gör de det. Hos alla och envar gnager dock en liten skuldkänsla. Borde jag göra något för att hjälpa till, frågar de sig. Det skulle visa sig att de får möjlighet att undsätta några människor i nöd.

* * *

Hon har inte lång väg kvar till Nygatan och hemmet. Elna driver sig själv framåt. Hennes hjärta pickar som en hackspett av oro, varje andetag väser av syrebrist och huvudet sprängs snart av huvudvärk. Hon känner värmen svida i skinnet. Elna förnimmer nu att hennes liv är i fara. Hon inser att hon snart måste vända om, att hon inte når fram till hemmet den väg som hon först hade tänkt sig, den som är snabbast. Hon är inte till någon hjälp för sina systrar om hon själv är död och förkolnad.

Runt om Elna är det snart människotomt, förutom män med vattensprutor. Hon ser nog att gubbarna ropar till henne och viftar att hon skall ta sig därifrån. Hon ser också att en av männen kommer bärande på ett bylte. Hon undrar i sitt stilla sinne om det är en förkolnad människa han bär på.

Männen som har fullt upp med släckningsarbetet, beordras att mota bort alla människor som är kvar i kvarteret och flytta släckningsarbetet till kyrkan, eftersom den nu är hotad av elden. Elna följer efter männen som flyr elden och hon planerar att i stället ta sig ner längs Västerlånggatan och den vägen ta sig till hemmet. Hon skall gå runt elden. Aldrig förr har vägen till kyrkan känts så lång som idag, trots att det bara handlar om ett par kvarter. Hon ser hus som redan brunnit ner till grunden och andra hus som står i ljusan låga. Hon hör fortfarande skrik och gråt, men det blir konstigt nog allt tystare runt omkring henne. Alla flyr undan elden, utom hon.

När Elna närmar sig kyrkan ser hon att många flytt till torget invid kyrkan. Kanske i tron att de är tryggare nära Guds hus. Eller kanske folket tror att elden inte når hit, eftersom husen inte står vägg i vägg här vid kyrkan, skolan och torget.

Men Elna ser också det som alla andra nu ser. Taket på kyrkan brinner allt mera intensivt. Gnistorna från de brinnande husen som flyger genom luften med den starka vinden, måste ha fallit ner och antänt kyrktaket av trä.

Männen försöker använda vattensprutorna för att släcka kyrktaket, men taket är för högt och sprutorna alltför små för att vattenstrålen skall nå upp. Folkmassan kan inte göra mycket annat än stå och se på när kyrkans tak övertänds.

Elna står också kvar, trots att hon nyss hade bråttom att ta sig till hemmet. Snart ryker det också i klockstapelns och skolans tak. Folkmassan surrar av oro när det plötsligt går upp för den, att den står på osäker mark.

Då hörs det: ett märkligt, mäktigt ljud. En sång som aldrig tidigare har spelats hörs från kyrkan. Är det organisten som spelar, mumlar Elna först för sig själv.

"Vad är det som händer?", frågar Elna en obekant kvinna som står intill henne.

"Säkert Gud som sörjer kyrkan", svarar en av gummorna. Hon är tandlös, liten och grå.

"Nej, det är nog Satan som spelar av glädje", replikerar en annan av tanterna och hon ser vettskrämd ut. Den lilla gråa gumman protesterar högljutt och många instämmer med gumman.

"Vad är det för hedniskt prat?!"

Diskussionen om vem som spelar på orgeln fortgår tills taket rasar in. Det enda som hörs då är dånet av elden som rasar. Som i ett trollslag rör folkmassan på sig. Vissa tar sig mot norra porten, som ligger närmast till vid kyrkan, andra mot ett annat håll. Alla flyr nu för livet, undan elden.

Elna springer också, västerut, men elden har nu spridit sig och hon vågar inte längre ta den väg som hon tänkt ut som ett andra alternativ. Därför vänder hon tillbaka söderut först vid följande gata och tror att hon skall kunna ta sig till hemmet. Hon tränger undan tankarna på att systrarna inte kan vara kvar där, elden är för våldsam. Om de är kvar där har elden tagit dem.

Elna orkar snart inte längre springa, utan hon saktar ner och går istället. Kroppen känns tung som bly och huvudet håller på att explodera. Röken gör luften giftig och tung att andas och spänningen gör att varken tankarna eller kroppen fungerar som de borde.

Slutligen stannar hon, står stilla och stirrar med tom blick framför sig. Där deras hus stått ligger nu bara en glödande hög av trä, en svart, sotig mur och en vinglig skorsten kvar. Inget hus. Inga systrar. Inte ens hönorna ser hon. Att ta sig vidare efter denna insikt sker enbart tack vare kroppens vägran att dö i lågorna, även om förståndet är på väg att lämna Elna stående i sotet och smutsen där i staden Wasa. Staden som ännu för några timmar sedan var en vacker, blomstrande handelsstad i Finland.

En av Elnas fars bekanta passerar med famnen full av tung packning, då han får syn på Elnas förstörda uppsyn. Hon känner igen honom på den långa, gängliga kroppen och det snälla ansiktet. Han förstår mycket väl vad som rör sig i huvudet på henne, där hon står och ser på den nedbrunna stugan. Han tar ett bestämt tag i hennes arm.

"Elna, kom med mig, jag tar hand om dig och tar med dig till Runsor. I Runsor hittar vi säkert din familj och får oss tak över huvudet", säger han.

Elna, som helt tappat gnistan, följer med honom. Det fasta greppet om hennes arm känns som det enda som håller henne upprätt. Greppet om armen och hans utsago om att hennes familj finns i Runsor. Dit skall hon då också gå! De hinner inte gå många meter, förrän en ensam man med häst och kärra kör upp bredvid dem och hejdar hästen med ett högt "ptroo!".

"Einar, ska ni med?", frågar kusken. Elna inser att hon inte visste, att fars vän heter Einar, trots att han varit hemma hos dem flera gånger. Hon skäms över att hon inte intresserat sig så mycket att hon frågat, när han den här svåra dagen är så snäll med henne.

"Ja visst fan!", ropar Einar och slänger upp sina pinaler på kärran.

Elna å sin sida har ingenting i sina händer. Einar tar tag om Elnas midja och lyfter upp henne på kärran så lätt som om hon vore en fjäder. Elna placerar sig mellan en mjölkkruka, ett par stadiga läderstövlar och en spade, medan Einar hoppar upp på kuskbocken med mannen som kör. Hon hör att männen samtalar, men hon har fullt upp att förstå vad ögonen ser och orkar därför inte lyssna till samtalet. Hon ser att de vackra köpmanshusen brinner, de små stugorna brinner och hon ser borta på kullen att även Trivialskolan nu brinner, alldeles övertänd.

Förundrad blickar Elna upp mot himlen och följer stora, vita flingor, som sakta dalar ner mot marken. Flingorna är lätta som älvor och de dansar över den förmörkade himlen likt nattfjärilar som fladdrar mot ett flämtande ljus. Av den ljusa, soliga dagen finns inget kvar. Nu är det mörkt som i kvällningen då röken skymmer solen. Elna ser en av flingorna närma sig deras kärra och hon konstaterar häpet att det är ett blad från en bok, som singlar ner från himlen likt en jättelik snöflinga en kall och gnistrande vinterdag. Det är alltså böckerna i skolan som förstörs och brinner upp, inser hon. Den stora fina samlingen med värdefulla böcker som hon har hört talas om. Hon själv har inte fått se eller ta i böckerna, men hon tycker om tanken på att de står där, uppradade i fina rader. Hon korrigerar sig själv i tanken och ändrar den dystert till att böckerna stod i rader, för nu brinner de upp.

De kör förbi mängder med människor som flyr, alla är smutsiga och upprörda och många gråter. Det går oerhört långsamt i trängseln längs de trånga, små vägarna. Kusken försöker undvika att stanna upp för att slippa plocka upp människor på skjutsen. Elna tycker synd om dem alla. Hon sitter hela tiden och spanar spänt efter sina systrars ansikten. Ibland tycker hon sig se någon av dem, men varje gång visar det sig bara vara någon som liknar.

Elden är oroväckande nära dem på vissa ställen och Elna tycker att det känns som om tusen spindlar springer över hennes bara kropp, när det knottrar sig i huden. Det är en het dag från förr och ändå kan hon känna eldens oerhörda värme slicka hennes hud.

Den här dagen blir min död, tänker hon. Idag, tredje augusti år 1852, dör Elna Grönberg i Wasa brand, endast 18 år gammal, tänker hon bittert. Men hon hoppas innerst inne att hon har fel. Men att folk kanske dör runt omkring henne, det står utom allt tvivel.

Kapitel 2

Amalia har aldrig varit speciellt glad i sin faster Francesca, kanske har det något med fasterns myndiga sätt att göra. Men just idag går hon nästan och önskar att fastern hade blivit kvar i huset och brunnit upp. Fasterns gnälliga stämma, tunga andhämtning och ständigt nedlåtande kommentarer, förstör ytterligare till och med det värsta tänkbara humör.

"Amalia, gå inte så fort, jag hinner inte med. Kan du också ta min väska?", gnäller fastern.

"Nej faster, jag orkar inte bära mer, du måste lämna väskan kvar om du inte orkar bära den själv", svarar hon irriterat.

"Allt är pigans fel, som lämnade mig i sticket. Detta är hennes uppgift och hon har betalt för det. Hon får inte tillbaka sin tjänst", muttrar Francesca, medan hon stretar på och pustar tungt med sin höga byst och dåliga kondition. Det märks att hon har levt ett bekvämt liv, fritt från alla former av fysisk ansträngning.

"Har faster inte tänkt på att vi troligen inte har något hem längre, där vi behöver pigor", snäser Amalia till fastern, i hopp om att få tyst på henne.

Under den långa stunden de har vandrat, har de i själva verket inte kommit mer än ett kvarter framåt. Det är kaotiskt längs gatorna och röklukten är så tung över staden att det känns som om bröstet skulle sprängas. Paniken kryper längs ryggraden likt ringlande ormar. När en hel stad brinner är var och en sig själv närmast. Stämningen som råder kan beskrivas som "rädde sig den som räddas kan".

De enda som håller ihop är familjerna. Mammor bär spädbarn i famnen, medan de håller de större barnen i andra handen. Äldre syskon manar på de yngre.

Amalia ser en ensam liten flicka med rågblont hår som har en enkel, men fin, ljusgul klänning på sig. Flickan ser övergiven ut och hennes ansikte avspeglar en sådan avgrundsdjup sorg att till och med Amalia – som annars inte mött många motgångar i sitt liv – känner att hon måste räcka ut handen.

"Kära barn", säger Amalia. "Vad heter du?", fortsätter hon. Men hon får inget svar från den lilla flickan.

Amalia tar då försiktigt tag i den vacklande flickan. Det syns i det lilla sotiga ansiktet att flickan gråtit strida strömmar. Men nu är ögonen torra och blicken slocknad. Flickan stirrar på henne med sina blå ögon, men säger fortfarande ingenting till svar på Amalias fråga. Amalia lägger armarna försiktigt runt flickan.

Hon gör inget motstånd så Amalia håller henne en liten stund.

"Men Amalia, vad tar du dig till? Ser du inte att ungen är smutsig!", kommenterar fastern med sin gnälliga röst, på väg upp i falsett.

Amalia ryser och ignorerar kommentaren. Säg vad du vill, din gamla harpa, tänker hon och ger fastern en isande blick.

Flickan rör på munnen men Amalia hör inte vad hon säger.

"Du kan berätta för mig senare, men nu jag ska försöka hjälpa dig härifrån, lilla vän", lovar Amalia med en röst som säkert inte låter så lugn som hon har tänkt sig.

"Anna", mumlar då den lilla flickan.

"Heter du Anna?" frågar Amalia.

Men det enda svar hon får är att flickan börjar hulka djupt nere i bröstet. Ljudet låter inte som gråt – mera som ett sårat djur som inte skriker länge, utan vrider sig i den sista dödsångesten.

Amalia ger upp, det är inte är lönt att prata med flickan. Hon är uppenbarligen ensam och bär på en så stor sorg, att hon inte kan prata eller fungera. Amalia beslutar sig för att ta med sig flickan ut ur staden. När de väl har funnit tak över huvudet skall hon försöka finna någons trygga händer att överlämna flickan till, innan hon överger allt för att åka hem till Stockholm.

De närmar sig långsamt den södra stadsporten och kaoset tilltar. Nu ser Amalia att några män har börjat slåss och hon äcklas över deras råhet och dumhet. Inte kan man bete sig som djur när man skall fly för sitt liv och hjälpa de behövande; kvinnorna och barnen.

Hon inser att det kommer att bli en utmaning att ta sig genom porten. Det är trångt med alla kärror på rad, som skall ut genom porten samtidigt som de fullastade fotgängarna tränger sig fram med näbbar och klor. Elden ligger dem i hasorna och tuggar med sina våldsamma käftar, så det är bråttom att ta sig vidare för att undvika detta öde.

Amalia står förundrad och tittar upp i luften medan de väntar på att ett par kärror skall köra undan. Hon ser att det är boksidor som flyger i luften, svedda i kanterna. Bladen förs med vinden, faller ner till marken, virvlar upp igen och förs flera meter fram åt gången. Synen verkar nästan hypnotiserande. Hon följer en sida med blicken och ser att den landar på en kärra. Hon hoppas att den inte glöder och antänder något i kärran. Amalias blick träffar kort en ung kvinna som har en klänning sydd i samma tyg som den lilla flickan hon håller i handen. Kvinnan i kärran sitter och tittar med spänd blick mot porten som närmar sig. Hon ser varken Amalia eller den lilla flickan.

Amalia glömmer den unga kvinnan i nästa sekund, när det uppstår tumult intill deras lilla sällskap. Bestämt lotsar Amalia dem framåt mot porten; de måste ta sig ut. Bakom dem närmar sig elden oroväckande snabbt, den sprids likt maskrospenslar med vinden. Eftersom alla hus står nästan vägg-i-vägg är det är lätt för elden att sprida sig.

Brunnarna har sinat på nästan alla gårdar efter den långa, torra sommaren som varit och det försvårar släckningsarbetet.

Plötsligt är det som om en propp lossnar ur hålet och folket väller ut genom porten. De lyckliga som har tillgång till häst och kärra håller till vänster och kör lite fortare ut mot Runsor, medan den stora folkmassan kommer gående efter, sakta och plågsamt, som en grå larv som ringlar längs marken. Ingen vet vart de är på väg, vad de förväntar sig att hitta eller vem som skall förbarma sig över dem. De vet ingenting annat än att de måste bort från elden och döden som sprider sig bakom dem.

Den vackra staden Wasa. Den glittrande pärlan nära vattnet, lummig och grön. Förvandlad till en svart och farlig giftorm inom loppet av ett par timmar. Framtiden är med ens oviss för alla dess tretusen invånare.

Amalia, flickan och fastern lyckas ta sig ut genom porten. De känner sig genast lite tryggare, bara för att inse att det även brinner på ängarna utanför staden. De ser att folk staplat möbler och andra små tillhörigheter ute på ängarna. Men de ser också att även dessa ägodelar, som någon har försökt rädda för framtiden, brinner upp. Arbetet att föra ut möblerna ur staden har varit förgäves.

Amalia kämpar hårt för att få med sig både den gamla och den lilla, för att inte tala om väskorna. Hon känner att hon inte kommer att klara det mycket längre till utan något att dricka. Munnen är så torr att det känns som om tungan har svällt upp i munnen. Den är oformlig och svår att styra och törsten känns plötsligt outhärdlig. Inte tänka på törsten, upprepar hon för sig själv gång på gång, vilket gör henne bara törstigare.

Det är dock inte enbart Amalia som är törstig efter en dag med solens hetta och av brandens påverkan. Det sitter nu människor överallt längs vägen, sådana som inte orkar gå längre. Både törsten och missmodet har gripit tag i dem med hårda nypor. Utan hjälp kommer de inte att orka vidare. Men vem skall hjälpa dem när alla är lika illa ute?

Folket har försökt rädda sina tillhörigheter, surt förvärvade genom arbete. Få har tänkt på att ta med sig en flaska vatten och en brödkant, som normalt är det första de packar ner när de beger sig ut på fälten, till skogs eller på någon annan strapats. De gamla och barnen är de första som gett upp och satt sig längs vägen. Det finns även övergiven packning längs vägen. Ingen orkar tänka på att stjäla det som står där, alla har nog med sitt.

* * *

Alfred och hans arbetsfolk har åter igen avbrutit sitt arbete, men nu är det endast en liten del av skörden som återstår att bärga. Istället står de tigande på rad och spanar längs vägen. De ser en grå massa närma sig Runsor. Det är människor som söker sig bort från elden. Det står nu helt klart för alla i Runsor, liksom i de andra byarna runt om Wasa, att staden brinner och att den mycket troligt kommer att brinna ner till grunden. De hörde kyrkklockan klämta för någon timme sedan, men sedan blev det märkligt, spöklikt tyst. Det lät som en begravningsringning.

Alfred noterar plötsligt att folket på ängen åter igen vänder blickarna mot honom. De väntar på sin nästa order från husbonden eftersom ingen har varit med om något liknande förut. Men det har inte Alfred heller och ung som han är så vet han varken ut eller in eller vad han ska befalla dem att göra. Att återgå till höet är inte längre ett alternativ, det står klart. Men ska han gå larven med folk till mötes eller skall han ta sig till hemmanet illa kvickt för att förbereda gården på vad som kommer?

Han står och tiger liksom de andra, men räddas – det känns i alla fall som om han blir räddad – av den gamle drängen Jon som föreslår vad de skall göra.

"Vi måste gå dem till mötes och visa dem vägen. De kan vara skadade, de är trötta och där kan finnas ensamma barn".

Jon söker Alfreds blick för att få medhåll.

"Ja, du har rätt", svarar Alfred och går omedelbart först, så att ingen skall se att han ser lättad ut när någon annan uttalade ordern som han borde ha gett för att behålla ansiktet inför tjänstefolket.

Runsorborna hinner bara vandra några hundra meter, innan de möter de första ynkliga människorna på flykt. Några bär på ett litet bylte och andra kommer med hela kistor mellan sig. Alla ser trötta ut, de är smutsigare än vanligt och kvinnor och barn gråter stilla; det finns ingen ork kvar för hysteri.

Männen försöker se lite sturskare ut, men de lyckas illa i sitt försök. De ser mest ut som om de har förlorat allt – vilket de förmodligen också har gjort.

Turligt nog strömmar det snart till folk från flera gårdar i Runsor, så Alfred behöver inte längre känna att han skall föra talan och ensam bestämma vad som behöver göras. Byns äldste har anlänt och tillsammans med de större gårdarnas bondmödrar tar de tag i arbetet att avgöra vad de skall göra av folkmassan. Det är ingen lätt uppgift, ty Runsor är en liten by med endast ett hundratal invånare och några få större hushåll. Som tur är det sommar och varmt och det går att ha folk att sova i tillfälliga arrangemang, i hölador, fähus och i värsta fall under bar himmel.

Alfreds mor, den bastanta och bestämda Stina, har anlänt till platsen och det undgår ingen. Hon tar vid, van som hon är att styra och ställa.

"Dela upp er i klungor, familjer tillsammans!", ropar hon högt.

Lydigt delar flyktingarna på sig och det är snart ett tiotal klungor på olika sidor om vägarna, men det är alltför många i klungorna för att gårdarna skall kunna ta emot de hemlösa.

Brunnarna håller på att sina och maten är snart slut nu när skördetiden närmar sig. Dessutom har värmen gett missväxt av vissa grödor. Som tur har de relativt gott om potatis i åkrarna – men den borde å andra sidan räcka för hushållet och de tillhörande stugorna under hela den kommande vintern – den kan inte ätas upp nu redan.

* * *

Det går långsamt längs vägen och den är vid det här laget både sönderkörd och ojämn. Kärran ryms inte längre förbi lämmeltåget av människor och det går nästan långsammare för kärran än för dem som går till fots. Elna sitter och spanar bakåt mot Wasa och hon ser att taket på kyrkan har rasat, att elden nu syns i utkanten av staden och att den till och med har spridit sig till ängarna intill. Det fattas bara att det också blir skogsbrand, tänker hon uppgivet. Hon antar att stadens inre måste ha brunnit ner till grunden. Det har brunnit i flera timmar redan.

Amalia – som alltid levt ett bekvämt och lugnt liv – är alldeles söndersliten, men tillika bestämd att inte ge upp. Hon skall ha med sig den gamla och den lilla ut ur det brinnande helvetet och de ska hitta någonstans att ta vägen. Men det är inte en självklar sak för en ung, bortskämd kvinna att armbåga sig fram bland desperata flyktingar. Amalia har aldrig varit så långt ute på landet som till Runsor tidigare. Hon har varit ute på landet, men i Stockholm där familjen Adlerhjelm har en sommarbostad utanför stadens centrum. Men det kan knappast jämföras med denna vilda flykt undan faran som hotar att sluka dem med hull och hår. Amalia tänker på mor och far och på att få sitta i bersån och dricka te i Stockholms skärgård. Att få andas den friska havsluften, doppa sött vetebröd och konversera med unga herrar. Men tanken är bara flyktig, eftersom det som händer runt omkring henne pockar för starkt på närvaro i stunden.

Elna vet inte längre vad klockan är, om det är förmiddag eller eftermiddag, det enda hon vet är att det är mörkt även om det inte är natt. Hon sitter försjunken i sina dystra tankar och orkar inte lyssna till vad männen på kuskbocken pratar om.

Då får hon syn på en flicka i gul klänning som vandrar i ledet. Människoströmmen kommer i sakta mak ikapp dem, eftersom kärran inte går framåt i trängseln. Elna släpper inte flickan i klänningen med blicken och hoppet höjs: Tänk om, bara tänk om det är hon, Magda! Eller snarare de: Magda och Anna.

Elna säger inget, hon sitter och väntar; det känns nästan som att suga på en pepparmint, sött och gott men med en sorgsen vetskap om att den snart är slut. Elna ser snart att den gula klänningens ägare håller en mörk, fin dam i handen och att det inte är någon liten flicka med i sällskapet, så hennes mod sjunker. Inte kan det vara Magda eftersom Anna inte är tillsammans med henne. Även om de rågblonda flätorna påminner oerhört mycket om Magda på håll.

Elna står inte ut med att stirra på den gula klicken längre och lyfter istället blicken mot staden igen. Men det är ingen tröst, så efter ett ögonblick sysselsätter sig blicken åter med att iaktta den gula klänningen.

Det går olidligt långsamt för allihopa och tålamodet tryter för Elna, liksom för många andra.

Elna besluter sig för att gå närmare och undersöka saken, men hon förvarnar Einar först.

"Einar, jag tror att jag ser min syster", säger hon med hög röst.

"Jag hoppar av kärran och springer för att se om det är hon. Jag kommer snart tillbaka", fortsätter hon.

Einar svarar något, men Elna hinner inte höra vad det är, eftersom hon redan tränger sig fram genom folkmassan. Det är inte lätt att gå motströms på den ojämna vägen och hon får ta emot en och annan armbåge och några elaka ord. Elna har fixerat blicken på flickan i gult och hon blir allt mer säker på sin sak. Men hon kan inte förstå vem den mörka damen är. Om flickan är Magda, hur har hon då hamnat med damen, utan att ha Anna med sig?

Elna är nu bara tio meter ifrån flickan och damen och nu är hon säker, men hon vill inte ropa något, – inte än – för hon ser på Magda att hon kämpar. Elna får med ens onda aningar. Det finns bara en sak som kan ha hänt, som får Magda att se så förstörd ut och som får henne så utom sig av trötthet, att hon hänger på en främmande dam. Det är samma orsak som gör att Elna inte orkar öppna munnen och ropa Magdas namn. Det är lilla Anna, eller snarare avsaknaden av henne.

Efter en kort stund står Elna och Magda i princip ansikte mot ansikte, men fortfarande har Magda inte fått syn på henne. Däremot ser den mörka damen undrande på Elna när hon stövlar rakt mot dem.

"Se sig för, fröken", säger den mörka damen med gäll röst.

Elna noterar flyktigt att även damen är trött och sotig ovanpå sitt fina yttre.

"Vi försöker ta oss bort från branden och önskar inte problem med någon", fortsätter damen med högdragen röst och rikssvensk dialekt, men hon låter också gråtfärdig.

"Magda", säger Elna. Hon ids inte ens bevärdiga den mörka med en svarskommentar.

"Flickan pratar inte med mig", säger damen när Magda tiger. "Hon har bara sagt ett ord: Anna", fortsätter hon.

"Anna är vår lillasyster, är hon är inte med er, då? Anna är bara tre år", svarar Elna.

"Nej, någon liten hade hon inte med sig", svarar kvinnan.

Magda lyfter inte ens på huvudet, så Elna fattar tag i hennes axlar. Först då reagerar den lilla tösen, men hon blir inte glad, som Elna hade trott, utan hon brister ut i våldsam gråt. Det går inte alls att prata med henne. Elna försöker gång på gång fråga Magda vad som är på tok.

Den mörka damen har nu förstått att de är släkt, kanske utgående från att de har samma sorts klänningstyg. Hon presenterar sig som Amalia och Elna mumlar sitt namn till svar och berättar att de är systrar.

"Ska ni med!?", ropar Einar plötsligt med hög röst.

Elna drar de tre med sig. Den gamla kvinnan i sällskapet är så utmattad vid det här laget, att de får hjälpa henne upp i kärran. Den gamla är också fåordig, hon bara mumlar för sig själv och blänger på dem. När ens hem och stad brinner upp, bryts även den starkaste stämma och den grövsta grenen går av under tyngden.

Elna försöker inte längre prata med Magda eftersom det verkar lönlöst, hon håller bara om flickan så hårt hon kan. Men visst förstår Elna vad Magdas outgrundliga sorg består i, eftersom Anna saknas i skaran. Elna utbyter en lång blick med Amalia och de småpratar under den långsamma färden.

Elna reflekterar över hur vacker Amalia är, trots att hon är så smutsig och rufsig efter denna ondskans dag. Efter en stund hörs bara Magdas snyftningar och fasterns muttrande om hur ovärdigt det är för henne att sitta på en hård träkärra mellan mjölkkrukor och stövlar. Och tänk att vara så gammal som hon och höra till den bättre klassen och ändå behöva förlita sig på tjänster av fattiga drängar som kör fula kärror dragna av klumpiga, toviga hästar. Elna hoppas att Einar inte skall reagera på det som tanten muttrar och plötsligt besluta sig för att slänga den otacksamma, sura kärringen av kärran.

Amalia är tacksam över skjutsen, men känner sig osäker.

"Känner ni någon på platsen, dit ni är på väg?", frågar Amalia den unga kvinnan som tagit dem med på skjutsen.

"Nej vi åker nog bara dit näsan styr och där vi får plats", svarar Elna. "Min far, skomakare Grönberg, är faktiskt ute i Runsor och tar mått idag, men jag vet inte hos vem han är", fortsätter hon.

"Ja, jag är alltså Amalia Adlerhjelm och det här är min faster Francesca", säger hon och pekar på den gamla damen.

"Och den unga damen är då Magda Grönberg, antar jag och ni saknar lilla Anna. Är ni fler syskon än tre döttrar?", frågar Amalia.

"Nej, det är vi tre. Vår mor har gått bort, så det är bara vi och far", berättar Elna och känner sig oväntat bekväm med den fina unga damen. Hon hade väntat sig att Amalia skulle vara både nedlåtande och otrevlig, – lite som sin faster, – men tvärtom känner sig Elna inte alls illa till mods i hennes sällskap.

Färden fortsätter sedan under tystnad, medan alla sitter och tittar sig omkring. De väntar alla på att få se kända ansikten bland de flyende, eller att de skulle se elden ta fart i skogen bortom fälten. Aldrig förut har någon av dem sett så många människor på väg åt samma håll och dessutom en sådan blandning av rika och fattiga. De i ledet som har ork kvar är fortfarande grälsjuka och pucklar på varandra. Andra har fullt upp med att ta sig framåt med både packning och barn. Vissa har även djur med sig som de försöker bära på eller fösa fram. Amalia har inget husdjur, men hon har alltid önskat sig en katt att stryka över ryggen. Hon bestämmer sig där och då att skaffa sig en fin liten kisse när allt detta är över och hon har ett nytt hem. Hon besluter sig också att aldrig mera bo i Wasa. Hon vill bo i Stockholm. Bland civiliserat folk.

* * *

Mor Stina sänder hem ett par drängar och pigor och beordrar dem att gräva upp och koka potatis i alla grytor de kan hitta.

"Spara kokvattnet och sätt i en klick smör och lite lök i vattnet så serverar vi det med potäterna. Vi har inte kött så det räcker åt alla, men skär den stora osten i tärningar så får stackarna i alla fall en ostkant med potatisen", kommenderar Stina. "Försök få upp så mycket vatten som möjligt ur brunnen. Människorna håller på att törsta ihjäl i hettan efter vandringen och chocken ", fortsätter hon.

"Javisst fru Stina", säger en av drängarna och nickar till de andra och så skyndar de sig iväg, med svetten rinnandes utmed ryggen.

Efter överläggningar mellan gårdsägarna, byns äldste och ett par myndiga bland flyktingarna delar de upp vem som skall gå vart, de räknar och räknar och får slutligen alla inräknande. Eftersom det kommer att dyka upp fler flyktingar vartefter dagen lider mot sitt slut, besluter de att ett par drängar skall bli kvar och ta emot eftersläntrarna och ge dem vatten och lite bröd, innan det bestäms vart de skall sändas.

Även Alfred blir hemsänd av mor Stina och han lufsar lydigt iväg. Hans uppgift är att, tillsammans med fadern Ragnar, placera deras del av flyktingarna runt om i olika skrymslen på gården. Alla måste också få både mat och vatten innan de dånar av. Alfred tycker det är obehagligt när så många gråter och är så olyckliga. Han har aldrig förr sett så många känsloyttringar runt omkring sig. Han är mest van vid ilska och klagan – tårar och ömsinthet är han ganska främmande inför. Innan sommaren är slut skall det visa sig att Alfred har blivit en härdad man av både den ena och den andra känslostormen. Inget kommer någonsin mer att bli sig likt.

Alfred arbetar hemma på gården. Han placerar folk på höskullen, i tvättstugan, i fähuset och lite här och där. För alla som anlänt till gården pekar han ut dasset och brunnen. Även om brunnen håller på att sina. Det bor snart folk nästan överallt och han kan omöjligt förstå hur familjen skall kunna föda alla dessa munnar, utan att tömma alla förråd och även börja tulla på maten för nästa vinter.

Ekipaget med Einar och damerna kommer nästan sist i ledet längs vägen.

Ingen vägvisare är längre på plats för att visa dem vart de skall svänga av, så Einar kör fram till det största huset. Det är trångt vid infarten, de möter flera familjer som har blivit hänvisade till ett annat ställe. De hör en bestämd kvinnoröst ge order inne på gården och de förstår att det är husmor på gården som tagit kommandot över flyktingströmmen. För flyktingar är vad de är; de känner sig som hemlösa uslingar. Framtiden är totalt oviss för alla som samlats på gårdarna utanför den nedbrunna staden.

Elna är orolig över vad gårdsfolket skall säga. Det är så många som anlänt till gården före dem och alla hemlösa är en oerhörd börda för familjen som bor i huset.

Det är en fin innergård de anländer till. Den är välskött och välordnad, ett sådant hem som hon alltid har drömt om. Huset har en vacker farstukvist och pelargonerna lyser röda i fönstren. Hon ser också, enligt vad hon antar, den unge bondsonen som står och ger instruktioner. Det går inte att slita blicken från honom. Han utstrålar en sådan energi, virilitet och auktoritet att ett ungt kvinnosinne inte kan undgå att notera honom. Elna rodnar och försöker dölja att hon blir generad.

Till och med Amalia, som är van vid lite bättre omständigheter, tycker att det ser fint ut på gården. Hon beundrar särskilt en syrenberså invid mangårdsbyggnaden. I bersån står långbänkar och ett fint bord som pryds av en rutig duk och en stor kruka fylld med nyplockade ängsblomster i allehanda färger.

Amalia vet inte alls hur man skall bete sig ute bland bönder när man är nödställd, så hon kryper ihop och sitter tyst i kärran när kvinnan på gården böjar prata med Einar och den andre mannen. Faster Francesca tycker det är än mer pinsamt och tittar bestämt bort från gårdsfolket.

En ung man, blond och lite rufsig, går fram till kärran och av sättet han pratar på förstår Amalia att han är sonen i huset. Han presenterar sig som Alfred Karlsson. Hennes hjärta slår ett extra slag när deras blickar möts. Mannen är ljus, blåögd och välproportionerad på ett omedvetet sätt. Han är svettig och det blonda håret lockar sig en aning när det är fuktigt. Alfred skall just till att börja protestera och meddela att de inte tar emot fler människor, att de får söka sig till skogen för att ta skydd under träden, när han kommer på andra tankar av ett par ögon som möter hans.

* * *

Alfreds mor berättar omständligt för honom hur han skall bygga upp ett system, för att alla arma brandoffer skall få vatten och mat. Hon kommenderar även honom att ta med sig ett par män och hämta vatten ur bäcken i skogen. Vattnet är inte gott, men det är drickbart. Alfred söker upp Einar.

"Är du i skick att komma till skogs för att hämta vatten tillsammans med mig? Det finns en bäck en bit inne i skogen med drickbart vatten. Det går inte att ta hästen dit för skogen är så pass oländig", frågar han Einar.

Einar nickar. "Ja visst! Ska bli skönt att vara till nytta och slippa höra på kärringarna som kacklar och går an hela tiden", svarar Einar och knycker på nacken i riktning mot en bänk där det sitter flera kvinnor.

Bland kvinnorna sitter både Elna och Amalia. Elna håller Magda i famnen, trots att Magda redan är en ganska stor flicka. Alfred försöker låta bli att snegla mot bänken, men han hinner se i ögonvrån att bägge unga damerna som anlände med Einar tittar tillbaka. Båda kvinnorna ser hastigt bort när han blickar tillbaka. Alfred måste småle. Det är nästan lite spännande med brand-främmande.

Så beger sig Alfred, Einar och ytterligare en man som heter Ingmar, iväg mot skogen. De har med sig flera olika kärl att fylla med vatten.

Alfred tar även med sig ett par viltfällor. Han hinner inte gå på jakt, men han skall prova lyckan med fällorna. Det behövs mängder med mat för att fylla alla magar som nu anlänt till gården. Männen placerar ut fällorna i skogsbrynet, bara några hundra meter från gården så att det skall vara lätt att vittja dem.

I skogen är allt som förr. Förutom att det är så torrt att det knastrar under fötterna. Röklukten har ersatt den mustiga doften av varm skog och djuren har skrämts till sina hålor eller gömställen av männen som går klumpigt och oförsiktigt fram i skogen. Männen känner hur svetten droppar när de hoppar över stenhölster. Einar kan inte förstå hur de skall få med sig vattnet tillbaka till gården utan att spilla ut det. Men han säger inget högt, för han njuter så mycket av skogens stillhet efter en dag i larm och oljud.

De finner snart bäcken, fyller på sina kärl och skall just vända om när Einar kommer på en idé.

"Antingen väntar ni här eller så kommer ni med, men jag tänker hoppa i bäcken. Jag har så in i helvete varmt", säger han.

Einar klär sig spritt naken och hoppar ner i vattnet, det är inte djupt efter sommarens torka, men det kyler lite.

De andra tvekar en stund, men kan sedan inte motstå frestelsen och även de klär av sig och hoppar ner i vattnet under högljutt frustande. Vattnet ger omedelbar svalka. Efter den första chocken som får huden att knottra sig och pungen att dra ihop sig till ett russin, känns det skönt. De ligger där i bäcken, på rad och njuter av svalkan. När de en gång är i vattnet tvättar sig lite diskret på sina intima ställen och gnuggar håret innan de går upp ur bäcken, trots att det inte är för smutsens skull de är i vattnet.

De står och samtalar en stund i solen för att låta kroppen torka innan de klär på sig.

"Åååh, vad skönt det var", säger Alfred och skrattar.

"Kanske vi borde hämta vatten alla dagar", fortsätter han och får medhåll av de andra männen.

"Ja, men har ni sett vad ballarna krympte i kallvattnet", skrattar Ingmar och knycker lite i sin ihopskrumpnade snopp.

Kommentaren framkallar våldsamma skrattkonvulsioner innan männen tar itu med att klä sig.

De tar sedan sina krukor och kärl och vandrar tillbaka mot gården.

Vägen hem tar lång tid att gå. Det är svårt att få hem vattnet och det skvimpar ut över kanterna när de tar sig fram genom den steniga skogen. Männen vandrar under tystnad och alla tre sysselsätter tankarna med branden och allt vad den kan tänkas innebära.

När de kommer tillbaka till gården har kvinnorna lagat mat och dricksvattnet är väntat för alla är törstiga. De ordnar en kö där alla de tillfälliga gästerna ställer sig på rad framför Alfred, som är den som delar ut en skopa med vatten till alla. Snart är det Elnas tur. Elna är inte blyg till av naturen och hon avfyrar sitt största leende när hon får sin skopa.

"Man tackar", säger hon. "Jag hörde från Einar att ni har badat i bäcken. Jag skulle gärna komma med och bada nästa gång", skrattar hon och blinkar med ett öga åt Alfred.

Han känner hur färgen stiger i ansiktet. Han roas av hennes kommentar även om den är lite oförskämd. Tanken på det badet lockar visst ändå en aning. Förutom att hon säkert skulle skratta lika våldsamt som han just gjort åt de hopskrumpnade ballarna. Men han kan väl inte bara stå tyst som ett "mähä", så han försöker hitta på något att besvara hennes kommentar med.

"Du får gå med Einar och bada då, han vet var bäcken är", säger Alfred och försöker låta lustig. Skämtet föll ganska platt och Elna snörper lite på munnen mot honom, ger honom skopan tillbaka och går vidare, så att nästa i tur får sitt vatten.

Efter en liten stund är det Amalias tur. Hon är, till motsats från Elna, blyg och hon kämpar lite med att våga lyfta blicken för att se på Alfred. Hon kan dock inte motstå frestelsen att hastigt se upp i hans ansikte. Hon bara tackar försiktigt och är på väg att gå när Alfred frågar:

"Klarar ni er med allt eller är det något ni behöver?" Hon ser upp och tänker till bråkdelen av en sekund innan hon svarar:

"Ja, jag behöver papper och penna, så jag kan skriva till Sverige, till mor och far. Sen behöver jag få mitt brev postat".

Alfred vet att de inte har många skrivpapper på gården, men nickar och ler.

"Efter maten skall vi gå in tillsammans, till far, så ska ni se att det ordnar sig med det", säger han.

"Tack, herrn, det är omtänksamt", svarar Amalia, med nedslagen blick. Alfred önskar att hon hade sett på honom, hon har så vackra ögon och mild blick.

Snart har alla druckit och fått i sig lite mat. Det blir också vatten över så det räcker till följande morgon. Vattnet smakar starkt av skog och mossa, men det är rent och släcker törsten.

Männen sitter sedan och språkar. Alfred, Einar och ytterligare ett par gubbar bestämmer sig för att det nästa dag är dags att bege sig in till staden för att se på förödelsen och se vad de kan göra.

"Jag måste också se om det finns någon postgång" säger Alfred, som minns att han lovat Amalia att hon skall få skriva ett brev.

Han stiger upp och går för att söka rätt på henne. När han finner henne sitter hon ensam bakom husknuten i skymningssolen. Det ser ut som om hon glöder där hon sitter med solen i sitt bleka ansikte, tycker han.

"Om fröken vill komma med nu, så går vi och pratar med min far och ordnar med skrivandet", säger Alfred och råkar skrämma henne när han börjar prata.

"Oj, jag hörde inte dig komma", säger hon, medan hon far upp från marken i våldsam fart och skrattar till.

Alfred ursäktar sig och de skrattar besvärat bägge två. Hon kommer mot honom och han tar hennes arm i sin armkrok, men båda två känner instinktivt att det är alltför intimt och släpper därför hastigt greppet. Inte passar det sig.

Det är inte lätt att hitta ett papper i huset. De hittar dock till slut en lapp som kan duga där det ryms några rader. Amalia diskuterar först med familjen Karlsson hur hon bäst skulle ta sig till Sverige. De kommer fram till att hon skall be föräldrarna ordna plats på en båt som tar Amalia och fastern till Stockholm. De räknar och spekulerar hur länge det tar innan brevet når föräldrarna, och när föräldrarnas brev i sin tur når dem i Runsor och de kan åka. Hösten närmar sig och de måste hinna hem innan isen lägger sig, men det torde inte bli ett problem. Amalia hoppas att det skall gå fort. Alfred hoppas att det ska dröja. Hon skriver med sirlig handstil och läser sedan högt.

Kära mor och far.

Jag hoppas att mitt brev når er med kort varsel. Staden Wasa har brunnit ner till grunden och jag och faster står hemlösa och penninglösa. Vi är nu inneboende hos familjen Karlsson i Runsor by, dit ni kan sända korrespondens. Vänligen reservera oss plats på en båt till Stockholm så fort som möjligt.

Er dotter, Amalia Adlerhjelm.

Ännu mer huvudbry orsakar kuvertet. De löser till sist avsaknaden av kuvert genom att använda en papperspåse som de viker likt ett kuvert och sluter med ett lacksigill. Amalia kan inte den exakta adressen till mor och far i Stockholm, men hon tror att det räcker med namn, gata och stad. Hon vet inte hur hon skall säga det, men känner sig tvungen.

"Jag har inga penningar med mig att betala portot för". Hennes kinder blossar, när hon tvingas erkänna sitt armod.

"Men jag har penningar nog så att vi får frökens brev sänt" säger Ragnar med faderlig stämma. Han är en satt man, krokig av hårt arbete, prydd med stora gråa polisonger och en röd, mosig näsa. Han går alltid klädd i sina högskaftade, svarta läderstövlar och tjocka vadmalsbyxor.

"Min far betalar nog tillbaka, när han sänder biljett eller hämtar mig", svarar hon. Amalias stolthet får sig en kraftig törn, hon ser ihopsjunken och liten ut, men hon tackar och niger artigt. Hon överlämnar brevet till Alfred, tackar än en gång för all hjälp och söker sig mot dörren.

Alfred reser sig och följer henne ut. Hans mor och far utbyter en menande blick bakom hans rygg. De känner igen de där tecknen. De blossande kinderna och de osäkra blickarna. Och bägge två likadana dessutom, skrockar föräldrarna, när dörren stängts om de unga tu.

"Tänka sig, en ung kvinna som kan skriva så vackert", säger Stina, med ett stygn av avundsjuka i rösten.

"Hon är allt för fin för vår Alfred" svarar Ragnar och suckar.

"Inte blir det där till något annat än hjärtesorg, det är jag säker på". Det låter som om Ragnar pratar av erfarenhet. Stina orkar inte ta upp tråden i den diskussionen utan nickar bara instämmande.

"Det här huset behöver en kvinna som kan ta i där arbete finns, inte en dam som kan sitta och skriva och läsa om dagarna", säger Stina och Ragnar instämmer.

"Nå, det ordnar sig nog när hon åker hem till Stockholm, mamsellen", säger Ragnar. Bägge tänker tanken, – men ingen av dem säger den högt: – Vad händer om kärleken är så stark att deras ende son åker efter mamsellen till Stockholm?

* * *

Elnas första kväll på gården går som i en dimma. De får en plats att sova på uppe på höskullen och de äter lite potatis. Kvinnorna lyssnar mest på männen som berättar vad de sett och hört. Spekulationerna om hur branden uppstod blir bara högre och värre. Männen lyckas dock enas om en sak. Det måste vara en vårdslös kvinna som har orsakat branden. En kvinna som i sitt oförstånd inte haft bättre vett. Ingen man kunde ställa till det så illa. Alla karlar har förstånd nog att se hur torrt det är denna olycksaliga sommar och vad som händer om man låter minsta lilla glöd komma på rymmen. Men se pigorna, deras förstånd är inte alltid att lita på.

Det var tur att Alfred inte bjöd männen på brännvin, då hade nog kvällen slutat illa. Männen är redan nu, nyktra, så nära randen till både slagsmål och kramkalas man kan komma. Det som har hänt dem alla i och med branden är för stort för att en människa skall kunna förstå det och det måste därför diskuteras om och om igen.

Efter en orolig natt är det dags att stiga upp. Elna suckar tungt.

Gårdagen var den längsta dagen i hennes liv. Hon är van vid att arbeta hårt och hon har sällan fått ett tack för det hon gjort. Men att staden brinner ner, det sliter på även på den mest härdade piga. Mest oroar hon sig för sin syster och avsaknaden av den yngsta i deras skara. Elna vet inte vad som har hänt med den yngsta systern, eftersom det ännu inte har gått att prata med Magda. Det enda Magda hittills har pratat, var när hon nämnde Annas namn för Amalia. Dessutom har Magda hittills bara ätit en ynka potatis och druckit lite vatten, allt annat har hon skakat på huvudet åt.

Elna bekymrar sig också över var deras far kan befinna sig. Han måste vara utom sig av oro för hemmet och för sina flickor. Han kan inte veta att de är så nära honom – om han inte gått tillbaka mot staden förstås. Eller att två av dem är nära honom, rättar Elna sig i sina tankar. Elna besluter sig för att ta med sig Magda från gården under eftermiddagen. De behöver gå någonstans i avskildhet och försöka pratas vid. Ovetskapen om deras minsta syster är för tung att bära för Elna och för Magda är det för tungt att bära vetskapen ensam.

Det är mycket att stå i med, när så många människor samlas på samma gård. Dass behöver tömmas, de normala mjölkningarna behöver skötas om och maten måste tillredas. Elna är flink och hjälper gärna till. Även om de måste äta i turer och dela fat eftersom det inte finns så många fat i huset. Och då har de ändå tagit i bruk finfaten.

Alfred ber att så många som möjligt skall komma med honom så de får det sista höet bärgat. Elna är snabb att anmäla sig frivillig. Det är ett ungt och piggt gäng som vandrar iväg mot ängarna med högafflar, räfsor och liar i händerna. Det kommer inte att ta lång tid att göra klart, det lilla som är kvar, med så många flinka händer i jobb.

Amalia tittar länge efter skaran när de går, hon vet knappt hur det ser ut när man höbärgar. Men hon ser en glädje bland de unga som hon aldrig någonsin upplevt bland sina gelikar. De pratar och skrattar, alldeles som om inte hela livet var fullt av sorg efter gårdagens brand. Och alldeles som om det inte fanns en massa etikettsregler man måste efterleva. Amalia rycker till när hon ser en av drängarna daska en av de unga pigorna på den kjolprydda baken så att hon skuttar framåt. Amalia väntar sig att pigan skall bli arg men istället vänder hon sig mot mannen och tar tag i hans armar och kramar till medan hon ler från mungipa till mungipa. Amalia skakar på huvudet för sig själv, hon förstår inte mycket av det hon ser och upplever på gården.

Dagen går i ett huj och Elna måste bara gå ifrån allt jobb för att hon skall hinna prata med Magda. Hon finner Magda på det ställe där hon oftast befunnit sig sedan de kom till Runsor: Intill Amalia. Elna tar varsamt tag i Magdas hand och säger att hon har hittat ett fint smultronställe som hon vill att de skall gå till tillsammans. Magdas blick lyser upp en aning.

"Smultron", säger Magda. "Jaa, dem älskar jag".

Elna vet mycket väl att Magda älskar smultron, därför föreslår hon för systern att de skall gå till smultronstället. Elna fann smultronstället tidigare på dagen när de gick från höängen. De två systrarna vandrar hand i hand i den ljumma sensommarkvällen.

När de står på vägen som leder in mot Wasa stannar de båda upp. Man kan se på håll, att det inte finns någon stad mera. Allt är svart, utbrunnet och det sticker upp spöklika murar här och där. Deras vackra stad invid vattnet finns inte mer.

Ängen invid vägen är fylld med silvrigt, böljande ängsgräs och en normal dag hade doften av rölleka varit stark, nu känner de bara stanken av rök. De tar varsitt långt och stadigt strå av timotej och trär de stora, övermogna smultronen på det under tystnad. De finner en platt, fin sten som de slår sig ner på. Långsamt avnjuter de smultronen, ett efter ett.

Elna tänker just föra Anna på tal när Magda börjar berätta.

"Det är mitt fel att hon är död. Jag kunde ha räddat henne, men jag var för rädd", säger Magda. Det låter fruktansvärt i Elnas öron, men hon tiger och låter Magda fortsätta.

"Först förstod jag inte att det brann. Visst hörde jag ljudet av klockorna.

Men eftersom jag aldrig hört det förut, förstod jag inte varför de ringde så. Jag var dessutom irriterad på Anna direkt från morgonen för hon bara grät och var ledsen, jag vet inte varför", fortsätter Magda och låter så liten. "Slutligen blev jag riktigt arg på henne och önskade att hon skulle försvinna ur mitt liv. Varför ska just jag behöva vara ensam med en liten syster hela dagarna, tänkte jag medan det kändes som att bröstet skulle sprängas".

Elna suckar, men säger fortfarande inget. Hon förstår så väl att Magda var trött på att sköta Anna hela tiden.

"Sedan somnade Anna om igen. Vi var, som vanligt, uppe i ottan så hon var väl trött efter att hon fått äta gröt på förmiddagen. Jag hade satt mig ner för att lappa lite kläder och jag tror att jag också somnade där jag satt. Mitt i allt var det sådant oväsen ute och jag såg folk springa längs vägen. Jag blev då nyfiken på vad som hände. Jag tittade till Anna och hon sov så gott att jag bestämde mig för att gå ut, bara en snabb vända, för att se vad som var å färde. Jag vandrade iväg längs med gatan och det var både trångt och spännande, så jag gick lite längre. Ända bort mot kyrkan gick jag. Jag stannade sedan för att lyssna, det spelade så märkligt i orgeln" berättar Magda.

Elna nickar. "Ja, jag hörde också orgeln", inflikar hon.

"Sedan skulle jag gå tillbaka och hämta Anna, för det brann så hemskt. Jag tänkte att vi måste fly ut ur staden, som så många andra gjorde. Men när jag närmade mig vårt hus kom jag inte ända fram, det brann överallt. Jag försökte från alla håll ta mig till huset och jag kom så nära att jag kunde se att vårt hus brann, det stod alldeles i ljusan låga". Nu har Magda svårt att prata, hon har krupit ihop och kramar sina knän medan hon hulkar och snorar så att hela hennes späda gestalt skakar. Elna snyftar också. Hon vet inte om hon gråter mer för lilla Anna som brann inne eller för lilla Magda, som hade kämpat så för deras syster. Eller kanske hon känner för dem alla, för deras far som nu mist både fru och dotter. För ödet som inte vill dem väl, som tog både deras mor, deras syster och deras hem. Hon gråter också för den förlorade staden.

Elna orkar inte tänka på alla umbäranden de ännu skall möta innan de har ett hem igen, där far kan arbeta och Magda kan bo. När hon tänkt tanken, minns hon att även huset där hon själv tjänar och bor nu troligen brunnit ner. Så också hon själv är både hemlös och utblottad. Familjen har ingenting, inte ens mat för dagen. Inte kan de heller bo kvar som snyltgäster hos familjen Karlsson länge till. De måste komma sig vidare, hitta far och få ett nytt hem.

Kapitel 3

Alla är vänliga mot Amalia och hennes faster. Det visar sig att fastern är den minst vänliga av alla. Amalia skäms över fastern och hennes överlägsna sätt mot de andra på gården och i synnerhet otacksamheten hon visar mot värdparet. Amalia önskar att fastern bara kunde vara tyst och tacksam, men nej. Francesca klagar och kommenterar och hon gör det på det mest opassande sätt. Fastern påminner titt och tätt alla om sin egen fina bakgrund, även om det är helt ovidkommande, när de måste leva på andras nåder och bekostnad likadant som alla andra hemlösa Wasabor. Men Amalia ber inte om ursäkt för fastern, hon bestämmer sig för att Francesca själv får stå för sitt eget uppförande; det är inte Amalias ansvar att se till att fastern uppför sig, gamla kvinnan. Det borde vara tvärtom, att fastern får hålla efter den unga brorsdottern. Men Francesca har alltid varit svår, tycker Amalia. Men nu, här på gården, skäms hon ibland omåttligt över sin faster. Fastern vägrar till och med att gå på dasset.

"Tror ni att jag tänker gå på samma dass som pigorna och drängarna, så misstar ni er grovt. Ni får ge mig en ordentlig hink att gå på, så får pigorna gå och tömma den några gånger per dag", domderar fastern med stadig blick, rak rygg och hög röst.

"Jag skall minsann betala för mig sedan, när jag får tag i mina släktingar och kommer åt mina pengar", skryter hon dessutom.

Amalia önskar att någon hällde den äckliga dasshinken över huvudet på fastern, själv vågar hon inte göra det. Om Amalias far fick höra om dylika "bragder", råkar hon i sådan onåd att hon inte vågar tänka tanken till slut. Amalia hoppas innerligt att hon inte skall behöva bo i samma hushåll som fastern längre, när de flyttar tillbaka till Stockholm.

Det är också mycket på gården som är svårt och ovant för Amalia. Alla andra hjälper till med potatisar, dasstömningar, vask och annat som Amalia aldrig har gjort – och om hon skall vara ärlig – som hon heller inte vill göra. Amalia drar sig därför mest undan och hon har den lilla, olyckliga Magda hos sig istället. De går på långa promenader, de sitter och samtalar och Amalia gör flätor och håruppsättningar i Magdas hår för att de skall ha något att göra.

Magda berättar hela historien om huset och Anna för Amalia. Det är det värsta Amalia har hört i hela sitt liv – inte för att hon har hört talas om särskilt mycket elände heller. Men det är Amalia lyckligt omedveten om.

Det största bekymret i Amalias värld är hur de skall komma bort från gården och hem till Stockholm. Men även känslorna hon märker att hon hyser för Alfred känns som ett problem i sig. Det senare problemet tänker hon dock inte låta styra sitt livsöde. Amalia tänker på sekunderna när hon och Alfred tog i armkrok. Det kändes som om hon brände sig på honom, så starkt reagerade hennes nerver vid beröringen. Hon blir oerhört irriterad på sig själv när hon märker att kinderna blossar i hans närvaro och att hon knappt klarar av att konversera. Hon som är uppfostrad till en utmärkt konversatör och värdinna, hör sig själv stamma i hans sällskap. Det är första gången som hon känner att det verkligen pirrar i kroppen i en mans närvaro, i motsats till alla andra män. De har väckt hennes intresse på grund av att de är ett gott parti eller rör sig i de rätta cirklarna. Men fortfarande, när hon tänker logiskt, är hon inte redo att överge sitt sunda förnuft för ett pirr i kroppen. Hennes framtid är alltför viktig för dylika hastiga beslut. Därför drar hon sig undan när hon märker att han närmar sig. Hon är nog tillräckligt kvinna för att inse och känna att även hon väcker något slags pirr i honom. Må så vara, tänker hon om den saken. Hon har också noterat att även Elna följer Alfred med blicken – även om han inte iakttar Elna på samma sätt. Amalia tycker att de skulle passa varandra utmärkt väl, i motsats till henne själv och Alfred som par.

* * *

De stiger tidigt upp, det är nu två dagar sedan branden rasade om morgonen den tredje augusti. Alfred planerar att ta med sig Einar och ett par drängar till Wasa. De ska åka häst och kärra in till stadsruinen för att se vad som finns kvar, eller snarare vad som inte är kvar av staden mer.

"Gå och spänn för hästen", kommenderar Alfred drängen Kalle. Alfred står och väntar på att ta emot en liten matsäck och ett par flaskor vatten nedpackade för dagsutfärden. De kan inte köpa sig något till livs i en stad som inte finns mer.

Innan avfärden flockas kvinnorna och barnen runt männen och förmaningar och förfrågningar haglar över dem. De lovar att komma ihåg att söka efter det ena och det andra och hålla utkik efter olika personer på sin väg. De hoppas alla också, i sitt stilla sinne, att det skall visa sig att det inte är fullt så illa som rykten säger och som det ser ut på håll.

Alfred vill köra hästen själv och Einar sitter med honom på kuskbocken, medan de två drängarna åker bak på kärran. Det är varmt och kvavt redan från morgonen. När de närmar sig stadsporten känner de redan på långt håll stanken av förkolnat trä. De möter en spökstad med svarta murar som sticker upp och bråte som ligger överallt. Det ser ut att bli svårt att köra hästen bland ruinerna. De diskuterar saken och kommer fram till att hästen kan stiga illa bland bråtet och bestämmer därför att sända hem hästen och kärran med en av drängarna. Drängen har förstås sett fram emot att se på eländet, så han muttrar surt när han blir tvungen att vända hem tillbaka. Men de vågar inte heller riskera att ha hästen stående ensam på ängen utanför stadsporten med alla desperata människor som rör sig kring stadsruinen.

"Jag vill gå och se om det finns något kvar av mitt hem", säger Einar med blicken riktad mot sin del av staden.

"Ja men naturligtvis, visa du vägen så följer vi efter" svarar Alfred. "Vet du kanske var Elna och Magda bodde också, så kan vi gå där via" fortsätter han.

Einar nickar och de tar sig sakta fram genom de förstörda kvarteren. Det är obehagligt att andas in luften kring allt det förkolnade träet. Snart går de alla tre och håller sig för både munnen och näsan. Det är tungt att andas in sotet som ligger tjockt i luften. Einar, som känner staden väl, berättar om husen som stått längs med gatorna och vem som bott i dem. Vid vissa tomter är familjerna redan igång med röjningsarbetet och männen antar att de tänker röja och bygga upp nytt hem på sin mark.

De ser bara ett hus i funktionsdugligt skick och det är Wasastjernahuset som är byggt i sten. Men så är det inget normalt bostadshus heller, utan ett äkta herrskapshus i flera våningar.

De hittar snart tomten där Elnas familjs hus har stått och där finner de också Elnas och Magdas far, Jakob. Einar känner igen honom, men Jakob lägger först inte märke till dem. Jakob är mörkblond med gråa strimmor i sitt hår. Han har en stor mustasch som hänger ner över överläppen och buskiga ögonbryn ovanför de blågrå ögonen. Fadern sitter på något obestämbart, förkolnat föremål med ansiktet i händerna.

"Jakob", säger Einar med mjuk röst. Han lyfter huvudet och ser mot dem. Det är en man nedbruten av sorg som ser på dem.

"Ja-a", svarar han, men säger inget mer. Det uppstår ett ögonblick av tryckande tystnad. Männen som anlänt från Runsor vet att de har både goda och dåliga nyheter till honom.

"Söker du flickorna?" frågar Einar.

Han får bara ett par nickningar till svar. Einar ber Jakob följa med dem, för i ruinerna av deras hus står inget mer att finna. Tveksamt stiger Jakob upp och går långsamt fram till Einar.

Alfred tar till orda och börjar berätta. Först berättar han den goda nyheten, att han hos sig har Elna och Magda. Men det går inte att berätta att han har två flickor hos sig, utan att fadern genast lyssnar in att det tredje namnet inte nämns. Så då måste de även återge historien de har hört Elna berätta, vad som har hänt med lilla Anna. De får halvt om halvt bära den nedbrutna mannen med sig när de går. Men de tar honom med sig där de vandrar fram genom Wasas ruiner. Inget finns kvar av Einars hem heller, så de går vidare mot kyrkan. Taket har fallit in på klockstapeln och kyrkan och skolan har brunnit ner. Det är så nedslående syner allt de ser, att de snart bestämmer sig för att bege sig tillbaka till Runsor. Ingen blir ens hungrig. Det finns liksom ingen ro att tänka på så värdsliga ting som magens kurr och mat.

De tar med sig Jakob till Runsor, till flickorna. De har nu ingen häst och kärra och har en ganska lång promenad framför sig. Lindallén upp till hovrätten, precis innan stadsporten mot Runsor, har även den mirakulöst nog klarat sig, liksom hovrätten. De sätter sig en stund för att vila mellan de lummiga träden innan de vandrar ut till Runsor.

Längs vägen hinner de vrida och vända på stadens öde, spekulera om hur branden startade och även stanna och språka med folk de möter längs vägen. Ganska lite av diskussionen rör sig kring framtiden och framtidsplaner – kanske för att de inte hyser några stora förhoppningar om framtiden just nu. Kanske för att de är små män i en stor och hård värld som inte erbjuder dem många möjligheter.

Jakob däremot, han är mest tyst och han tittar hela tiden bort från de andra, blickar ut mot fjärran, som om han ständigt sökte något eller någon med blicken. Någon som han aldrig mera kommer att få se. Han har inte ens en kropp att begrava efter den lilla tösen. Det är ett grymt öde att gå till mötes för ett barn, att i sin ensamhet brinna till döds.

Deras dag blir lång och vandringen tar lång tid, trots att sträckan inte är så många kilometer. De når inte gården i Runsor förrän mot kvällskvisten. Alla väntar hem dem och spanar efter dem, när de väl anländer. Det tar en stund innan flickorna Grönberg dyker upp och märker att deras far, skomakare Jakob, anlänt tillsammans med den lilla truppen.

"Faar!" ropar Elna, när hon får syn på honom och hon springer honom till mötes.

Elna märker inte ens att Magda reagerar tvärtom mot henne själv och att flickan vänder tvärt och springer in bakom en husknut och försvinner ut över ängen och bort mot skogen. Jakob noterar däremot vad som sker och vaknar för första gången till liv, sedan den lilla truppen fann honom sittande vid husruinen. Han springer mot Elna, men istället för att ta henne i sin famn som Elna tror att han kommer att göra, tar han tag i hennes arm och säger:

"Följ med, Magda springer sin väg!"

"Vad, Magda gör vad?" säger Elna förvirrat med uppspärrade ögon. "Varför skulle Magda springa sin väg?"

"Bara kom!" utropar Jakob och de tar upp jakten på Magda båda två.

De hinner precis se Magdas gula klänning och dansande flätor försvinna in i skogsbrynet en bit framför dem och ställer siktet mot samma plats. De springer som "jehun" över ängen, når skogen, rusar in mellan träden och vidare in i skogen. De hoppar över stenar och stubbar i den oländiga terrängen. Elnas kjolfåll fastnar gång på gång i stubbar och kvistar så hon vacklar och faller omkull ett par gånger. Till sist tröttnar hon på svårigheterna med kjolen och hissar upp den så högt att knäna syns. Hon resonerar i all hast att ingen borde se henne nu, så det gör inget att hon uppför sig opassande i skogen.

Efter en stunds springande över stock och sten måste Elna och Jakob stanna upp och konstatera att de inte har någon aning om varken var tösen är eller var de själva befinner sig. De ropar Magdas namn om och om igen, strövar av och an, men vågar inte gå längre bort än vad de redan är, rädda att de skall gå ännu mer vilse i den djupa, okända skogen. En sugande känsla i magtrakten påminner plötsligt Jakob om att han är rejält hungrig, han minns inte ens när han åt sist. Uppgivet slår han sig ner på en sten, med en tung suck. Elna sätter sig ner bredvid honom.

"Berätta nu Elna, berätta allt du vet för mig. Jag har varit så utom mig av oro för er alla tre. Sedan fick jag höra om Anna från männen och då kändes det som om jag mest bara ville dö, jag med. Men när jag såg dig och Magda kändes det som om jag har sovit och haft en svår mardröm, men att jag äntligen vaknade. Anna är borta och fattas mig, men jag måste orka ta hand om mina andra två flickor", berättar han för Elna, medan hon stilla tiger och lyssnar.

Elna börjar sedan i sin tur berätta. Hon berättar sin egen historia om branden, hur hon var ute på ängen, hur hon sökte systrarna och hur hon slutligen fann Magda.

När hon är klar med sin egen historia berättar Elna även Magdas historia för fadern, så som den har berättats för henne. De sitter bägge och kämpar mot gråten medan Elna berättar. De sväljer och sväljer för att få ner den tjocka känslan som väller upp i halsen, som gör det så svårt att prata. De har aldrig varit mycket för ömhetsbetygelser i den lilla familjen, bestående av den ensamma fadern och hans döttrar. Men nu sitter Elna och fadern och håller varandra i handen. De finner varandra på ett sätt som de aldrig har gjort förut. Det krävs, som ofta bland folk, något ont som för något gott med sig. Som får människan att inse att ensam inte är stark. Till sist ger Elna och Jakob upp och de vandrar mot gården. Det tar lång tid för dem att hitta tillbaka till bebyggelsen och utan de sista strimmorna av sommarljus i augustinatten hade de fått lägga sig till ro under en gran.

Trots den sena timmen är gårdsfolket fortfarande uppe när de vandrar in på gården; oron över den lilla familjen i kris är påtaglig, därför är de väntade tillbaka. Amalia kommer emot dem när de vandrar in på gårdstunet, hon sträcker ut händerna mot Elna. Med sin milda röst berättar hon:

"Magda kom tillbaka till gården för en timme sedan, kall, utsvulten och förtvivlad. Hon försökte tappert hålla sig vaken så hon skulle få be sin far om ursäkt för att hon sprang iväg, men sömnen tog det lilla barnet till sist. Hon ligger inbäddad i tjocka bolster eftersom hon var så kall," berättar Amalia.

Jakob nickar medan Amalia pratar. Han är så utmattad och tårögd att han först inte kan prata men sen får han krystat ur sig:

"Bästa fröken, jag tackar för all hjälp ni har gett vår lilla Magda," säger han, för han förstår att detta är den unga kvinna som tagit så väl hand om hans Magda – men det betyder inte att han vet hur han skall hantera henne och hela situationen med en fin köpmansfröken.

Elna och Jakob äter lite mat och går till sina sovplatser, men det tar lång tid innan någon av dem somnar. Elna planerar och funderar, framtiden går inte att undvika. Jakob ligger och vrider sig, hur skall han orka ta itu med allt? Allt känns bottensvart. Inget hem har han, en av hans döttrar är död och de andra två är hemlösa och sorgtyngda. Jakob sänder, som vanligt, upp tankarna till sin kära, avlidna hustru som är i himlen hos sin skapare. Nu ber han henne om ursäkt, i bönen, för att han inte klarat av att ta hand om familjen och hemmet bättre än så här. Om hon kunde svara honom, skulle hon visst säga:

"Kära Jakob, det var inte din skuld att Wasa brann; ta du istället tag i saken och bygg upp ett nytt hem, fort, innan vintern är här." Men de döda svarar inte på de levandes desperata kontaktförsök och Jakob måste hitta styrkan att gå vidare i sig själv, och i sina döttrar. Han har alltid varit en ganska tyst man som handlat utav plikt utan känslostormar och stark initiativförmåga. Att nu plötsligt stå utan hem är för honom nästintill ett omöjligt hinder.

Nästa morgon vaknar Jakob av en känsla. I landet mellan dröm och verklighet förnimmer han en närvaro. I drömmen tror han att det är hans älskade Signe som besöker honom från andra sidan, så han viskar hennes namn.

"Nej far, det är jag, Magda", svarar honom då en liten röst. Med ens är han klarvaken och sträcker ut sina armar mot den lilla. De ligger med armarna om varandra en lång stund, utan att säga något. De tänker bägge där de ligger, att så har de aldrig gjort förut. Magda har fått ty sig till Elna för kramar och tröst. Jakob har inte kramats sedan han höll Signe i sina armar, om man inte räknar med att han burit lilla Anna som spädbarn, eftersom hennes mor inte fanns hos dem och kunde ta hand om barnet.

"Far, jag har dödat Anna", viskar plötsligt Magda.

"Nej, men vad säger du", utfar han häftigt och föser dottern ifrån sig för att kunna se på henne. "De var det dummaste jag har hört! Visst vet jag vad som hände, jag har hört historien och inte var det du som dödade henne".

"Jo, men ser du, det var nog det, eftersom jag inte tog bort henne ur elden, då ingen annan fanns till för henne. Jag tänker hela tiden på hur hon hade det, där i elden, som brände henne tills hon dog. Det gör så ont far, när man bränner sig på spisluckan, och nu brann hela Anna upp. Hon brann tills hon dog och blev till kol." Magda är redan på randen till hysteri, hon skakar och kan inte prata mer.

Fadern stryker sin lilla flicka över ryggen och upprepar att det inte var Magda som dödade Anna, utan att det var eldens fel. Han har däremot ingen tröst att erbjuda henne för föreställningen om hur det var när Anna brann. Han har också själv svårt med bilden som uppstår på näthinnan av det oerhörda som hände. De pratar inte mer om saken just då. Även tystnad kan vara tröstande ibland. För Magda är det just nu ändå allra viktigast att far inte lägger skulden på henne. Men inne i Jakob rasar en helt annan strid. Striden i hans eget sinne som säger honom att han lämnat sitt barn ensamt för att rå om ett annat barn under en lång tid. Inte bara Anna hade han ålagt Magda att sköta om, hon skötte även huset, maten, elden i spisen och djuren.

En vuxen person skulle inte ha dragits med av nyfikenheten och lämnat den lilla sovande i huset med en stad som står i brand. Han förebrår nog mest sig själv, även om hans inre även brusar mot det oerhörda misstaget som Magda gjorde, när hon lämnade sin sovande syster. Det blir ett tungt ok för henne att bära under återstoden av sitt liv, tänker han.

Elna kommer och letar reda på dem. Hon blir varm inombords när hon ser systern och fadern tillsammans och hon hoppas att även om inget blir som förut, så blir det bra med tiden. Elna måste nu bara få far att inse att det är dags att börja arbeta. De har bott ute på gården i Runsor i flera dagar redan. De kan inte fortsätta att snyltgästa de snälla bönderna länge till – även om hon trivs utmärkt väl på gården och även i Alfreds närhet.

Hon ser att hans blickar söker sig till Amalia. Elna önskar att Alfred skulle se på henne på samma sätt. Amalia, den fina, mörka och sköra människan som man omöjligt kan tycka illa om. Men inte förstår hon hur de två kunde bli ett par, för två mycket mera olika människor kan man knappast hitta. Tänka sig Amalia som husmor på gården, hon som nästan är för fin för att skita själv. Tänk då när hon skulle få ta hand om barnens, djurens och snart även svärfars skit. Tanken får Elna att fnittra till. Tänk hur Amalia skulle stå där med spretande fingrar och bortvänt huvud, medan hon muttrar för sig själv så som hennes faster Francesca nu går an hela tiden. Visst kan kärleken stranda på skit också, tänker Elna.

"Kom nu, ni två, vi ska få i oss lite morgonmat och sedan skall vi börja fundera och planera", säger Elna till sin lilla familj.

De stiger upp, ruskar på sig och kommer igång. Den lilla klungan går tillsammans mot boningshuset och bänkar sig vid bordet, förutom Elna, som sin vana trogen, tar vid med jobbet i köket. Hon är flink och tvekar inte när något skall göras. Hon hanterar lätt alla situationer som uppstår med Alfreds mor och den äldre kvinnan accepterar Elnas närvaro utan desto större maktkamp. Alfred ser detta, han ser Elna och han ser hennes blickar. Han önskar av hela sitt hjärta att han hade fått upp ögonen för Elna istället för Amalia.

Amalia å sin sida sitter stillsamt på sin stol och väntar på att bli serverad. Hon verkar till och med ovan vid att bre smör på sina egna brödbitar. Alfred har förr yttrat högt att han bra gärna hade velat vara född i den privilegierade klassen – men nu när han ser hur de beter sig så tvekar han allt nog.

När morgonmålet och disken är avklarad, säger Elna till sin far och till Alfred att de måste börja fundera på framtiden, på sitt hem och på avfärden.

"Det är snart höst och vi kan inte vara hemlösa när vintern är här. Det är redan många som gett sig av till nya städer och flera som börjat röja sina nya hem" säger hon. "Jag vill gärna att du är med och planerar med oss Alfred, du har så gott huvud", ber hon.

De sätter sig kring bordet och gör upp planer. Magda får lov att sitta med om hon lovar att tiga, lyssna och inte avbryta vuxet folks diskussioner.

* * *

Sedan Magdas far dök upp tyr sig flickan allt mindre till Amalia och därför känner sig Amalia, om möjligt, ännu mer onyttig och fumlig än förr. Hon sitter och filosoferar över hur märkligt det är att trots att någon har arbetat runt henne hela hennes liv och hon själv aldrig har behövt tvätta, koka, städa eller dylikt så har det aldrig förut känts onaturligt. Det har varit en självklar sak att någon annan sköter arbetet. Men nu, här, som inhyst flykting med alla andra som idogt knatar på från morgon till kväll känns det nästintill vansinnigt dumt att sitta och se på. Visst gör hon tafatta försök att hjälpa till, men de resulterar alltid i att Elna, Alfred, Stina eller någon piga kommer och föser bort henne. De måste nog anse att jag är helt hopplös, inser Amalia medan hon kämpar mot frustrationen.

Amalia har ganska rätt i den saken, det är fler än en som har smålett åt hennes tafatta försök att vara till nytta. Stina, som först var så vänlig, har börjat pika henne och ger henne dessutom kommentarer som får Amalias kinder att glöda av skam. Mer än en gång skulle Amalia vilja ge igen och sätta Stina på plats, som hon normalt gör med en uppstudsig piga. Men varför tycker Stina plötsligt illa om henne? Om Amalia hade varit en mer erfaren kvinna hade hon insett att Stina har sett blickarna som hennes son ger henne och förstått att Stina anser att Amalia är det sämsta tänkbara partiet för deras bondgård. Och att modern därför försöker göra bort Amalia inför Alfred vid varje givet tillfälle, för att få honom på andra tankar. Däremot höjer Stina den andra unga kvinnan, Elna, upp till skyarna.

Den enda som anar vad som sker är Alfred. Han håller dessutom med sin mor, men det hjälper honom inte i hans hopplösa, kärlekskranka situation.

* * *

En av drängarna, som fått i uppdrag att rekognosera om det finns något som fungerar inne i staden, kommer hem med ett brev adresserat till Amalia Adlerhjelm. Drängen berättar också att det har byggts upp en tillfällig post utanför staden, i närheten av sjukhuset vid den västra porten. Myndigheterna har tydligen även upprättat en mottagning för alla hemlösa där de delar ut olika förslag för framtiden samt mat och andra förnödenheter åt brandens offer.

Amalia noterar att brevet är från Stockholm så hon river upp det med hast och hon hinner en kort stund glädja sig över att svaret från föräldrarna kom så snabbt. Men hon noterar direkt hon börjar läsa att hennes mor ännu inte fått hennes brev när detta postades. Modern berättar om allehanda nöjen de varit på, att far arbetar hårt och att de planerar en visit i Wasa innan höststormarna sätter in. Modern skriver också att de ännu inte hittat en passande man som Amalia kunde gifta sig med och att de därför har planerat att Amalia och fastern kanske kunde stanna en vinter till i Wasa. Amalia suckar högt för sig själv. Mor, tänker hon, jag tänker aldrig mera bo i Wasa – oberoende om staden byggs upp på nytt eller ej. Faster Francesca har hört om brevet som anlänt och kommer skyndande.

"När anländer skeppet?" frågar hon med pigg röst och glittrande ögon, hon är lika ivrig – om inte ännu ivrigare – än Amalia att komma sig bort från Runsor och tillbaka till Stockholm.

"Nej, mor hade nog inte fått mitt brev än när hon skrev detta, så vi måste vänta vidare", svarar Amalia.

Hon håller hårt i pappret och har god lust att skrynkla ihop det och kasta det så långt hon förmår.

"Åh, jag orkar inte vänta längre" utropar fastern och både hennes röst och blick är som ombytta i ett enda slag.

"Nej, men det har bara gått någon vecka ännu, så de kan omöjligt hunnit få information om branden, hinna arrangera med vår transport och sända ett brev. De vet nog inte ens om att vi lever, om de inte fått vårt brev. Jag tror dock att vi kan anta att de har läst nyheten om branden vid det här laget", svarar Amalia.

Hon stiger upp och går ut ur rummet, hon orkar inte vara den starka klippan för sin faster hela tiden.

Dagarna avlöser varandra som ett pärlband och Amalia vantrivs allt mer ute i Runsor. Hon kan inte motstå att i smyg beundra Alfred och i hennes fantasier smeker han henne ömsom hett och ömsom långsamt. Hennes sunda förnuft förbjuder henne dock att ha någon annan kontakt än den mest påtvungna med honom. Hon är så innerligt trött på att vara ute på gården i Runsor. Bara tanken på att gifta sig med Alfred och bosätta sig ute i byn får hennes hud att knottra sig av obehag.

Samtidigt i Stockholm har Amalias föräldrar mycket riktigt läst om branden i tidningen och de är båda två utom sig av oro för Amalia och Francesca. Direkt de läst om vad som hänt inleder fadern, Georg Adlerhjelm, arbetet med att ordna transporten från Wasa. Han tänker tanken, men säger den inte högt till sin fru, att det inte finns några garantier alls för att Amalia och Francesca lever längre, då branden hade varit så ödeläggande. Några namn över avlidna har inte nått dem.

Georg uppsöker flera rederibolag och nöjer sig slutligen med en plats ombord på ett fartyg som egentligen transporterar enbart tjära och normalt inte tar passagerare. Han hade knappast fått den platsen om det inte vore för hans inflytande i köpmannakretsar. Georg gick tillväga så, att han kontaktade Carl Gustav Wolffs rederibolags kontor i Stockholm och presenterade sig som ytterligare en köpman från Wasa och berättade om damernas öde. Eftersom köpman Wolff är verksam i Wasa, ordnade det sig hastigt. Även om Carl Gustav personligen inte hade blandat sig i ärendet.

Georg ser däremot inte fram emot resan. För även om han inte arbetat med tjära, vet han mycket väl hur det måste lukta på ett dylikt fartyg. Han lyckas dock inte boka returplatser för tre personer hur han än försöker, så han måste överlåta det problemet till en senare tidpunkt. Kanske de får lov att ta sig ned mot Åbo och boka transporten till Stockholm därifrån.

Georg känner att det är för många frågetecken och för stor oro i huvudet för att det skall vara bra för hans hjärta. Hans fru, Roshild, ansätter honom hårt med frågor och går an hela tiden så, det är bäst att hålla sig borta hemifrån.

Skeppet avseglar först om två dagar, så väntan känns näst intill oändlig. Georg hör sig för i sin bekantskapskrets. All information han får är väldigt nedslående. Wasa lär ha brunnit ner till grunden inom loppet av några få timmar. De flesta har visserligen överlevt, men de är strandade utan mat, vatten och husrum. Han kan inte förstå hur hans bortskämda dotter och syster skall klara av att leva under dylika förhållanden.

Georg gör inköp för resan. Hans promenadskor och hans opraktiska dräkter passar knappast för den resa han nu måste företa sig. Han köper oömma kläder, mat som är lätt att ta med sig och han förser sig med kontanter, eftersom dylika knappast går att få tag på i Wasa längre. Han tänker inte på att det knappast finns något som går att köpa i den nedbrunna staden.

Dagen för avresan har kommit och Georg tar sin stora, tunga väska och beger sig till hamnen i Stockholm. Han går ombord på skeppet och inser att lukten av tjära inte är så illa. Det kunde i alla fall ha varit värre. Han har fått en brits att sova på. Han för ner sina pinaler under däck och går sedan upp till kaptenen för att följa med arbetet när de kastar loss. Det är en vacker dag i Stockholms skärgård; aldrig tidigare har Georg sett så många kobbar och skär och vattnet glittra så vackert. Det är som om han hade vaknat ur en dröm, eller ur en dimma. Han ägnar sin tid åt att småprata med den livserfarne kaptenen och åt att begrunda vad som är viktigt – på riktigt – i livet och vad som är bara yta, egentligen.

Georg har aldrig varit en aktiv del i sin dotters liv, han har träffat henne, han har skakat på huvudet åt hennes idéer och han har försökt skaffa henne ett bra gifte. Men har han tänkt på henne, har han känt för henne? Nej, faktiskt väldigt lite. Är det så dags nu, när hon kanske är borta? Ja, det verkar visst så, konstaterar han för sig själv.

”Direktören är långt borta i sina tankar”, säger kaptenen, Lasse heter han.

”Ja, det är visst så idag”, svarar Georg tankfullt medan han blickar ut över vattnet mot den avlägsna horisonten, där himmel och hav möts.

Georg bestämmer sig för att berätta för Lasse vad som har hänt, varför han brådstörtat måste komma sig till Wasa och också vilka känslor det har rört upp i honom. Det måste vara något med det väderbitna ansiktet, de snälla ögonen och det gråa skägget som gör att man får förtroende för Lasse, tänker Georg, medan de pratar. Eller det är nog mest Georg som pratar medan Lasse inflikar ett hummande, eller någon passande fråga vid rätt tillfälle. Slutligen är det nog en ganska ensidig konversation, men det noterar knappast Georg, eftersom han har så stort behov av att få öppna upp och berätta om de saker som håller på att svämma över inom honom. Georg glömmer att fråga om Lasse har familj eller något annat liv än båten. Han kommer inte ens på tanken att Lasse kanske är hemma i Wasa, trots att han pratar vacker, sjungande finlandssvenska.

Det är en lugn seglats på ett vackert hav. Georg lär sig mycket under resan, saker som han aldrig någonsin har tänkt på förut, om fenomen som morgon- och kvällsvindarna. Han lär sig hur man ska förstå fyrarna och vilka sjö- och havsfåglar de ser längs turen.

Det är redan mörkt i augustinatten när de närmar sig Wasa. Tack vare båtens lätta gung, den friska havsluften och det monotona ljudet får Georg äntligen sömn, till sist. Han sover lugnt och drömlöst. Nästa morgon när han vaknar är de på väg in mot hamninloppet i Wasa. Georg har aldrig förut varit så spänd på vad han skall komma att möta. Han vet inte ens var han skall börja leta och hur han skall ta sig vidare nu, när han äntligen når den svarta, nedbrunna staden. Det är nu över två veckor sedan staden brann ned, så om hans dotter och syster är vid liv har de levt en lång tid som hemlösa.

Fartyget lägger till vid bryggan i Brändö, eftersom hamnen vid Hästholmen är för grund för deras relativt stora båt. Georg väntar otåligt med sin väska i handen på väg att gå av båten, när Lasse dyker upp vid hans sida.

"Har direktören tänkt gå ensam, utan skjuts och utan en aning om vart direktören skall ta vägen?" frågar han.

"Tja, jaa, jag har väl inte så många andra val", svarar Georg med knarrig röst.

"Jag kan komma med direktören, jag kan också ordna så att vi får skjuts med dem som transporterar tjäran", svarar Lasse.

"Men känner du till staden?" frågar Georg häpet.

"Ja, jag kände i alla fall staden, som den var förut, det är min hemstad och även mitt hem har troligen brunnit ner", säger kaptenen med käckare röst än vad hans min visar.

Georg känner pulsen stiga, kinderna färgas röda och han vet inte vad han skall svara på Lasses kommentar. Han har bara pratat om sig själv hela resan och inte en gång vare sig frågat eller undrat vad Lasse har för bakgrund. Nu skäms han för sin självgodhet.

Kapitel 4

D et är en allt större kamp och det krävs en stor portion fantasi för att hitta mat att föda alla människor med på gården ute i Runsor. Fjolårets förråd är tömda och årets skörd har inte växt klart. Alfred har redan bett flera av familjerna att bege sig mot staden och söka upp andra ställen att bo på. Det känns oerhört tungt att be dem gå, men nöden nafsar dem i hasorna.

Däremot är familjerna Adlerhjelm och Grönberg ännu kvar ute i Runsor och han har inte hjärta att köra bort dem. De två hjälplösa kvinnorna Adlerhjelm skulle inte klara sig en enda dag på tumanhand och Grönbergs är så sargade i avsaknaden av den yngsta, avlidna dottern. Einar är också kvar på gården, men han är till stor hjälp med arbetet. Alfred kan klart och tydligt se hur Adlerhjelms damer vantrivs allt mer i deras enkla, men propra bondstuga.

"Jag har hört pratas om att de delar ut mat och förnödenheter åt dem som lider nöd" säger skomakare Jakob till honom. "Borde vi hämta mat åt oss? Vi kan väl låtsas att vi inte känner varandra och åka både du, jag o Einar så får vi lite större mängd mat", säger Jakob och ser finurlig ut.

"Ja visst, det är en utmärkt idé!" utropar Alfred.

De letar reda på Einar och bestämmer att de skall ta en promenad till bäcken igen för att hämta vatten och svalka sig, samtidigt som de pratar genom hur de skall genomföra sin plan. De promenerar iväg, denna gång utan matsäck. De försöker alla tre undvika att tänka på att magen både knorrar och krampar likt hundra ormar som vrider sig inombords. De känner alla tre irritationen växa inombords när de lyssnar till varandra. De är hungriga, det är varmt som i helvetet, de är svettiga och de blir därav rejält griniga. Som tur blir det inte bråk och handgemäng. Men det är blott och enbart tack vare den förnuftiga och aningen respektingivande Alfred, som lyckas styra upp diskussionen, när den är på väg att ta en besvärlig väg. Männen fyller först sina kärl och sedan badar de en kort stund. Bäcken är nu ännu grundare än den var senast de badade i den. Vattnet känns smutsigt och det ger enbart lite svalka. Besvikelsen över badet som inte ger den välbehövliga svalkan får gubbarna ännu grinigare.

Alfred kommer då ihåg en backe där det alltid har funnits gott om smultron och han tar med sig männen dit. Mycket riktigt, där växer röda, stora bär, klara att ätas. De sitter tysta en god stund och bara plockar i sig. De känner nog ett stygn av dåligt samvete när de äter sina magar nästan mätta, istället för att plocka med sig bären till dem som är kvar på gården. Men ingen säger tanken högt och saken lämnar därvid.

Männen fortsätter att planera utflykten efter mat.

"Vi tar häst och kärra och en dräng som kör kärran till porten, där drängen väntar tills vi kommer tillbaka. Så får vi lasta på kärran", säger Alfred.

"Ha, tror du verkligen att vi får så mycket mat, att vi behöver lasta den på kärra? svarar Einar sarkastiskt, med munnen på sned.

"Nja, men man vet aldrig och vi kommer ändå att få gå och bära på maten en lång bit", svarar Alfred och lyckas ännu hålla sin ton lugn och sansad.

"Ja, jag tycker att det är en god idé att ta hästen", kontrar Jakob och saken är därmed avgjord.

"Vet du var maten delas ut då?" frågar Alfred med blicken vänd mot Jakob, eftersom det var han som berättade om utdelningen.

"Ja, jag förstod att det sker vid sjukhuset, vid västra porten", svarar han.

Saken är klart diskuterad och de startar den mödosamma vandringen med vattenkärlen tillbaka genom den steniga terrängen. Dock känns magen bättre efter alla bär de ätit. Tungan är smultronröd och den kan komma att avslöja dem om någon skulle råka sträcka ut den. Men det försiggår varken lek eller skoj på den Karlssonska gården i dessa kristider, så risken att detta skall ske är minimal.

Männen bestämmer att de skall ge sig iväg tidigt följande morgon för att vara bland de första på plats, i hopp om att myndigheterna skall ha fått in ny proviant till en ny dag. Under kvällen tar Alfred med sig männen ut på ett fält för att vända lite hö. De behöver något att göra för att glömma eländet och arbetet med skördarna är dessutom redan lidande av allt extra jobb som uppstått i och med branden och folket som kommit till gården.

Kvinnorna försöker tvätta håret, troligen Amalias påfund. De har dock väldigt lite vatten, så det är svårt att få det rent på dem alla. Alfred smyger till sig en blick på Amalia i blött oflätat hår och en tunn särk när hon tror att ingen ser henne. Han drar häftigt efter andan, han har aldrig sett en så tilltalande och tillika värnlös människa förut. Han önskar att han kunde få vara den som skyddar henne genom livet.

På morgonen bänkar sig männen, som planerat, på kärran och ger sig iväg. Det står en hel hop med människor på gården vid deras avfärd. Hopen följer kärrans avfart med förhoppningsfull och en aning förtvivlad blick samt kurrande magar. De som tvångsgästar gården känner ett allt större tryck över bröstet på grund av det armod och bekymmer som utfodringen av dem har åsamkat gården. Nu är de fortfarande kvar i huset och förväntar sig bli utfodrade, som vilken boskap som helst. Det är något så förnedrande över denna verklighet, att ingen av dem som lever i den någonsin kommer att glömma hur det kändes. För varje tugga de tar och varje gång de sträcker ut sin hand, känns det som om de bränner handen och vill dra den tillbaka. När en människa hellre går hungrig än sträcker ut handen och tar den sista biten av brödet – då är nacken böjd så djupt den kan nå, utan att ännu ha nått så djupt i botten att människan tappar hämningen och inte mer bryr sig.

När kärran åkt av gården startar dagens rutiner med djurskötsel och gårdssysslor. Denna morgon försöker Amalia gå med och diska, hon blir dock abrupt bortschasad efter att ha söndrat en kopp i sina tafatta händer. Hon försöker tappert hålla masken och gå därifrån med stolt hållning men inombords rasar hon. Hon rasar allt mindre över det faktum att hon inte kan och inte förstår – hon rasar allt mer över det faktum att hon ens måste försöka. En del människor, liksom hon, är bara helt enkelt inte födda för att behöva utföra grovarbete. Hennes liv är mera ägnat åt konversationer, umgänge och att planera för ett hushåll snarare än till att utföra det som är planerat. Men detta går stick i stäv med att bo på denna usla gård.

Alfred, Einar och Jakob har funnit ett bra ställe där de kan lämna hästekipaget med sin övervakare. Männen vandrar sakta genom de nedbrunna kvarteren. De samtalar hela tiden och analyserar det som de ser. Enstaka hus är under uppbyggnad och bråtet röjs upp i alla kvarter. Det ligger färre brända stockar utströdda i kvarteren nu än för bara någon dag sedan när de senast gick här. Lukten av bränt är ännu påtaglig, men inte lika omåttligt tung som senast. Alla träd är svarta och förkolnade. Ingen av männen har någonsin sett något som ser så dött ut, utan att vara ett dött djur, eller, ve och fasa, en död människa.

Senast de gick här såg de många människor som uppförde sig förtvivlat, förvirrat och rent av konstigt. I denna arla timme ser de enbart några flitiga människor som gnetar på bland de brända stockarna. Hoppet är det sista som överger människan, i synnerhet den hemlösa.

Tankarna hos Alfred skiljer sig rejält från Jakobs och Einars tankar eftersom de två har förlorat sina hem medan Alfred bara är på besök.

"Kanske man borde börja ta itu med att röja och bygga", säger Einar. Jakob nickar bara, men säger inget. Tanken har även slagit honom, men han vet inte hur han skall ha råd. Han äger inget silver alls. Det enda han har kvar i sitt liv är två döttrar och en väska med skomakarverktyg. Väskan har han kvar bara tack vare att han råkade vara i arbete ute i Runsor när Wasa brann. Däremot brann de övriga verktygen upp med hemmet. Han har ingen möjlighet att köpa stock, spis, tegel eller något annat som behövs för att få byggt ett hem. Det är med en stor tyngd i bröstet som han tänker dessa tankar, men han säger dem inte högt. Han kan inte bo kvar med sin familj ute på Alfreds gård – men vart skall de ta vägen?

De vandrar vidare, gör allehanda iakttagelser, står en stund på bron över den grävda kanalen och når efter en timmes promenad den västra porten och sjukhuset. Det har redan samlats en del människor vid katastrofmottagningen, men än är det ingen rusning. Ingen har dykt upp för att ta emot de hjälpbehövande. Men exakt enligt sin strategi har de tre männen skingrats innan de gick genom porten. De står nu och väntar, var och en för sig, på att någon skall anlända och erbjuda hjälp och mat. De får vänta en god stund innan något händer.

Alfred står under väntetiden och begrundar och iakttar badhuset och trädgården några hundra meter bort, på andra sidan vägen. Visst har han hört talas om badet, bastun och trädgårdarna vid Liselund, men han har aldrig haft möjlighet att besöka stället. Det kostar ändå kring tio kopek silver, har han hört, och det är en lyx som Karlssons inte nänns unna sig. Han tänker på att Amalia säkert har besökt badet och badat bastu med röda, varma kinder medan hon skrubbat sig ren med en riktig tvättsvamp. Tanken känns gemytlig. Han bestämmer sig där och då, att han skall ta sig tid och råd att besöka Liselunds bad när allt detta elände är över. Det får bli hans morot inför framtiden. Han kunde kanske åka och bada med Amalia? En förbjuden tanke, som han skjuter ifrån sig.

Alfreds tankar vandrar snart över i irritation över att ingen dyker upp för att börja hjälpa de nödställda. Då hör han en vagn närma sig och rösterna höjas bland dem som väntar.

"Ställ er i tre köööeer!" ropar någon högt och ljudligt på en klingande ren finlandssvenska.

Att få en massa hungriga, irriterade män som väntar på något ätbart att ställa sig snällt i kö, är ingen lätt sak. Men de som anländer med provianten vet hur de ska göra. De upprepar gång på gång:

"Om ni inte köar fint får ni ingenting, ni får varken mer eller mindre mat för att ni trängs!"

Sagt och gjort. Slutligen åstadkommer den stora klungan av folk några köer av lite brokig art, men dock i rad. Alfred, Einar och Jakob ställer sig i tre olika köer och låtsas inte känna varandra. De har kommit överens om att också gå separat hela vägen tillbaka till kärran.

Alla tre står med huvudet på skaft och försöker se vad som delas ut där framme. Det visar sig vara ett ganska rejält matpaket och det känns tacksamt.

Alfred funderar över varifrån maten har kommit. Han får syn på en person som står och lastar och passar på att fråga:

"Varifrån har ni fått maten?"

"Den är hitsänd med fartyg från Sverige. Men den kommer också från Karlebytrakten och även från de finska trakterna. Alla fiskare har också dragit upp så mycket fisk de hunnit och klarat av mot betalning, av pengar som andra städer har skänkt till Wasa som hjälp. Till och med kejsaren har skänkt pengar" svarar mannen.

"Det var snällt gjort", svarar Alfred, för att ha något att säga.

Så blir det då Alfreds tur och även Einar och Jakob står snart i tur. De får sina säckar och bockar artigt.

"Tackar ödmjukast", säger Alfred, med mössan i handen.

Han har aldrig känt sig så skyldig någon ett tack förut som han gör när han får maten i sin hand. Likt de andra före dem i matkön stannar de tre männen, var för sig, och undersöker vad de har fått. De smackar lite med tungan och konstaterar saligt att det är potatis, ägg, fisk, salt och en påse grovmalet mjöl, i väl tilltagen mängd.

De tre männens ransoner sammanslagna gör att de nu har mat många dagar framöver, om de hushåller lite.

De vandrar, var och en i sina egna tankar, än en gång med blicken riktad ut över förödelsen i stadsruinen, medan de går mot porten där hästen väntar.

Alfred, Runsorbo som han är, möter få bekanta ansikten, medan Jakob stannar och pratar med flera personer. Alla frågar om hans döttrar och Jakob frågar även han i sin tur om folks hus och familjer. De flesta är hemlösa, men han är den ende som har mist en familjemedlem. Alla skakar på huvudet, tar honom i hand och beklagar sorgen. Det är svårt för Jakob att ta emot de goda orden, han vill helst vara ifred i sin sorg.

Han kan inte låta bli, utan går än en gång förbi ruinen av deras hem.

Hans dotters kvarlevor finns i bråtet som ligger kvar på tomten. Han besluter att nästa dag åter gå in till staden och ta itu med att reda upp bråten och se om han hittar några kvarlämningar av dottern att begrava. Hon ska få vila hos sin mor, planerar han. Ack vad Signe skall vara led på mig för att jag redan sänder dottern till henne. Dottern som hon gav sitt liv för att föda fram.

* * *

Männen når kärran nästan samtidigt. De har lagt lite tomma säckar på kärran under vilka de kan gömma sin mat. Alla tre inväntar ett passande ögonblick när de kvickt som vesslor smyger in maten under säckarna och slänger sig upp i kärran. Direkt alla är på plats manar drängen på hästen och de sätter iväg, med god fart. De är på gott humör och pratar glatt om hur gott om mat de har och vilken god kvalitet det är på paketet de fick.

När de kör in på gården är eftermiddagen redan sent liden och kvinnorna väntar ivrigt på dem. Elna kan se på männens ansikten och på deras hållning att de har lyckats få tag på mat. Det blir ett oherrans kackel och liv runt kärran när kvinnorna får syn på matsäckarna.

Alla på gården flockas runt kärran och männen och väntar med spänning på att se – och smaka – på maten. Till och med faster Francesca har sällat sig till de andra och glömmer några minuter att se barsk ut. Alfred ställer sig bakpå kärran.

"Vi har fått potatis, ägg, fisk, salt och grovmalt mjöl med oss hem. Det är väl tilltagna mängder och vi lyckades få egna säckar alla tre, så nu har vi ganska gott om mat. Vi måste naturligtvis fortsätta att hushålla med maten, men vi klarar oss kanske ända tills vi kan börja bärga och mala höstens skörd. Sen kan vi också försöka hämta mera mat. Men vi ska inte äta oss tjocka på det som delas ut. Vi måste också tänka på alla andra som svälter", säger Alfred och ser ut som en stolt tupp, där han står och håller upp en påse salt och en liten säck mjöl.

"Tänk att det var gratis, det är alldeles obegripligt!" utropar Elna och alla håller högljutt med henne. "Kära Alfred, lasta nu av maten så vi får koka en mustig och god fisksoppa och salta in resten av fisken", fortsätter Elna glatt. Det låter nästan som om hon vore husmor i huset, när hon talar så självklart och tar kommandot. Men sådan är hon bara, som person.

Medan de lastar av och packar in maten på sina rätta ställen, numera inlåst, småpratar Alfred och Elna.

"Varifrån kommer maten, egentligen?" frågar hon.

"Ja, jag frågade faktiskt upp den saken, eftersom också jag funderade på det. Den kommer från Sverige, Karlebytrakten och från finska trakter. Sedan arbetar också Wasas fiskare som aldrig förr med att dra upp fisk, som de får betalt för. Fisken delas ut åt alla hungriga stackare" svarar han och känner sig viktig.

"Nej men så givmilt av dem att ge bort mat" svarar Elna, lite andfått eftersom hon är så svag i kroppen och bär på en påse potatis. Alfred noterar att hon flåsar och precis som han skall fråga hur det står till tar, hon sig för ögonen i ett kort anfall av yrsel. Han tar tag i henne och stöder upp henne men säger ingenting. Efter några sekunder går yrseln över och Elna känner sig oerhört förlägen.

"Förlåt Alfred, det var inte meningen att skrämma dig", viskar hon. "Jag blev bara lite snurrig" fortsätter hon med lite starkare röst.

"Ja, jag såg det, blir du ofta snurrig?" frågar han oroat.

"Njaa, bara ibland. Jag har bara haft så bråttom att jag kanske blir lite trött. Men glöm det nu, vi ska stuva undan nu och så ska jag gå och hjälpa till med maten" säger hon käckt och vandrar iväg.

Elnas kinder bränner, hjärtat klappar och harmen svider. Oh, att hon måste ställa till det så. Hon ser nu ut som en svag vekling som svimmar av vanligt arbete, morrar hon för sig själv.

Sällan har männen sett så starkt fram emot något som de gör nu, när de sitter och väntar på maten.

"Det hade smakat gott med lite brännvin ikväll" säger Jakob plötsligt.

"Ja men visst fan har jag brännvin" skrattar Alfred och stegar iväg efter flaskan. Han vet nog att kvinnorna inte tycker om när männen dricker och går an, men just nu bryr han sig verkligen inte om det. De ska bara ta en liten sup, tänker han.

Vilken fantastisk känsla det är att kunna koka mat, åt alla, utan att behöva vrida händerna och känna obehaget suga i magen, när det än en gång inte blir något över till en själv efter att alla tagit för sig. Elna vet att maten borde delas någorlunda jämnt, det lilla de har. Men hon varken vill eller orkar stå på sig, utan låter de andra äta i tron att hon redan har fått mat. Men ikväll skall hon äta.

Fisksoppan blir fantastiskt god. Fisk, potatis, gräslök och rejält med salt i soppan. Bröd bakar de till och smör har de kärnat av mjölken på gården. De äter allihop tillsammans, först under andäktig tystnad, men vartefter magarna fylls, kommer även diskussionerna igång. Männen, som hunnit med några rejäla klunkar brännvin, diskuterar vitt och brett och skryter högre och värre över dagens äventyr ju längre kvällen lider. Slutligen kunde man tro att de varit utsatta för livsfara och att de arbetat så svetten runnit för att få hem maten till kvinnor och barn.

Kvinnorna skakar till sist på huvudet åt gubbarnas skrävel och går för att städa undan efter maten och lägga sig. Det finns inte en droppe soppa kvar och inte en brödkant. Däremot finns det många fulla magar som knotar och protesterar lite. Magarna är inte vana vid att äta sig mätta på så kraftig mat. Det är en och annan av dem som straffas med ett par extra varv via dasset och lite magplågor den kvällen. Men alla som ätit sig mätta tycker att det är värt lite straff av magen.

För en gångs skull är Elna mätt, trött och belåten och hon sover gott i nästan sju timmar. Hon vaknar nästa dag och känner sig som ny, utvilad och uppåt. Magda sover gott intill henne och Elna låter henne sova vidare. Hon tillåter sig själv att ligga utsträckt i bolstret en stund och bara se sig omkring och känna efter hur det känns. Hon ser solen strila in mellan plankorna och dammet virvla runt i en oändlig polka i solens ljusstrimma. Hon lyssnar till tuppen som gal och hon hör kor som råmar efter morgonmjölkningen. Av ljudet från korna att döma är klockan kring fem-sex på morgonen. Det är ett trevligt ljud att vakna till. Snart kommer pigorna och skramlar med hinkarna, medan de småpratar och klappar om korna.

Tankarna glider över på framtiden, som vanligt, och genast känns det inte lika hemtrevligt och mysigt mer. Tankarna maler om och om igen och upprepar samma vers gång efter annan. Vad ska vi ta oss till, var skall vi bo, vad skall vi göra och hur skall detta gå när det snart är vinter...? Men sen ruskar hon på sig och bestämmer sig för att gå upp, men låta Magda sova lite längre för en gångs skull. Magda är trots allt väldigt ung och kan behöva vila lite ibland.

Efter att ha flätat håret, klätt på sig, snört på sig kängorna som fadern har tillverkat åt henne och lagt hucklet över håret stiger hon ut på trappen. Hon stannar och drar hänfört efter andan när hon ser en vacker morgonrodnad och en lätt dimma som beslöjar åkrarna och ängarna. Morgonen känns trolsk och hon kan svära på att hon ser älvorna dansa i morgondaggen i väntan på ett offer att locka med sig ut i skogen. Sedan skyndar hon iväg och tar itu med dagens göromål. Snart vaknar männen och skall ha mat.

Elna bestämmer sig för att hon skall gå med, när hon hör far nämna att han idag ska gå och söka efter lilla Annas kvarlevor i bråtet. Han får säga vad han vill, så ska hon med och leta. Hon vill också få möjlighet att prata med honom ostört och försöka få honom att inse, att de måste börja råda över sin egen framtid och göra något åt den. Nu har de bott på Runsorgården i vad som känns som en evighet – trots att det bara är några veckor – och de måste se till att de har ett hem när hösten blir kall. Elna känner en stor skuld och skam i att vara inneboende hos de snälla Karlssons. Hon vill inte ligga någon till last och hon arbetar nästan dag och natt för att göra rätt för sig, sin syster och sin far. Hon skjuter tröttheten och hungern ifrån sig men i den tryckande augustivärmen är det svårt att orka. Hon känner hur det snurrar i huvudet, synen dimmas och klänningslivet sitter nu lösare än förut. Hon försöker skjuta tankarna på den döda lillasystern ifrån sig, men varje gång hon ser på Magda påminns hon om lilla Anna. Hon ser att även Magda grubblar och drar sig undan.

Vid frukosten meddelar Jakob att han skall vandra in till staden igen, för att börja titta på bråtet där deras hus stått. Han nämner inte Anna högt.

"Ja, jag följer med far", säger Elna rappt, med blicken stadigt riktad mot honom. Han bara nickar, det är onödigt att ta strid. Hon är trots allt en vuxen kvinna.

"Hrm, ja, jag tänker meddela er alla att jag tackar för mig och ger mig av idag", säger Einar plötsligt. Han har inte invigt någon i sina planer, så alla höjer förvånat blicken. "Men jag tackar husfolket här i Runsor så oerhört mycket för denna tid och för all hjälp jag har fått. Jag hade inte klarat mig utan er hjälp. Men nu måste jag ta itu med mitt eget liv. Jag skall försöka betala tillbaka min skuld till er någon dag, men det kommer att dröja, för nu ligger hårda tider framför mig." fortsätter Einar, med blicken riktad ner i bordet.

"Du pratar dumheter, du är inte skyldig oss någonting, det kommer inte på fråga att du skall betala oss", säger Ragnar, i form av gårdens ägare. "Men vi vore glada om du kom och hälsade på oss då och då och berätta för oss hur det går för dig", fortsätter han.

Einar nickar. "Ja det gör jag gärna. Men jag skall försöka betala er. Om inte annat kan jag hjälpa er med byggarbeten sedan när jag har byggt klart mitt eget hem. Jag är en händig och van byggare."

Det uppstår en liten tystnad.

"Men då slår vi följe mot staden", säger Elna och Einar nickar till svar.

Kapitel 5

Georg och kaptenen Lasse har anlänt till hamnen i Wasa och väntar på skjutsen som Lasse har ordnat för dem. De två männen har vid det här laget hittat varandra och håller på att bli goda vänner. Georg är inte van vid att ha vänner. Han har mest bara omgett sig med folk som han kunde ha nytta av under sitt liv. Han skulle aldrig ha kommit på tanken att berätta för dessa män de saker som han har anförtrott Lasse. De kumpanerna skulle säkert komma på något passande tillfälle att använda denna kunskap emot honom senare, så det gäller att akta sig. Detta är verkligheten för en köpman på en stenhård marknad. För att nå framgång gäller det att utnyttja de villkor och de människor du kan och skydda din egen rygg. Till och med dina kompanjoner skall du räkna med att utnyttjar dig.

Äntligen kan männen bänka sig på hästskjutsen och starta den långsamma och ganska långa färden till staden, eller stadsruinen.

"Man ser nog att det har varit en varm och torr sommar. Allting ser lite halvvisset och gulnat ut", kommenterar Georg.

"Ja, det är en rejält besvärlig torka här nu. Det fanns inte vatten nog att släcka branden med, även om det skulle ha funnits folk och utrustning", svarar Lasse.

"Det är svårt med boskapen som borde beta och bli tjocka och frodiga inför vintern, nu när gräset gulnat", fortsätter han, eftersom de just åker förbi en hage med några kor som står och försöker snappa åt sig lite gräs att idissla.

"Men som tur växte skörden bra från början av sommaren, så bönderna har gott om hö som nu torkar till vintern".

Georg bara nickar. Han är en klipsk man så han förstår hur saker och ting hänger ihop, men någon bonde är han inte. Och inte känner han personligen någon bonde heller, så han är inte särskilt välinsatt i bondens vardag och bekymmer. Men han har gott om andra bekymmer och ett stort ansvar hänger även på köpmännens skuldror.

Georg har inte ännu hunnit reda ut exakt vad branden innebär för hans företag och framtid. Han har haft stor handel i Wasa och hans handelshus i staden, – som säkert brunnit ner, – hade ett stort lager som i så fall gått upp i rök.

Men, först måste han ta itu med att hitta kvinnorna och få dem hem säkert. Sedan skall ha tagit itu med att reda ut affärerna. Han skjuter bestämt ifrån sig tanken och ovissheten kring huruvida kvinnorna klarat branden och var han kunde hitta dem. Under vägen mot staden möter de en strid ström av människor.

"Tro vart alla är på väg", säger Georg undrande, medan han iakttar en familj som vandrar långsamt längs vägen. De går med släpande fötter som rör upp vägdammet, deras hakor nuddar nästan bröstet och de har bara några få ägodelar i händerna.

"Ja, jag kan bara gissa, men jag tror att de tänker försöka hitta en båt som kan ta dem till Sverige eller till södra Finland. De orkar inte börja bygga upp ett nytt liv och ett hem här. De åker då hellre någon annanstans för att kanske kunna hyra boende och få ett arbete för att kunna tjäna sitt levebröd", svarar Lasse, med en djup rynka mellan ögonbrynen.

"Jag kommer inte heller att bygga upp något nytt hus här, om mitt är borta. Jag kan lika bra, eller egentligen ännu bättre, bo i en liten bostad i Stockholm", fortsätter Lasse.

Georg lyser upp.

"Ja men perfekt. Jag har en bostad du får hyra av mig. Den passar utmärkt för en person. Hyran är inte stor, den står ledig och jag har inte tagit itu med att finna en ny hyresgäst. Du får utsikt över vattnet. Hur låter det?", frågar Georg.

"Jaa, jo, det låter fantastiskt bra, men inte vill jag utnyttja direktören", svarar Lasse.

"Äh, struntprat. Det är avgjort. Och kalla mig Georg."

Efter vad som känns som en evighet närmar sig männen den västra porten och de känner lukten av staden redan långt innan de kan se den. Den stickande lukten av förkolnat trä ligger ännu tung över staden i den varma sensommarluften. De kör förbi något som ser ut som ett torg men nu lite senare på dagen finns ingen kvar där mera.

"Jag tror att myndigheterna delar ut mat och förnödenheter till de behövande", gissar Lasse.

Kusken säger att han inte skall åka längre och att männen måste gå vidare själva, så de hoppar av kärran med sin packning.

"Var fanns ditt hem?", frågar Georg.

"Jag har, eller hade, mitt hus längs Östra Långgatan", svarar Lasse.

"I vilken ände av gatan, mot kyrkan eller mot hovrätten till?"

Efter en stunds tystnad svarar Lasse:

"Mot hovrätten till".

"Då är det inte många kvarter mellan våra hem, vårt hus låg på Trädgårdsgatan. Vi inleder med att gå via Trädgårdsgatan och fortsätter sedan upp emot Östra Långgatan", föreslår Georg och får medhåll av Lasse.

De går långsamt gatan fram, nu under tystnad, i djupa tankar över det de ser. Det oerhörda som hänt. En hel stad är utplånad. Det är gott om folk i farten. På vissa platser har de redan grävt gropar och slängt ner bråten i dem och använt sand och sten till grunder för nya, små, hus. På några tomter finns det så gott som färdiga små stugor uppförda. Säkert byggda av folk som haft lättare att komma över material att bygga av. De går förbi Wasastjerna-huset som står kvar. Det ser märkligt ut med en ensam kloss som står där och stoltserar. Kyrkan, en bit bort, är numera bara ett skal av rödbrunt tegel.

Georg får ett infall och går och knackar på porten till Wasastjerna-huset. Kanske finns hans kvinnor där, eftersom familjerna är välbekanta med varandra. Det dröjer en stund och Georg knackar otåligt en andra gång. En sliten piga uppenbarar sig i dörren. Han framför sitt ärende.

"Nej, här finns inga utomstående personer och familjen är inte kvar mer. Och nej, jag vet inte vilka kvinnor herrn tänker på. Jag är ledsen, jag kan inte hjälpa er. Men berätta deras namn så skall jag komma ihåg att ni varit här ifall jag stöter på dem", säger pigan hövligt, men med en underton av irritation.

Georg gissar att han inte är den första som knackat på, med tanke på hur hon uppför sig. En aning besvikna vandrar de vidare. Det är inte långt kvar till tomten där Adlerhjelms hus stått och Georg inser tidigt att huset är nedbrunnet till grunden. Det är alla hus däromkring. Han berättar för Lasse var huset stått, var ingången var och hurudana lager och uthus de hade. Han skakar uppgivet på huvudet.

"Skall vi gå och söka ditt hus istället?", frågar Georg.

"Den här vägen", säger Lasse och pekar snett österut. De kommer att få gå en aning tillbaka mot kyrkoruinen igen.

I kvarteren där de rikas fina hus stått, är aktiviteten betydligt mindre än den är när de närmar sig arbetarkvarteren. På många tomter pågår röjning och vägarna är redan framkomliga. Män och kvinnor arbetar tillsammans med att röja vägar och gårdar och lasta bråten på kärrorna.

Georg och Lasse gissar att de kör ut bråtet ur staden och lastar av det någonstans utanför portarna.

De når snart stället där Lasse bott och finner där en skorsten som står vackert upprätt, omringad av förkolnade stockar.

"Ja, det var det" säger Lasse. "Jag accepterar ditt erbjudande att hyra bostaden i Stockholm", fortsätter han och låter käckare än han känner sig.

När de stått en stund och begrundat ödeläggelsen dyker en man upp och stannar.

"Lasse, det var länge sedan. Råkade du vara på sjön när det brann?" frågar mannen.

"Ja, det var jag. Kvar av mitt hem är bara ruiner och jag har redan bestämt mig för att inte bygga upp det igen. Jag har fått ett bra erbjudande, så jag flyttar nu till Stockholm. Min mor är död och någon egen familj har jag aldrig hunnit skaffa, så mycket som jag varit borta", säger Lasse.

De fortsätter diskussionen en god stund och Lasse och Georg får höra många otrevliga detaljer om folks öden. Mannen berättar bland annat om en liten flickas slutliga öde i eldslågorna. Lasses bekanta skall precis gå vidare när han kommer ihåg att sträcka fram handen och presentera sig för Georg.

"Einar heter jag, jag har bott några hus ner åt gatan. Jag har tillfälligt bott ute i Runsor hos en bonde men nu tänkte jag ta itu med förödelsen på min gård. Jag har fått tag på lite material att bygga av. Eftersom jag är ensam behöver jag inte någon stor stuga", säger mannen.

"Georg heter jag. Jag är nyss anländ från Stockholm för att leta reda på min dotter och syster som var ensamma i vårt hus i Wasa när branden inträffade", presenterar han sig.

"Jag önskar er lycka till herrn", säger Einar och går sin väg.

Georg och Lasse står villrådiga kvar en stund innan de bestämmer sig för att uppsöka hovrätten. Kanske damerna är där eller kanske tjänstemännen vet var damerna kan finnas. Det visar sig vara en resa gjord förgäves. Men de väljer att övernatta där, eftersom timmen är sen och de är trötta efter en lång, svettig dag. Några ställen att ta in på för övernattning finns för den delen inte. De får lite mat och varsin filt och väljer ett ställe där de kan lägga sig några timmar innan de fortsätter sökandet.

Amalias borttynande tillvaro ute på bondgården i Runsor fortsätter. Livet känns dock drägligare sedan männen hämtade mat. Det är första gången som hon äter mat som någon tiggt ihop, tänker hon. Men det är väl inte riktigt tiggeri eftersom det är av nöden. Amalia kan inte tänka så långt att alla som tigger gör det av nöd. Hon är alltför privilegierad för att förstå ett sådant självklart faktum. Hon fortsätter att hålla sig undan Alfred. Istället har Amalia kommit på att hon skall försöka sammanföra Elna och Alfred. De är som gjorda för varandra.

* * *

Alfred anar nog varför Elna nästan svimmar när hon tar lite rejälare tag och bär på matsäckarna. Han märkte, när han tog emot henne för att hon inte skulle falla, att hon var liten. Han önskar att hon skulle äta och vila. Hon som arbetar hårdare än gårdens pigor behöver maten allra mest. Men hon sparar säkert så att Amalia och hennes fina faster skall kunna äta sig mätta så att de skall orka sitta och göra ingenting. Han känner sig med ens elak på grund av sina tankar och ber nästan om ursäkt högt för sig själv. Han vill inte se ner på den vackra Amalia, som han längtar så efter att få hålla om. Men han har lite svårt att högakta henne och den tafatthet som hon har visat prov på. Hur kan man bli så uppassad, tänker han. Elna däremot, det känns som om hon kan allt. Han blir varm av att tänka på henne, hon är en otrolig kvinna. Men han känner ändå inte likadant för henne som för Amalia. Trots att Amalia är så ouppnåelig och sval får hon hans blod i svallning.

Skrovmålet de åt första kvällen efter att de hämtat matgåvorna, gjorde dem alla gott. Alfred iakttog även Elna och noterade att hon åt gott och försåg sig med rejäla portioner. Han nickade nöjt och log mot henne under maten. De tittade på varandra i samförstånd ett ögonblick.

Alfred sitter och samtalar med sin far. De pratar om hur arbetet på gården sinkas av gästerna och det extra arbete som de medför. De bollar tanken fram och tillbaka, att be Jakob och hans familj att ge sig av eller hjälpa till mer. Men Jakobs döttrar jobbar redan hårt på gården och Jakob är skomakare och inte bonde, så de vet inte hur pass mycket han kan om gårdsskötsel. Jakob har också tagit det som sin lott på gården att se över allas skodon. Han lappar, spikar och putsar. Både kängor och stövlar får sig en genomgång. Alfred är nöjd med arbetet som Jakob tagit itu med och har hittills låtit honom hållas. Alfred bestämmer sig för att ta med drängarna ut och fortsätta arbetet på ägorna.

På gården finns en backstuga som inte varit i användning under de senaste åren, förutom efter branden när en familj bodde där en kort tid. I stugan bodde Alfreds farmor och farfar tidigare, men de har varit borta några år nu. I stugan finns en välfungerande eldhärd. Med lite arbete kan stugan göras beboelig, om än inte särskilt modern. Alfred har gått och begrundat denna stuga, men ännu inte sagt något högt, eftersom han inte har bestämt sig. Stugan kan både monteras ner och flyttas eller så kan den tätas och göras bättre på ort och ställe. Den lilla stugan rymmer sängplats för tre personer. Alfred har varit inne i stugan några gånger när han råkat ha tid för sig själv. Han har knackat i väggarna och i muren och stampat i golvet. Han har hittat en del skavanker och sådant som måste åtgärdas, men inget som kräver stora insatser.

Slutligen tar Alfred mod till sig och för stugan på tal med sin far. Han är nästan rädd för gubbens reaktion. Det visar sig dock att den gamle, grinige gubben har mjuknat en aning, troligen av ödet som staden lagt på dem. Han tycker dessutom lika mycket synd om den lilla, vingskjutna skomakarfamiljen som Alfred gör. Sagt och gjort, Alfred och Ragnar gör upp om hur de skall lägga fram saken och vad de skall säga Grönbergs. De bestämmer sig för att de måste ta betalt för stugan. Annars vill inte Jakob ha den. Men de skall erbjuda honom avbetalning på den. Priset blir fem kopek silver per månad i två år och han får betala större summor i gången än fem kopek, om han vill och kan – i så fall räknas det bort från kommande betalningar. De vet egentligen inte vad en stuga kostar, de bara gissar och drar till med en summa som de hoppas Jakob kan godta och som han kan betala när han får igång sin verksamhet som skomakare igen. Kanske de kan avskriva skulden efter en tid. De planerar, vrider och vänder på saken. Alfred och Ragnar beslutar också att de skall ta en enkel väg ut och erbjuda Jakob stugan när även flickorna är närvarande. Då kan inte Jakob slå ifrån sig lika lätt, utan han måste svälja sin stolthet en aning. Men det gäller att hitta ett passande tillfälle att ta upp saken till diskussion. Helst när inte de fina fröknarna är närvarande, för det skulle skapa extra spänning.

***

Elna och Jakob gör sällskap med Einar och vandrar iväg mot staden. Med sig har de en matsäck, en hink och en spade. De pratar mest om det som de ser längs vägen. De säger det inte högt – det som bägge tänker – att de är rädda både för att hitta och för att inte hitta kvarlevorna av Anna. När de kommer innanför stadsporten ser de med ens att det har hänt saker igen, på bara några dagar. Det är bortröjt en hel del bråte och en del tomter ser nästan normala ut, om man bortser från svärtan. Det har dykt upp några små hus här och där. De vandrar ett extra varv genom staden, och Elna och Jakob går med Einar till hans gård innan de går till sin egen. De ser att Einar har mycket att röja där, men att husgrunden efter det gamla huset ser bra ut. Det blir lite känslosamt när de skall skiljas åt, men de lovar varandra att snart ses igen. Så vandrar de iväg och tar vägen via kyrkan.

Elna och Jakob står en lång stund och begrundar kyrkoruinen. Prästen står ute på torget och talar inför en liten skock med människor, så de sällar sig till dem. Prästen pratar om Guds straff och hur människans synder har väckt Guds vrede så att han brände ner staden. Det är månglarnas och syndarnas fel att det gick så här. Alla åhörare känner sig som små, äckliga kryp som aldrig kan göra någonting rätt, när de lyssnar till prästens hårda ord.

"Jag skall ge er syndernas förlåtelse", erbjuder prästen plötsligt och alla som samlats vill gärna få det efter prästens hårda ord.

Människorna böjer huvudet och knäfaller i det svarta gräset. Även Elna och Jakob ställer sig på knä framför prästen och blir välsignade. Livet känns genast lite bättre. När tillfället är över passar de på att prata med prästen och berätta vad som har hänt. De berättar också att de skall gå och söka i ruinen efter Annas kvarlevor. Jakob kommer överens med prästen att han skall följa med dem till graven, om de finner något att begrava. Prästen har några kistor på lager, så de går först via prästgården i Haga. De får en liten kista med sig innan de vandrar vidare. Stegen är tunga och långsamma och den lilla vägstumpen mellan Haga och deras tomt känns lika lång som den längsta och mörkaste natten på året, då man ligger sömnlös, men dödstrött.

Försiktigt lägger Jakob ner kistan. Han placerar den på en sten som ser lite renare ut än det vidbrända gräset. Rationella som de är, inleder de med att planera arbetet och besluter sig för att först ta bort de lite större delarna som är lätta att flytta på. De arbetar sedan under tystnad. Allt bråte flyttar de nu en bit bort, i god ordning så de lätt skall kunna köra bort det senare, om de vill.

"Ta hit spaden och hinken", uppmanar Jakob, när det bara är de mindre bitarna kvar. De öser bort askan och de förkolnade småstumparna och lägger det i hinken.

"Gå och töm", uppmanar Jakob Elna, som snällt lyder.

Så fortsätter de. De vet hela tiden var i huset de håller på och när de närmar sig hörnet där sängen stod, som Anna sov i, går arbetet allt mer långsamt. De har gissat sig till att hon antingen har legat i sängen eller gömt sig under sängen. När de öser bort av bråtet ser de, mycket riktigt, förkolnade rester av vad som ser ut att ha varit ett huvud.

"Nej, nej, nej. Annaaaaa", snyftar Elna och tappar sedan behärskningen över sina känslor. Deras lilla lillasyster. Det tar en lång stund innan de kommer sig för att flytta kvarlevorna.

"Hämta hit kistan", säger Jakob slutligen med bruten röst.

Elna hämtar kistan och tillsammans arbetar de med att få upp den förkolnade kroppen så hel som möjligt och placera den i kistan.

"Försiktigt, det går för snabbt", morrar Elna irriterat när fadern knycker och rycker för att få loss benen. Efter en stunds arbete har de tagit loss kvarlevorna och lägger dem i kistan.

Under tystnad går de, som överenskommet, tillbaka ut mot Haga prästgård för att möta prästen. När de kommer in på gården tar prästens hustru emot dem ute på gården. Hon bjuder dem först att gå och tvätta av sig eftersom de är svarta från topp till tå och att sedan komma in och få sig lite till livs. De nickar, Elna niger inför prästfrun.

"Tusen tack prästfrun, det var vänligt av er", säger Jakob och bockar artigt.

"Gå du in där, du finner ett fat, såpa och en handduk. Men vänta ett ögonblick så sänder jag ut pigan med varmt vatten", säger prästfrun till Jakob och pekar på en dörr i uthuslängan. Han lommar iväg.

"Du kommer med mig" säger hon till Elna.

När de stiger in i prästgården visar prästfrun Elna till köksregionerna där det står ett fat, i vilket de fyller på vatten åt henne. Elna tvättar tacksamt av sig sotet. Det känns som om hon aldrig mer kommer att bli kvitt obehaget av att ha hållit i sin döda, förkolnade syster. Elna gnuggar och gnider så det bränner i huden. Det känns som om sotet ätit sig ända in i själen och i hennes doftminne finns den svåra stanken av bränt barn för evigt etsat.

Senare samlas de kring bordet i prästgården och där får de bröd, smör och ost i magen. Prästen bjuder dem även på en stärkande droppe för att de skall orka begrava Anna. Prästen ber dem till sist berätta hela historien. Han har nog förstått att de hittat Anna, eftersom de är där och har kistan med sig, men han vill veta mera.

Jakob harklar sig och börjar berätta.

"Anna var ensam hemma vid branden eftersom Magda var tvungen att gå och se vad som hände. När hon kom tillbaka var huset redan övertänt. Anna låg och sov när Magda gick. Själv var jag ute i Runsor på arbete och Elna arbetade på ängarna i Höstves. Det tog en god stund innan vi alla hittade varandra men nu har vi bott hos bonden Karlsson ute i Runsor sedan branden. Först idag orkade vi ta itu med att söka efter Annas kropp. Vi flyttade en hel del bråte och till sist hittade vi kroppen. Hon har legat antingen i eller under sängen när elden tagit henne", berättar Jakob och sväljer ljudligt när han kommer till sista meningen, som är svår att säga högt.

Prästfrun vojar och beklagar sig medan han berättar och hon skakar på huvudet.

"Ja, vi har många nödställda och enorma hjälpbehov efter branden" säger prästen. "Jag vet inte hur vi ska få alla under tak till vintern. Tack och lov är det ännu varmt och lite kvar av sommaren. Det var inte så många som dog just på grund av värmen. De flesta arbetarna var ute på ängarna och de rika var vid sina sommarstugor eller bortresa", fortsätter han.

"Det är två kvinnor ute på gården i Runsor, som hör till de rika. De heter Amalia och Francesca Adlerhjelm", berättar Elna. "De har nog skrivit och bett om hjälp, men än har ingen hört av sig eller synts till och jag vet att de vill bort från gården".

"Tack för upplysningen fröken, jag skall komma ihåg det ifall någon frågar om dem", säger prästen.

De avslutar måltiden och stiger upp från bordet för att gå ut och arbeta vidare.

"Vänta ett ögonblick!" säger prästfrun och försvinner ut genom en dörr. När hon kommer tillbaka har hon ett vackert tyg i sin hand. Det är inte stort, men ser mjukt och fint ut. Hon räcker det till Elna.

"Det är till Anna, till kistan", säger prästfrun med grötig röst.

Elna är så rörd att hon inte kan tala mer, hon bara niger och böjer huvudet djupt till tack och tar emot tyget.

De placerar tyget inne i kistan. Sedan kommer prästfrun på ännu en idé och klipper ett par rosor att sätta på graven.

Därefter vandrar de iväg. Fadern bär på den lilla kistan, prästen kommer efter med bibeln i handen. Elna bär på hink, spade och rosor. De går sedan under tystnad till begravningsplanen. När de kommer fram gräver de en grop invid platsen där deras mor är lagd till vila. Det är en liten kista och marken är mjuk och sandig, så det går fort när Jakob gräver. Prästen och Elna väntar tålmodigt. När graven börjar bli för djup för att Jakob skall klara av att kasta upp sanden langar han istället upp hinken med sand till Elna som i sin tur tömmer och sänker ner den tillbaka.

De placerar sedan kistan i gropen, täcker över den med sanden och Elna lägger slutligen ner rosen på graven. Pastorn läser en text som passar ett oskyldigt litet barns begravning. Så sjunger de med låg röst en psalm tillsammans. Jakob skall göra ett kors till graven när han får tag på material.

Skymningen faller och Jakob och Elna har en lång väg att vandra till Runsor, så de måste bryta upp. Elna vänder sig om flera gånger för att se på den röda rosen som lyser upp den gråbruna jorden. Hon tänker på Jesus och rostörnen. Hon fantiserar att rosen är röd, färgad av Jesus blod och att han skyddar och tar emot hennes mor och syster i den sista vilan.

Snart ser de inte graven mer, de vandrar mot Haga och prästen viker av mot prästgården. Elna och Jakob går åter en gång genom stadsruinen, genom förstörda kvarter. De småpratar med varandra och kommer in på ämnet framtiden och hemmet. Elna säger att hon kan söka plats i Sverige, att hon inte vill ligga fadern till last.

"Jag har just förlorat en dotter, jag vill inte förlora en till" säger han med trött röst.

"Vi måste komma på någon annan lösning. Jag skall försöka hitta en stuga som vi kan köpa i Runsor eller Höstves. Jag har inga pengar, men kanske kan jag få betala lite då och då om vi skriver ett skuldebrev. Har jag tänkt".

"Ja, far vi kan göra ett försök, men det blir inte lätt. Här i Wasa finns nu inga lediga arbeten. Kanske Karlssons känner någon som behöver en piga, så kan de lägga in ett gott ord för min del", svarar hon. "Jag borde finna mig en make också, men jag vet inte vem som skulle vilja ha mig", säger hon med ett stygn av sorgsenhet i rösten.

När de väl vandrar in på gården i Runsor är augustinatten ganska mörk. Det syns en vacker aftonrodnad vid horisonten som bär vittne om att ännu en solig dag är till ända. Det enda som hörs är trötta steg längs vägen och myggen som envist surrar runt de varma människorna. Magda sitter och väntar på dem och de går in tillsammans alla tre och sätter sig på loftet i fähuset. Elna och fadern berättar försiktigt för Magda hur dagen gått, men de lämnar bort de mest otrevliga detaljerna.

"Var fann ni henne?" frågar Magda mellan snyftningarna.

"Hon låg i sängen, hon sov säkert och märkte aldrig vad som hände", säger fadern och håller om sin mellersta dotter.

* * *

Nästa dag försöker Georg och Lasse hitta någon vid Hovrätten som känner till ödet som drabbat de saknade släktingarna. Folk kommer och går i dörren hela dagen och till alla som kommer in upprepar de sin fråga. Men utan framgång. Ingen har sett Amalia och Francesca eller hört något om dem. De är som uppslukade av jorden.

Därpå följande dag besluter männen att de redan på morgonen skall bege sig till platsen där mat delas ut åt de behövande. De har tur och får skjuts från hovrätten till västra porten. Det visar sig att de är först på plats.

De står och beundrar trädgården vid Liselund på håll, medan de väntar och besluter sig till och med att gå och ta en närmare titt. Det finns även ett bad vid Liselund, men ingen av herrarna har någonsin besökt badet och nu är det förstås stängt. Männen vandrar omkring i trädgården och ser att det bland planteringarna står flera speciella träd och blommor. Grödorna som växer på gården är livskraftiga och allt är både vackert och välskött. Medan de vandrar omkring på området och småpratar håller de ett öga på platsen där utdelningen brukar ske. När det äntligen blir liv och rörelse vid samlingsplatsen vandrar de tillbaka de hundra metrarna till porten. Dagen har nu åter igen hunnit bli varm, så männen svettas ymnigt.

Georg och Lasse inleder med att fråga männen som arbetar för myndigheterna om de känner till något om kvinnornas öde, men de har ingen lycka där. De övergår då till att fråga ut befolkningen som hämtar mat. Svaret är dock nekande varje gång, kvinnorna är som uppslukade av jorden.

Timmarna går och matlagren sinar, liksom dagen närmar sig slutet. Bägge männen är hungriga, griniga och irriterade när prästen kommer fram till dem.

"Ni ser ut att behöva hjälp med någonting, vad är det för bekymmer ni har?" frågar han, medan han tittar på Georg.

"Vi söker min dotter och min syster, som verkar ha försvunnit i samband med branden", säger Georg och försöker låta artig och behärskad, även om han känner sig som motsatsen.

"Berätta om dem", uppmanar prästen.

Georg berättar hur kvinnorna ser ut, var de bott och varför han inte vet var de finns.

"Vad heter damerna då?", frågar prästen.

"Dottern heter Amalia och min syster heter Francesca och efternamnet är Adlerhjelm", svarar han.

"Aha, utmärkt! Jag hörde faktiskt talas om dem", svarar prästen.

Georg trampar omkring och har totalt tappat tålamodet.

"Ja, men berätta då, var finns de? Vad har hänt dem?", frågar han irriterat.

Prästen berättar så gott han minns.

"De finns på en bondgård ute i Runsor. Där har de varit sedan branden. De mår utmärkt, men har inte lyckats få kontakt med sin familj. Men nu minns jag tyvärr inte mera vad familjen heter. Det var ett vanligt namn... kanske Jakobsson eller Mattsson... Njae, jag kan inte säga. Men ni finner dem nog om ni tar er till Runsor", säger prästen och ser nöjd ut.

Han har gjort åtminstone en god gärning denna dag.

Skjuts tillbaka in till staden kan inte längre ordnas denna dag, så männen får vandra. De skall åter igen övernatta vid hovrätten. Hungern gräver i deras magar. Några krogar att ta in på finns inte i den nedbrunna staden och de ville inte ställa sig och tigga mat under dagen. Men männen är ändå vid gott mod, eftersom de nu har fått ett första livstecken från kvinnorna. Däremot känner varken Lasse eller Georg särskilt väl till Runsor och de känner i synnerhet inga bönder som bor där ute.

Georg måste småle. Han kan tänka sig att hans syster inte har varit nådig att ha boende ute på en bondgård på landet. Hon är svår att ha att göra med var än man befinner sig. Men lite lyx och flärd mjukar upp henne en aning. Det kan förstås hända att situationen och branden har påverkat Francesca. Kanske hon till och med kommer ihåg att vara lycklig över att hon lever! Nåväl, det är kanske också är hans eget fel att hon blivit en kvinna med höga krav, eftersom han har försökt se till att Francesca har allt hon behöver. Georg tycker synd om henne för att hon aldrig blev gift. Den ende mannen Francesca ville ha när hon var ung dög inte inför deras far och det hela rann ut i sanden. Han måste, förresten, se till att gifta bort Amalia fortare än kvickt när detta är över. Han orkar inte se ytterligare en generation kvinnor i hans familj gå samma öde till mötes. En kvinna behöver en man som tar hand om henne och dessutom några barn som hon kan passa, så hon inte bara tänker på sig själv. Det är hans starka åsikt.

Georg vaknar med ett ryck tidigt nästa morgon. Han måste akut kasta vatten och söker sig därför genast ut. Han pratar högt med vättarna och befaller dem att gå undan innan han kissar i gräset. Han vet att vättarna annars sänder ännu mer olycka över honom. Efter uträttat behov sätter han sig med en djup suck på en sten. Solen stiger som bäst upp och de första ljusa strålarna letar sig ner till honom genom de yviga, gröna trädkronorna. Han blickar österut, ut över vad som varit Wasa stad. Det är med stor sorg han ser förödelsen. Wasa var en trevlig stad, sjudande av liv och rörelse. Speciellt inför jul när hästarna körde med klingade bjällror på snöiga vägar, bondmororna bjöd ut doftande korvar på marknaderna och körerna sjöng andäktiga psalmer i kyrkan. Han saknar med ens kyla, snö och frisk luft.

Dagen kommer åter igen att bli varm och kvav. Lukten av brand ligger kvar och klibbar sig fast vid människorna. Att vistats i lukten hela dagen ger en dunkande huvudvärk innan kvällningen, om man inte redan vaknat med den. Georg besluter sig för att inte ge upp staden. Han skall återuppföra sitt handelshus i Wasa och göra vad han kan för att hjälpa staden tillbaka på fötter. Han är ingen ungdom längre, men han har en son som kan ta över när hans egna krafter sinar. Men än tänker han inte dö.

Lasse kommer släntrande över gården med samma ärende som Georg hade när han gick ut. De hälsar god morgon och efter uträttat ärende slår de sedan följe mot huset för att göra sig klara inför dagens äventyr i Runsor.

Georg känner sig skitig och illaluktande. Han synar sig själv och sina kläder. Han byter till rena kläder och tar de smutsiga i ett bylte och går till hovrättens kök, knackar på dörren.

"Ursäkta, jag vet att det inte hör till kökets uppgifter, men jag vet inte var jag annars kunde fråga. Mina kläder är så smutsiga och behöver tvättas. Jag betalar naturligtvis. Kan ni ta dem eller vet ni var jag kan lämna in dem?", frågar han.

En äldre kvinna kommer fram till honom, hon ger honom en skarp blick och fnyser högt. Han inser med ens att han frågar något olämpligt och att hans rikssvenska dialekt ger honom en stämpel som fin i kanten.

"Jag kan se till att det blir gjort om han betalar", säger hon med knarrig, gammal röst.

"Tackar frun. Jag kommer ner hit ikväll igen, så får ni betalningen", säger han, bugar och avlägsnar sig.

Georg söker upp Lasse och de bestämmer sig för att starta dagsfärden. De hittar ingen skjuts som kan ta dem ut mot Runsor och de tvingas därför åter igen att börja vandra. Ingen av männen har på mycket länge gått så mycket under så kort tid – om någonsin. Deras fötter, ben och skor lider av traskandet. Det ömmar och svider mest överallt. Värmen är inte så svår från morgonen och det känns lite bättre. Men båda två vet att det bara är en timme kvar så återvänder hettan. Med den följer svetten som rinner längs ryggraden och från tinningen ner i skägget.

Georg noterar att Lasse luktar illa. Rejält illa. Han sniffar sig själv under armarna utan att haja till. Det var nog tur att han tog itu med att byta kläder och få ombytet tvättat. Georg tycker inte om att lukta illa, men han vet att han är rätt ensam om att bry sig om dylika bagateller. Kanske beror det på att hans hustru inte gillar när han stinker av kroppsliga odörer. Han har aldrig fått komma nära inpå henne när han varit otvättad. Därför har han tagit som vana att hålla både sig själv och sina kläder någorlunda rena. Han har gått på badhus i Stockholm, till och med så ofta som en gång i veckan när det är varma tider, mer sällan om vintrarna.

Amalia har startat dagen med att äta en liten frukost och gå ett varv längs vägen och några stigar. Hon håller sig gärna i skuggan och väljer därför lite mer skogiga stråk framom vägarna genom fälten. Numera går hon en sväng alla dagar. Dels för att komma från gården och dels för att få röra på sig. Amalia har aldrig förut behövt befatta sig med boskap, men nu har hon kommit på att hon tycker om kor. Hon har börjat stanna till vid kohagen, där de nymjölkade korna betar. Korna är lugna, fina och fantastiskt mjuka att smeka över mularna när de kommer fram till henne. Det är speciellt en kossa som hon fäst sig vid. Den är vackert brun med en stor vit bläs på nosen och stora vita fläckar på buken. Amalia döper i hemlighet kon till Rosa. Rosa har en kalv som är alldeles bedårande. Den är lite stojig och bökar på sin mor när den vill dia, men Rosas tålamod med kalven är stort. Amalia döper kalven till Klöver, eftersom hon inte vet om det är en ko eller en tjur. Amalia skrattar ibland högt för sig själv när hon iakttar Klövers framfart i hagen. Vilken livsglädje! Åh, om hon ändå kunde känna ens en bråkdel av den livsglädje som kalven har. Men ju längre tid hon spenderat på gården desto mer förstår hon vilken glädjelös tillvaro hon haft före branden. Inte är den mera glädjefull nu heller, hemlös som hon är och tafatt som hon känner sig. Men hon lyssnar på folket på gården när de pratar och skrattar, trots att de samtidigt sliter hårt med sina sysslor. Amalia känner sig avundsjuk. De få ord som hon och Francesca har bytt om dagarna i deras fina hem, har inte en enda gång lockat fram ett enda ordentligt skratt hos henne, som hon kan komma ihåg. Jag vill också skratta och ha roligt, det hör ungdomen till, tänker Amalia samtidigt som hon känner en brännande känsla i mellangärdet och hon suckar djupt. Det känns då bra att åtminstone få skratta åt Klöver.

Amalia har gett upp sina försök att hjälpa till på gården, efter att hon har blivit bortschasad ett otal gånger när hon gjort fel eller är för långsam. Det känns bara dumt och onödigt. Hon försöker istället hålla sig undan. Hon vill inte göra som sin faster heller, som har satt sig mitt i finrummet och sitter och kommenterar och kommenderar alla. Hon bär sig åt som om hon vore en godsägarinna. Så sitter fastern från morgon till kväll. Hon flyttar sig bara för att gå på hinken – som pigorna får gå och tömma – vidare till matbordet, något enstaka varv ut på gården vid speciella tillfällen och slutligen till sängen. Nästan som när hon bodde hemma med andra ord. Alla på gården väntar lika spänt som Amalia på den dagen någon skall dyka upp och hämta fasterspektaklet från gården.

Georg och Lasse har gått genom den södra stadsporten och kommit ut på vägen som leder till Runsor. De promenerar fortfarande långsamt, för att spara på krafterna. Männen diskuterar livligt och yvigt om Wasas framtid.

"Jag håller på att staden skall byggas upp på nytt på ett annat ställe, närmare vattnet", säger Lasse bestämt.

"Ja, men jag tvekar lite. Jag håller i princip med dig, det är ett utmärkt argument med tanke på handeln. Men det blir dyrt att börja röja och bygga på ett helt nytt ställe. Nu har staden förlorat allt och varifrån skall de pengarna tas", svarar Georg.

Diskussionen flödar fram och tillbaka kring temat och efter en lång stund är de båda överens. Staden borde byggas närmare vattnet, den grävda kanalen är numera för grund för den tänkta båttrafiken. Vattenförbindelsen är trots allt väldigt viktig för stadens handel. Georg överväger om han kunde vara så rättfram, att han kontaktade handelsman Wolff och lade fram sitt förslag.

Männen möter ganska få människor, men dem som de har mött, har de stannat och frågat huruvida de känner till var kvinnorna finns. Men utan lycka. Om de hade vetat namnet på gården hade det förstås varit lättare att fråga sig fram. Männen noterar minsann att de nu är ute på landet och att bebyggelsen inte är stor. Det finns inte så många gårdar att välja på, men det är istället ganska långa sträckor att gå mellan gårdarna. De försöker att inte misströsta och stålsätter sig för en lång, varm dag längs vägarna.

* * *

Alfred står och förstärker störgärdesgården till kohagen, när han ser ett par märkliga filurer vandra längs vägen upp mot andra änden av Runsor.

Han ägnar dem inte många tankar, men lyfter lite på ett ögonbryn, och undrar om det är nya hemlösa som söker tak över huvudet. Sakta lunkar de fram, men av deras kläder att döma ser männen inte ut som typiska landsbor.

Alfred glömmer snart vandrarna och fortsätter med sitt arbete. Det känns väldigt skönt att få vara ensam och inte behöva umgås med någon alls. Han har alltid trivts bra i sitt eget sällskap och i tystnaden. Nu har han bara korna och kalvarna som sällskap. Det finns en rolig liten kalv i hagen som lockar honom att le. Kalven hittar på de mest lustiga bus med korna, alldeles som om den skulle känna på sig bäst kan irritera de loja kornat. Kalven går till och med och äter gräset ur deras mungipa, den lilla bekväma mjölknosen.

Alfreds tankar vandrar vidare till stugan de tänker försöka sälja till familjen Grönberg. Han och fadern har ännu inte lagt fram sin plan för dem, eftersom det helt enkelt inte har uppstått något passande ögonblick. Kanske kunde han försöka samla alla på ett lugnt ställe ikväll efter kvällsmaten. Alfred räknar med att de kommer att lyssna till fader Ragnar som auktoritet och nestor. Hade Alfred varit tvungen att sköta diskussionen själv, hade det nog inte blivit något av det hela. Då skulle Jakob lätt avfärda honom i en handvändning.

Alfred arbetar på med slanorna, han byter ut de gamla och ruttnade till nya där det behövs. Han vandrar längs hela hagen och skakar och river försiktigt i staketet för att kontrollera om det är starkt nog. Han gör sig ingen brådska heller, eftersom han tycker det är ett ganska behagligt arbete. På ytterligare några ställen byter han ut antingen störar eller slanor. Under arbetsdagen håller han ett par pauser under vilka han sitter uppflugen på stenmuren medan han tuggar på lite bröd och iakttar kalvens framfart.

Dagen rinner hastigt iväg och timmen blir senare än planerat.

Senare, efter kvällsmåltiden, planerar Alfred att samla Grönbergs och fadern till en passande plats utomhus för att föra diskussionen om huset. Det går inte att sätta sig i kammaren inne i stugan, eftersom damerna

Adlerhjelm huserar där i vått och torrt. När Alfred vandrar över gården anländer de två märkliga typerna som han såg för många timmar sedan.

Han stannar, men förblir tyst. Gubbarna ser så slitna och irriterade ut att han inte vet om han skall hälsa på dem eller invänta deras inledning.

"God kväll, vi kommer i ett viktigt ärende", säger den ene av dem med stark röst och rikssvensk dialekt.

"God kväll, hur kan jag hjälpa herrarna", svarar Alfred medan han går fram emot männen som stannat en bit innanför grinden. De skakar hand.

"Lasse", säger den ena kort och gott.

"Georg Adlerhjelm", presenterar sig den andra. Mannen är i samma längd som Alfred, han ser klart och tydligt att Amalia har många drag av sin far, bland annat de mörka dragen och den fylliga munnen. Georg är fortfarande en stilig man, trots att håret börjat gråna och kroppen sjunka ihop.

"Alfred Karlsson heter jag. Av namnet känner jag ert ärende", säger han med hög röst och den bästa svenskan han kan, samtidigt som hjärtat tar dubbla skutt i bröstet när han hör mannens namn.

"Ni har haft en lång dag, det är allt någon timme sedan jag såg er vandra åt andra hållet. Kom med mig till kvinnorna ni söker så skall vi skaffa er mat och dricka och låta er lägga upp fötterna", beordrar han och leder dem längs vägen upp mot huset.

"Vi har haft fröknarna Amalia och Francesca här hos oss ända sedan den dag det brann. De har nog försökt få tag på sin familj, men jag har inte hört att de skulle ha fått något svar", fortsätter Alfred och nästan snavar över orden. Georg gör honom nervös. Han verkar vara en förnäm man som lyckas se fin ut trots det tjocka lagret vägdamm med spår av svett.

"Jag tackar er varmt och skall ersätta er för alla utgifter. Jag kom så fort jag kunde och vi har haft ett sjå att ta reda på var de överhuvudtaget befinner sig. Men ta mig nu till dem så vi får hälsa", svarar Georg.

Den tredje mannen i sällskapet är bara tyst. Alfred undrar lite vilken hans roll i det hela är, men frågar inte.

De stiger in med buller och bång över tröskeln alla tre och alla i huset lyfter på huvudet för att se vad som står på. När Amalia får syn på den lilla skaran av män springer hon upp, kommer dem till mötes och sträcker fram en hand för att hälsa.

"Far, vad glad jag är att se er!", säger hon med ett leende på läpparna.

Alfred reagerar över den formella hälsningen familjemedlemmarna emellan trots att den ena trott att den andra kan vara död och den andra har väntat på att bli hämtad i många långa dagar. Han hade väntat sig ett illtjut och att Amalia skulle slänga sig runt halsen på fadern. Men kanske det inte är tillbörligt i finare familjer att visa att man är glad över att se varandra.

Ännu en gång konstaterar Alfred att han inte fullt ut begriper sig på Amalia. Men det hindrar inte att han tillika känner en oerhörd dragning till henne. Men han har nog hunnit undra, i sitt stilla sinne, om hon skulle hålla ihop eller gå av mitt itu, om han ville rulla runt ordentligt med henne i halmen. Skulle hon ens kunna släppa loss och ge sig hän. Det tror han faktiskt inte.

Efter inledande hälsningar och efter att männen har fått besöka dass samt äta och dricka berättar alla sina historier. De berättar om branden och alla vedermödor och Georg berättar om sin resa över från Sverige och hur de hittade fram till gården. Till och med faster Francesca samtalar kring bordet som om de alla vore jämlikar.

"Men tänk sådan tur vi alla har haft, att det gått så väl trots allt. Hus och hem har vi mist, men vår familj lever!", utbrister Georg.

Det blir tyst runt bordet, så pass länge, att Georg noterar att han sade något fel och att han inte har fått höra alla historier.

"Berätta", säger han för att korrigera sig. Han vet inte vem han riktar sin uppmaning, men det kvittar.

Jakob harklar sig och börjar berätta. Han hoppar över vissa detaljer och måste svälja hårt när rösten grötar sig för svårt. Han lipar inte, men det är inte långtifrån.

"Och vad skall ni göra nu?", frågar Georg Jakob när han har berättat färdigt.

"Tja, det vet jag inte exakt än", svarar han och undviker ämnet genom att byta samtalsämne.

Alfred utbyter en blick med sin far, men fadern skakar lätt på huvudet till svar. Ännu är det inte passande, för många närvarande.

De bäddar för de nya gästerna, som stannar över natten, innan de nästa dag beger sig iväg för att ta båten till Sverige. Lasses båt skall ligga några dagar i hamnen för lossning och lastning, så det passar ypperligt att åka hem med honom. Även om det blir trångt.

Nästa morgon är det fart på resenärerna och till och med Francesca går ut på dasset. Hon vill inte avslöja sin näsvishet i närheten av sin mera finkänsliga bror, och i synnerhet inte i sällskap av den sympatiske kaptenen. De får med sig en matsäck som skall räcka över dagen. Kvinnornas packning är inte stor, så den är snabbt ordnad.

Alfred ställer upp och spänner för hästen och kör dem till Wasa, eller ruinen av Wasa. Amalia sitter intill honom på kuskbocken och de småpratar lite ansträngt. De tre bakom dem pratar högt och ljudligt, så ingen lyssnar till parets diskussion. Alfred bestämmer sig då. Med fladdrande puls och orolig mage säger han:

"Vet du om att du är den vackraste kvinna jag har sett i hela mitt liv". Amalia rodnar häftigt.

"Äsch, struntprat, jag är väl som alla andra", svarar hon tafatt, medan hon skakar på huvudet.

"Nej, det är du inte, inte för mig i alla fall", säger han och sneglar mot henne. "Om vi inte vore så olika, skulle jag be dig gifta dig med mig. Men det skulle nog bli ett ganska konstigt giftermål, så vi glömmer den saken", säger Alfred, upplivad av situationen och sitt mod.

"Ja, jag skulle svara ja, Alfred, om det inte vore för att jag anser, liksom du, att det skulle bli ett äktenskap fyllt av svårigheter. Jag tycker om dig också", viskar hon blygt. "Jag tycker du skall gifta dig med Elna, hon är en fantastisk kvinna" fortsätter Amalia.

Alfred trycker försiktigt Amalias hand och sedan är ögonblicket över.

De kör in genom porten till staden och tar av till höger mot hovrätten, varifrån sällskapet får klara sig själva. De stiger av och lovar varandra att de skall skriva och berätta hur det går på bägge sidor om vattnet. Och så skakar de hand.

Georg smusslar en bunt pengar i Alfreds hand. Han skäms för att börja räkna pengarna och trycker hastigt ner dem i fickan. Alfred kör iväg. Hela hemresan sitter han ord för ord och analyserar deras korta diskussion. Framförallt repeterar han i sitt huvud, att hon sade att hon också tycker om honom. Han hade nog förstått det, kanske.

Men Amalia pratade också om Elna, att han skulle gifta sig med henne. Gifta sig med Elna, det är en tanke som tål att fundera på.

✱ ✱ ✱

Den kvällen, när Adlerhjelms har åkt, passar det ypperligt väl att ta upp stugan till diskussion. Alfred ber Jakob och hans döttrar komma och sätta sig i kammaren med honom och föräldrarna. Han stänger dörren om dem. I luften känns en vibration av nervositet. Både från Karlssons som inte vet hur deras erbjudande kommer att tas emot, och från Grönbergs som märker att något är i luften på gång, utan att veta vad de skall vänta sig.

Det är Ragnar som tar till orda och han inleder med att cirkla runt ämnet. Han pratar om branden, olyckan och hösten som är på kommande. och Alfred märker att fadern inte riktigt kommer till skott. Sonen blir otålig och avbryter.

"Ja, far och jag har undersökt saken och vi vill nu erbjuda er att köpa en stuga som vi har. Den går att flytta, om ni vill bo kvar i staden, eller så kan vi bryta ut lite mark och ni kan bo kvar här i Runsor. Stugan är inte för mycket för världen och den är liten, men med lite översyn är blir den beboelig till vintern. Så vad säger ni om det?"

Det blir tyst en stund. Flickorna respekterar sin far, det är han som måste få svara på erbjudandet innan de talar. Efter en stunds tystnad svarar Jakob.

"Jahaja", säger han utdraget och försöker vinna tid medan hans tankar febrilt irrar i huvudet. "Jag kan förstås inte svara på detta innan jag sett stugan, hört priset och vet vad mina döttrar säger om saken", fortsätter han med lite darr på rösten och blicken i golvet.

Elna lyssnar först till Ragnar och undrar vart han vill komma med sitt tal, men hon tittar lydigt ner i sitt knä och sitter tyst. Det känns som om hennes hjärta hoppar över minst två slag, när Alfred erbjuder dem stugan. Magda piper till bredvid henne, så hon ger henne en diskret spark. Det är far som skall besvara erbjudandet om stugan. Själv vill hon gärna bo kvar ute i Runsor, men om far bestämmer att de skall flytta stugan, så gör det inget det heller. Allt är bättre än att bo på nåder. Elna vet mycket väl vilken stuga de pratar om. Hon har vandrat så mycket omkring på gården och i dess omgivning, att hon känner allt rätt väl redan. Det är en liten, men fin stuga och med lite ansträngningar kan den bli ett utmärkt hem.

"Naturligtvis!" svarar Alfred samtidig som han stiger upp. Han kan inte sitta stilla när diskussionen är så spännande. Alfred hade nästan väntat sig ett direkt nekande till erbjudandet. Han vet mycket väl att Grönbloms känner en otroligt stor tacksamhetsskuld till familjen Karlsson efter att de öppnat sitt hem för dem i en tid av nöd.

Elna fantiserar redan om de vita gardinerna hon vill ha i det lilla fönstret i kammaren. Hon hoppas att det är en fin spishärd i stugan som håller dem varma och som det går bra att koka mat på. Tjock och god gröt skall hon koka till far och Magda, kanske hon till och med äter av den själv, några skedar, om det blir över.

Det är snart mörkt ute och därför besluter männen att de skall gå tillsammans till stugan först nästa morgon, efter att morgonsysslorna är undanstökade. Innan de skiljs åt berättar Ragnar att priset är fem kopek silver en gång i månaden under två års tid – vilket inte framkallar några höjda ögonbryn hos Jakob.

Trots att de beslutit att se på stugan nästa dag vill Elna smyga förbi den redan senare samma kväll, när ingen annan ser. Hon vill se den på näthinnan när hon går till sängs och drömma om den på natten. Hon skall också berätta om den för mor, när hon diskuterar med henne, inne i sitt huvud, på kvällen innan hon somnar. Priset som de ber för stugan säger henne ingenting, hon vet inte vad stugor brukar kosta. Men det låter som en plan som de kan klara av om far och Elna arbetar bägge två. Snart kan också Magda börja hjälpa till någonstans. Hon blir annars ensam hemma och sysslolös om dagarna, det går inte an. Magda blir nog den som sedan får ta hand om stugan och far, tänker Elna. När de bryter upp för kvällen och den lilla familjen går över gården mot sina sovplatser uppe på höskullen, går hon tätt intill sin far.

"Far, jag vill ha stugan, den är fin", viskar hon förtroligt till honom.

Han svarar bara med att nicka. Han har lyssnat till sin dotter och vet hur hon känner.

"Efter att vi har sett på stugan imorgon åker vi in till staden igen och till tomten för att se hur det ser ut. Så frågar vi runt hur andra tänker, om de bygger upp sina stugor igen eller inte", säger han efter en stunds tystnad.

"Det låter som en utmärkt plan. God natt far", svarar hon.

"God natt" säger han medan han kramar Magda godnatt.

Magda skuttar glatt iväg bredvid Elna. Det är första gången sedan branden som Magda är på ett riktigt gott humör.

"Vi har en stuga, vi har en stuga", sjunger Magda upprepade gånger med sin ljusa flickröst.

"Hysch", säger Elna till henne. "Det är inte avgjort än, lilla vän. Men också jag hoppas att vi köper stugan".

De går och lägger sig. Elna väntar och lyssnar efter att Magda skall börja andas tungt. Sedan smyger hon iväg ut, med sikte på stugan. Det finns fortfarande kvar lite ljus i augustinatten, så hon kan se några meter framför sig. Elna stryker husväggarna men med handen och drömmer sig bort. Hon drömmer om att far och Magda bor i den lilla stugan och hon själv bor inne i stora gården, tillsammans med Alfred. Men det kommer nog inte att ske, tänker hon och ruskar sig själv tillbaka till verkligheten. Hon huttrar till i sensommarnatten, drar sin yllesjal tillrätta runt axlarna, över det utslagna håret och hon börjar sakta gå tillbaka, för att lägga sig och söka sömnen.

Elna är nära att skrika högt av skräck när hon kolliderar med någon i mörkret när hon rundar hörnet vid ladugården.

"Vad i hela fridens namn!" utropar en bekant röst, som låter lika skärrad som hon känner sig. Det är Alfred. "Vad gör du ute och stryker i natten?" frågar han när han återfår fattningen.

Hon skrattar till, snudd på hysteriskt, efter att ha blivit så skrämd.

"Förlåt, jag ville bara titta på stugan, innan jag lade mig. Jag tänkte att jag skulle drömma om den i natt. Du då, vad gör du själv ute och stryker?" säger hon mjukt med låg röst.

"Ja, jag tänkte också titta till stugan. Jag lade mig, men fick inte sömn så jag gick upp igen. Jag skulle bli tillfreds om din far godtog vårt erbjudande", svarar han.

Elna svänger om och de går långsamt tillsammans mot stugan. De går ett varv runt den, småpratande. De pekar på och planerar vad som borde göras åt stugan innan Grönbergs kan flytta in. Elna fryser rejält vid det här laget, trött som hon är och hon ryser till ganska häftigt.

"Fryser du, lilla vän?" frågar Alfred bekymrat.

"Ja, jag har visst varit ute rätt länge redan", svarar Elna. "Men det är ingen fara med mig. Jag blir nog varm när jag går och lägger mig".

Utan att säga något sätter Alfred armen runt hennes axlar, drar henne närmare intill sig och viskar:

"Jag skall värma dig, Elna". De står så ett kort ögonblick, som känns nästan magiskt i den skumma augustinatten. Sedan går de sakta upp mot gården, ingen av dem säger något. Alfred håller kvar armen om hennes skuldror. När de är utanför trappan där Elna skall vika av mot loftet, stannar de och Alfred trycker hennes arm lätt och viskar godnatt. Så går han.

"God natt, Alfred", svarar hon, men han är redan på väg mot huset.

När Elna väl lägger sig tänker hon ut olika argument som hon skall använda mot fadern för att få honom att inse att de skall ha stugan. Något annat alternativ existerar inte i hennes huvud. Hon försöker att undvika att tänka på hur det kändes när Alfred lade armen omkring henne i kväll. Klockan är över midnatt innan hon faller i en orolig sömn.

När Jakob ligger i sängen, grubblar han över möjligheten att arbeta som skomakare ute i ödebygden i Runsor. Varifrån skulle han få sina kunder här ute på landet? Tankarna maler visst i fler än ett huvud den kvällen. Många faktorer ställs mot varandra och fördelar och nackdelar jämförs med varandra, allt för att nå ett beslut. Sent omsider somnar även Jakob, utmattad och förvirrad. Hur kunde hans liv bli så här svårt, med så många stora sorger och motgångar? Det känns som om han dansar med djävulen i sina mardrömmar – och när han vaknar känns det inte mycket bättre.

* * *

När Amalias far dök upp på gården med den snälla kaptenen och Adlerhjelms åkte, kände Elna en stor lättad. Hon kommer inte att sakna damerna. De var ett ganska märkligt folk som inte passade in på gården och bland de övriga människorna. Det var uppenbart för alla och envar att Adlerhjelms inte trivdes på landet eller ute på gården. Lite skamset tänker Elna på de gånger hon vänt bort huvudet för att inte Amalia skulle se att hon inte kunde hålla leendet borta, när hon iakttog hennes tafatta försök att delta i arbetet. En vuxen kvinna som inte ens kan skala en potatis eller lägga upp en deg - vad är det för märkligheter?

Förut avundades Elna de rika kvinnornas liv när de svassade omkring i vackra klänningar, under vita, spetsprydda parasoll och åt kakor om dagarna medan hon själv mjölkade och skurade. Men nu, efter att hon lärt känna ett par av denna sort och sett hur de beter sig, är hon lite osäker på om det verkligen vore så roligt. Mer avundas hon Alfreds mor Stina, som är fru i en helt normal bondgård, med några pigor som hjälper till. Det vore en dröm, att få gifta sig med Alfred och bo kvar på gården som kommer att bli hans. Men visst anar hon att Alfred suktat efter den sköna Amalia och Elna vet också att hon inte kan tävla mot henne. De är nästan som natt och dag, hon och Amalia. Mörk och ljus. Lång och kort. Mager och bystig. Sval och het. Förnäm och piga.

* * *

Amalia är otålig att komma hem till Stockholm. Hon är trött på lukten av bränt och hon är trött på att känna sig dum och hon är trött på nästan allting. Hon återvänder gång på gång i tankarna till diskussionen hon och Alfred hade när han körde dem till staden. Hur hon än vänder och vrider på saken, kan hon bara komma till en slutsats. Beslutet som de bägge tagit på varsitt håll är det rätta, de kan inte leva tillsammans. Men hon kan inte låta bli att tänka på hur fel det känns, då de tydligen är lika förtjusta i varandra båda två. Men sådant är ödet och sådan är seden och bruket. Man gör bara inte så, vad än hjärtat säger. Amalia håller masken inför fadern och fastern. Hon finner att kaptenen, Lasse, är oerhört trevlig att samtala med och han har många goda historier att berätta för den som orkar lyssna.

Efter en natt på en obekväm brits i hovrätten får de hästskjuts ut till hamnen. Varken Amalia eller Francesca har sett Wasa sedan den dagen de hals över huvud lämnade staden i brand, så de sitter tysta och iakttar staden. När de efter en lång stund i hästskjutsen anländer till hamnen, drar Amalia lite förskräckt efter andan när hon ser båten de skall åka över till Sverige med.

"Är det den!?", utropar hon lite gällt när hon ser den.

"Javisst fröken Amalia, den går utmärkt i sjön, så du skall se att det går riktigt bra.", svarar Lasse med ett stort leende. Han vet nog exakt vad hon tänker på när hon ser båten, numera åter fylld med last och omgiven av en stark lukt av tjära.

Amalia ser nu faster Francescas min och bestämmer sig för att inte hetsa upp henne ytterligare. Fastern kämpar redan nu för att behärska sig. Amalia undrar varför fastern över huvudtaget ens vill behärska sig, det är olikt henne. Men när hon ser fasterns blickar på Lasse, går det upp för henne. Till och med den gamla häxan kan tina upp, tänker hon roat för sig själv.

De bordar båten. Lasse kontrollerar lasten och sköter sitt pappersarbete och passagerarna försöker hitta plats för sin packning och någonstans att sova. Det visar sig att de blir tvungna att sova i skift då de bara har två britsar att dela på. Georg besluter sig för att hålla sig vaken så mycket som möjligt och kanske lägga sig uppe på däck, så att damerna får ha britsarna för sig själva. Det känns som en evighet innan de ger sig av. Amalia står uppe på däck och tittar på Brändö hamn när båten lägger ut.

Det är fortfarande vackert väder och inget regn så långt ögat kan nå. Landskapet behöver verkligen vatten, tänker hon där hon står och blickar över de gulnande ängarna. Största delen av resan lyssnar hon till Lasses historier då han berättar om havet, vindarna och kobbarna. Det är fascinerande och det verkar som om hans historier aldrig tar slut. Tiden går snabbare än hon trott och snart är de i Stockholm.

Georg berättar om arrangemangen de gjort upp och att Lasse skall bo i deras bostad. så Francesca lyser upp. Fastern säger till Lasse att det skall bli roligt att ses då och då och att han skall komma via på en kopp te när han är hemmavid. Lasse har redan förstått att den äldre damen har ett gott öga till honom och han ger henne en varm blick, ler och nickar till svar.

* * *

I efterhand känner sig Alfred rejält dum över sina kommentarer och att han erkände för Amalia att han håller av henne. Det var helt onödigt, när han inte har några planer på att gifta sig med henne. Men hon hade sagt att hon känner likadant. Det hade han inte varit helt övertygad om innan. Men å andra sidan kvittar allt, eftersom han inte kommer att träffa Amalia någon fler gång under sin livstid. Han tänker också på det hon sade om Elna, att han borde gifta sig med henne. Det stämmer, det skulle vara ett utmärkt arrangemang och han tycker nog om Elna. De är bägge två dessutom i sådan ålder att de borde gifta sig innan de räknas som gamla. Själv är han redan över tjugo år. Han ruskar av sig de kärlekskranka tankarna och försöker fokusera på arbetet på gården. Det är dags för tröskningen, potatisskörden, rovorna och mycket annat som hör hösten till. Ännu är det inte dags för slakten.

Det kändes bra, anser Alfred, att lägga fram erbjudandet om stugan. Han kunde se att flickornas ögon lyste upp och att de var beredda att tacka ja direkt. Däremot är Jakob en svårtolkad person och han lovade återkomma när han tänkt igenom erbjudandet. Alfred begrundar frågan varför detta med stugan är så viktigt för honom själv. Egentligen borde det väl kvitta honom om Grönbloms åker eller ej och vad som sker med dem. Men nej, här sitter han och räknar och planerar för deras del. Hans största bekymmer just nu är dock bristen på vatten. Det är fortsatt varmt. Det har bott många människor på gården under en lång tid och det blir allt svårare att hitta vatten. Det finns en utmärkt källa i skogen, ganska nära den södra porten, men det är lång väg dit. Han har redan, tillsammans med en dräng, gjort resan till källan med häst och kärra. Men det tar mycket tid och han borde göra andra saker än sitta och köra efter vattnet. Han beklagar sig över vattenresorna den kvällen och Jakob erbjuder sig att ta över dessa direkt. Det är ett utmärkt förslag och de besluter att göra så framöver.

När det redan har förflutit flera dagar efter Alfreds erbjudande till Jakob utan att han fått ett svar, orkar Alfred inte hålla sig mer. När de har avslutat sin kvällsmåltid och kvinnorna har försvunnit bort med faten, passar han på.

"Du Jakob, har du glömt frågan om stugan?", frågar Alfred, medan han försöker att inte låta alltför angelägen. Jakob rycker till och ser med ens osäker ut.

"Neej, naturligtvis inte. Jag har inte tänkt på något annat sedan ni gav mig erbjudandet", säger han med en djup suck. "Problemet är inte att jag inte vill ha stugan. Det är snarare att jag inte kan besluta om jag vill ha den kvar här eller om jag vill flytta på den. Inte vet jag heller varifrån jag skall få min inkomst", fortsätter han.

"Jag förstår. Men om vi säger att du får vänta med avbetalningarna tills du har igång ditt skomakeri igen. Känns det bättre då? Om du vill bo i Runsor kan vi säkert hitta en plats där du kan ta emot arbete inne i Wasa ett par dagar i veckan, så får du sitta här och arbeta. Vi kan tillverka en skylt där någon skriver vilka tider du har öppet. Vi ser till att dina döttrar får tjänst här i Runsor. På så vis behöver de inte flytta bort förrän de gifter sig", säger Alfred, alldeles som om han har tänkt ut saken på förhand, vilket han också har. Men det låtsas han inte om.

"Ja, du får det att låta väldigt enkelt", svarar Jakob och kan inte låta bli att le lite. "Vi besluter då att vi inte flyttar stugan än. Om jag senare tycker att det skulle vara bättre att bo i staden, så flyttar jag dit den då. Nu är allt så oländigt där. Jag besökte staden igen och tittade runt och det är förfärligt. Många bygger nog upp sina stugor på tomter här och där. Men det är svart, luktar illa och allt är bara en enda röra", berättar Jakob.

Alfred ställer sig upp och räcker Jakob sin grova näve. Jakob ställer sig också upp och fattar Alfreds hand. Där står de sedan och skakar hand i gott samförstånd.

"Vi borde få papper uppgjorda", säger Jakob.

"Ja, det skall jag sköta om", svarar Alfred självsäkert – trots att han inte har en aning om hur det går till. Men det får jag ta reda på, tänker han.

"Har Alfred planerat att gifta sig snart? Jag har liksom en fantastiskt fin och flink dotter som är i giftasåldern", säger Jakob med skratt i rösten och en pillemarisk min. Alfred rodnar häftigt.

"Ja, jag känner gott till att ni har ett riktigt kap i familjen. Men kanske Elna borde få bestämma själv vem hon vill gifta sig med", svarar Alfred och försöker att inte låta för allvarlig. Han vill inte att Jakob skall förstå, att han från och till tänkt rätt mycket på både giftermål och kvinnor de senaste veckorna. Före branden hade han inte många kvinnor i sitt liv och giftermål kändes avlägset. I Runsor finns inget stort urval av unga kvinnor och det finns ingen som intresserar honom. Sedan dök både Amalia och Elna upp och de har båda väckt känslor i honom. Den ena mer intressant än den andra, men till de yttre omständigheterna mycket olika.

"Tiden får utvisa", säger han förnuftigt och går in till sig.

Alfred ligger åter igen den kvällen med stugan, Grönbergs och Elna i sina tankar. Hur kan det vara så intressant att planera någon annans liv, när man har ett eget liv fyllt med saker som borde tas omhand? Han bryter sina tankar med våld och försöker tänka på hästen, som snart blir för gammal och borde betäckas under sommaren. På så sätt kunde han få ett föl till gården, som kunde köras in lagom till sommaren därpå. Grannen har en fin hingst och han själv ett fint sto. Kanske det kunde gå. Han skall gå och prata med grannen snart, så kunde de planera in fölet så att det föds tidigt nästa vår.

Utan att han kan styra sina tankar återvänder de till Amalia, Elna och giftermålet. Han ligger och vrider sig en god stund och försöker ignorera den upphetsade känslan i skrevet, tills han inte kan stå emot längre och han sköter saken med egen hand. Efteråt skäms han lite. Självbefläckelse med den sköna och fina Amalia i tankarna passar inte ihop. Men han kan inte hjälpa att han önskar att han kunde få hålla henne och älska henne. Han drar på munnen. Han tror däremot att Elna bara skulle skratta om hon fick höra att han fantiserar om henne. Han skulle också vilja vara föremål för någons fantasi. Alfred fantiserar om hur en kvinnas fantasi om honom kunde se ut, tills han åter igen känner lusten vakna och inte kan motstå behovet en gång till, samma kväll. Kladdigt och äckligt blev det i kläderna. Eftersom det är höst skall mor tvätta kläder innan vintern kommer. Så han får lov att smyga ut med dem då. Han får bara se till att det inte är Elna som tar hand om hans tvätt.

* * *

Elna känner att hon inte vill flytta från Runsor och hon besluter sig för att tala om det för sin far än en gång. Det är inte lätt att få tid att prata med far, då det är fart och fläng hela tiden och dagarna går. Hon är osäker på om han ännu har sagt något om stugan till Alfred och hans familj och hon oroar sig över saken.

"Far, kan vi sätta oss ner och pratas vid ikväll?", frågar hon en dag.

"Ja men visst, min tös. Vi tar det idag, efter middagen. Jag har något att berätta för dig och Magda", säger han och hon kan av hans min bedöma, att det är goda nyheter. Hon nickar och känner sig vid gott mod. Hon nynnar för sig själv när hon knatar vidare under eftermiddagen. Det är dags för tvätt denna eftermiddag. Ännu är torkvädret utmärkt, så det gäller att passa på innan luften blir för kall och fuktig.

Det största problemet på gården just nu är tillgång till rent vatten. Men till tvätten använder de vatten som drängen har hämtat med häst och kärra från Toby å en bit bort. Det är rent och friskt och duger gott till byke, medan det inte är det godaste att dricka. De eldar ute på gården för att värma vattnet. Det är varmt från förut inne i stugan och de vill undvika att värma upp huset ytterligare.

Kvinnorna skrattar och pratar glatt medan de tvättar och hänger upp tvätten. Alldeles med avsikt viftar Elna extra yvigt med den våta tvätten, för det är så otroligt skönt att ha blöta kläder som ger svalka i brisen och sedan känna när solen värmer kroppen och torkar kläderna. Hon har tagit av sig sin huvudduk och håret är vått och slarvigt uppsatt med hårslingor som lockar sig kring ansiktet och klibbar sig fast vid huden. Kinderna är rosiga och hon känner sig lätt och fri. Nästan som om inga av jordens alla sorger hade följt henne den senaste tiden.

När de är klara tar hon några krumbuktande skutt och kommer med snabb fart runt hörnet vid visthusboden och skuttar rakt in i famnen på Alfred, som är nära att trilla omkull. Först drar han häftigt efter andan och tänker börja svära innan han förstår vem det är och vad som händer. Men när han finner att han har en blöt och rödkindad Elna i sin famn skrattar han istället glatt. Elna blir också lite förskräckt, men när hon ser att han inte blev arg eller slog sig, fnittrar hon högt, som den unga flicka hon är.

"Ojdå!", säger Alfred och iakttar henne intensivt. Hon ser helt fantastik ut med rosiga kinder, blött hår och klädd i våta kläder som gör att hennes styva bröstvårtor avtecknar sig under tyget.

"Förlåt, det var inte meningen att springa på dig! Och ursäkta mitt utseende, vi har haft tvättdag idag. Det är snart en vana att vi springer på varandra runt hörnen", svarar hon glatt.

Men Elna ser inte alls ut som om hon skulle skämmas för sitt utseende, snarare kråmar hon sig lite där hon står. Hon kan nog se att hans blick vilar en stund för länge vid hennes byst – och det har hon minsann inget emot. Hon tycker själv att hon har en fin byst, i passande storlek, och en tonårsflicka vill gärna bli beundrad.

De vandrar vidare, var och en till sitt. Det slår plötsligt Alfred att han hade lagt sina nerkladdade kläder i tvätten på morgonen och en häftig rodnad sprider sig över hans ansikte. Tänk om Elna har tvättat hans avslöjande kläder. Hemska tanke! Men han kan inte heller fråga, om hon möjligtvis har tvättat hans nedfläckade byxor.

På kvällen sätter sig den lilla familjen Grönberg ner tillsammans. De samlas ute i den lilla stugan, som kommer att bli deras i framtiden, om allt går enligt planen. Jakob berättar att han har tackat ja till att köpa stugan och att de kommer att betala av på den under ett par år. Han berättar också att stugan, i alla fall till att börja med, kommer att stå kvar ute i Runsor. Han skall försöka hitta ett sätt så att han kan fortsätta som skomakare, trots att de bor ute på landet. För flickorna skall de försöka hitta tjänster ute i Runsor, eller åtminstone för Elna, så hon kan komma hem och sova till natten, om hon vill. Magda skall få börja med att hjälpa till hos Karlssons med småbestyr, som till exempel att sköta hönsen och vara till hands i köket när det kokas och bakas. Flickorna blir överlyckliga. Elna anser att det bästa som kunde hända henne var när hela staden brann ned till grunden. Hon glömmer helt bort hur det kunde gå och hur hon skulle känna sig om Alfred plötsligt gifte sig med en annan kvinna och hon ändå skulle vara kvar på gården.

Redan nästa dag börjar männen riva, förstärka, täta och bygga om i deras stuga. Det är många draghål i väggar och golv som de tar omhand. Eldstaden behöver repareras och en ny krok och trefot behövs för att kunna koka mat. Men kroken och trefoten kan de söka vid ett senare tillfälle. Det hade varit underbart med en modern gjutjärnshäll, men det har de inte råd med, och ingen säljer något heller för den delen. De spikar väggfasta våningssängar åt dem och männen gör en ny dörr. Även trappen är fallfärdig och de ersätter den med en stor, platt gråsten i lämplig höjd istället. Elna och Magda putsar de små fönsterglasen och städar och fejar vartefter männen skräpar ner inomhus. Det känns som en dröm. Elna går omkring med ett leende på läpparna hela dagen och det känns som om livet inte kunde vara mycket bättre.

De går genom mor Stinas kistor och finner lite tyger som de kan använda i huset. Hon har även några extra bolster att sätta i sängarna, så de kommer att klara sig till att börja med, tills de kan köpa mera egna pinaler. Just nu finns det inte ens några handelsbodar att gå till och handla nya husgeråd och annat behövligt i. De finner även några extra bestick, fat och muggar i Stinas skåp. De lovar Stina att hon skall få tillbaka sina ägodelar vartefter de får möjlighet, tid och råd att köpa eget. Stina viftar bort deras löfte, men alla vet att de kommer att ge varje liten attiralj tillbaka.

Alfred och Jakob gör hästen klar för en färd till marknaden, för att se om de kan hitta kokkärl som de kan få köpa billigt. Jakob har lite pengar som borde räcka till. Elna hinner notera att de är på väg att åka och stoppar dem och ber att få följa med. Hon sitter bak på kärran och njuter av lugnet och utsikten när de åker längs vägen. Vägarna är torra och dammiga och det yr upp sand runt om henne där hon sitter men det bekommer henne inte. Det är snart höst kan hon se, löven är inte längre lika gröna och de skira sommarblomstren hundloka och rallarros har bytts ut till renfana och tistlarnas stora, lila penslar. Höstens färger är dova och varma. Luften har svalnat och är lättare att andas, den känns både hög och frisk. De åker förbi två åkrar där folket tar upp potatis. Hon noterar att de ser ut att få en god skörd.

"Alfred, när skall vi börja ta upp era potatisar?", frågar hon.

"Det stora fältet som ligger öster om gården skall påbörjas inom kort och jag kommer att be nästan alla på gården att komma och hjälpa till så att det går undan. Jag har även rovor som snart skall tas upp. Jag har varit ute och gjort stickprov och vi får en hyfsad skörd", svarar han över axeln.

"Det är roligt att höra. Vi kommer nog att behöva köpa mat av er i vinter, eftersom vi inte har någon egen skörd i år. Vi hade ett land på gården, inne i staden, men det är nedtrampat och förstört", svarar hon.

"Ja, precis, jag skall tala med mina föräldrar, så skall vi finna råd kring maten som passar oss alla", säger han och saktar in hästen när de kör in mot stadsporten.

Hittills har det varit svårt att köra häst och kärra genom de gamla gränderna eftersom de har varit fyllda med bråte. Nu har det förflutit flera veckor sedan branden och Alfred ämnar se om det är tillräckligt uppstädat, att det går att köra häst inne i stadsruinen. Det gäller att vara försiktig, han är rädd om sin häst och han vill inte att den skall skada sina hovar i bråten.

Det visar sig att Wasaborna har arbetat hårt med att reda upp inne bland ruinerna. Det står en stor rökpelare utanför staden mot Höstves till. De frågar en mötande vad det är som står på och han berättar att de bränner ett bål med träbråtet som legat på allas gårdar. Det finns män som kontrollerar elden och alla får föra sina förkolnade plankor till brasan för att få tomterna uppstädade. Det ser spökligt ut inne i staden, eftersom alla träd är nedbrunna, förutom den fina allén upp mot hovrätten som klarat sig. Av den en gång så fina kyrkan står ett skelett av tegel kvar och minner om stadens forna glansdagar. Tider som förvandlades till elände och armod inom några usla, fatala timmar. För evigt kommer den dagen att etsa sig fast i Wasabornas minne. Generation efter generation kommer att få lära sig vad som hände i Wasa i augusti 1852. Det är en katastrof av enorma mått som kommer att ta åratal att reparera.

Det lilla sällskapet kör sakta genom kvarteren med sikte på den tillfälliga marknadsplatsen som uppstått bredvid bordet, där myndigheterna delar ut mat. När de kommer fram, ser de ett stort plakat där det står att alla och envar som hade egendom som brunnit upp, skall ta kontakt för att få ersättning. De går fram till männen bakom bordet. Det står bara några i kö.

"Ja, ursäkta mig. Jag hade mitt hem och tillika min skomakarverksamhet som brann upp. Och min minsta dotter omkom i branden", säger Jakob med så stadig röst han förmår.

"Jag beklagar sorgen. Här får du ett papper. Jag ber er fylla i uppgifterna som står nämnda; uppge även adressen där vi når er, så skall vi räkna ut summan ni kan få i ersättning", säger en av männen och ser viktig ut. "Kan du skriva eller måste vi hjälpa dig?" tillägger mannen som räcker pappret till Jakob. Jakob svara bara med en nick. Jakob är mycket svag på att skriva, men med Alfreds och Elnas hjälp lyckas han fylla i de nödvändiga uppgifterna på pappret. Det tar dem dock en god stund att fylla i allt.

"Tänk vilken tur att vi gjorde oss ärende hit", säger Elna. "När vi inte ens visste om att man kan få ersättning", fortsätter hon.

"Ja, hoppas vi får många silverrubel. Då kan vi betala vår stuga direkt", säger Jakob med ljus blick samtidigt som han knockar till Elna med armbågen.

De besluter sig för att även ställa sig i matkön eftersom deras matförråd är ganska skrala igen. De får ungefär samma varor som senast, men nu får de även en sockerbit, vilket sannerligen är uppskattat. Det skall bli gott med något sött på söndagen. Nu finns det gott om vinbär och lingon att plocka och Elna fantiserar om en portion tjock bärkräm med en stor klick sötad vispgrädde på toppen.

De vandrar omkring på marknaden, men hittar inget att köpa, trots att det dykt upp försäljare från andra trakter som ser sin chans att sälja de mest varierande varor. Däremot diskuterar de ivrigt med försäljarna och berättar vad de söker, ifall någon skulle känna till var de kan hitta sina kokkärl. När de precis är på väg att ge upp sin förtvivlade jakt på kokkärlen, finner de en man som säger sig ha precis vad de behöver. Om de orkar vänta en timme, kan de köra via hans hem när de åker tillbaka till Runsor, så får de med sig föremålen direkt. Detta passar utmärkt. Medan de väntar, går de runt och språkar lite mera med folk.

De får höra, att det ryktas om en diskussion bland stadens herrar. Vissa vill att staden inte skall byggas upp tillbaka på samma ställe. Att det finns några som vill flytta Wasa närmare kusten. De pratar om Klemetsö, berättas det för dem. Jakob och Elna har aldrig varit till Klemetsö, eller till hamnen i Brändö heller för den delen. Alfred däremot berättar att han varit ut och kört till Brändö, genom Klemetsö, en gång när han hämtat en häst.

"Det är vackert ute vid havet och jag begriper att köpmännen vill flytta staden, det vore praktiskt för dem. Men för oss som bor på landet utanför den gamla staden vore det ingen bra lösning. Tänk vad svårt det skulle vara när vi skall åka och sälja våra varor på torget. Då skulle vi ha så lång väg att åka", säger han, mörk i synen. Jakob står och lyssnar, skakar på huvudet och säger:

"Ja, jag hade tänkt att det kunde gå att ha skomakarverkstaden inne i staden och bo i Runsor. Men blir staden byggd i Klemetsö, går det nog inte. Men vi måste se hur det blir, innan vi tror på dessa rykten".

Tiden går och snart är försäljaren klar. Eftersom han inte äger häst och kärra åker han med dem, när de beger sig mot stadskvarteren. Mannen bor i ett torftigt litet hus, återuppbyggt av gamla bräder i ett av de sotiga kvarteren. Han hämtar, som utlovat, en krok och en trefot till dem, Jakob betalar honom och de beger sig hem. Elna hoppas att han inte sålde kroken bara för pengarna och nu skall klara sig utan kokkärl själv istället. Hon frågar dock inte eftersom det är mannens ensak.

På vägen genom kvarteren stannar de åter igen vid platsen för sina hem och begrundar sitt öde. Men snart åker de vidare. Både människor och häst är hungriga och törstiga eftersom ärendet tog längre tid än planerat att utföra. Elna drömmer om hur de får en stor summa pengar av myndigheterna för sitt nedbrunna hem. Kanske blir vi rika och kanske Alfred då vill gifta sig med mig, eftersom vi är så rika, fantiserar hon med blicken i fjärran.

Kapitel 6

Efter att Alfred har ägnat så mycket tid åt Grönbergs stuga och livsöde märker, han åter igen att han ligger efter med sitt eget arbete och sina bestyr. Veckorna går och det är redan tidig höst. Skörden skall bärgas in från åkrarna. Potatis och rovor måste grävas upp och tas om hand. Han arbetar från tidig morgon till sen kväll. Kvällarna är redan ganska mörka och de första kalla höstregnen har fallit. Det är tidvis ruggigt ute. Gyttjan som fastnar under stövlarna bildar stora klimpar under sulorna och det är ett sjå att få bort dem när han går in för dagen.

Men skörden är hyfsat bra, trots den varma sommaren, och Alfred fyller sakta men säkert sina lador och bodar inför vintern. Han anser att det är skönt att vara fullt sysselsatt, så han inte behöver gå omkring som en kärlekskrank hanhund. Det har kommit ett brev från Amalia, men det är riktat till dem alla och det är egentligen ganska ytligt. Som om inga känslor fanns. Han beslutar att han inte tänker skriva tillbaka. Om mor eller Elna vill korrespondera med henne, får de gärna göra det. I ärlighetens namn kan han inte skriva fulla meningar heller, och det vore pinsamt att skriva det lilla han kan när, Amalia skriver så vackert.

Grönbergs sitter nästan alla kvällar inne hos Karlssons. Ibland äter de inne hos sig i stugan och ibland inne hos Karlssons. Kvinnorna kurar oftast skymning i den gemytliga spisvärmen i köket och stickar vantar och sockor inför vintern. De pratar om ditt och datt, som om de alltid har känt varandra. Männen emellan flyter inte diskussionen lika lätt och de sitter ofta tysta och arbetar med vad de har för händerna. Men när de kommer igång pratar de mest om arbete, djur och politik, men allra mest pratar de om staden, återuppbyggnaden och om Wasas framtid. De har hört om pengar som doneras till staden och dess invånare. De ältar då och då hur det skall gå för Jakob, om han skall få några pengar för sin nedbrunna stuga, hur mycket det blir och när pengarna i så fall betalas ut till honom. De gläder sig över att kejsaren betalar så rikligt med stöd till stadens återuppbyggnad. De spekulerar kring möjligheten att kejsaren kanske kunde besluta att uppföra ett slott i det nya Wasa, eftersom han verkar engagera sig starkt i stadens framtid. Tänk så spännande det vore om kejsaren kom till Wasa! Männen sitter och fantiserar om den strålande framtid som Wasa går till mötes och glömmer bort den sotiga, fattiga verkligheten.

"Alfred, kan du komma hit ett slag", ber Elna. Han höjer ett förvånat ögonbryn och reser sig med ett litet stön. Han är trött efter dagen.

"Sträck mig din hand", säger hon leende. Han lyder snällt.

"Jag stickar vantar till dig. Det blir kallt nu och jag har ett rejält tjockt och fint garn till vantar som jag vill att du skall få, du som arbetar så hårt utomhus om dagarna", säger Elna blygt.

"Man tackar, det är snällt och omtänksamt. Din far har också lovat att göra ett par ordentliga läderhandskar åt mig, med äkta päls på insidan. Inte för att jag vet hur det går till när man lägger päls inne i handskar, men det behöver jag förstås inte, eftersom Jakob är experten på området", säger han glatt.

"Det var minsann ett fint garn du har Elna, vantarna kommer väl till pass i vinter. Tusen tack!", fortsätter han.

Han provar vanten och Elna känner med vana fingrar över passformen på hans hand, hon riktigt kramar runt hans tumme och känner långsamt längs med handen för att se hur den passar överallt. Både Elna och Alfred förnimmer hur intimt det känns och deras blickar möts hastigt ovanför vanten. I soffan byter Jakob och Ragnar en blick. De båda äldre männen har nog pratats vid om saken, att det skulle passa dem alla att de unga tu fattar tycke för varandra och gifter sig. Men de vill inte lägga sig i saken. Det känns gammalmodigt och stelt. Om de unga får gå i samma stuga, i sin knoppande ålder, kommer de otvivelaktigt att dras till varandra med tiden, resonerar de äldre männen. De minns än, om än lite vagt, hur spännande det var att vara ung och hur härligt det var att vara nygift, pigg och ivrig. Annat är det nu; den ena änkling och den andra gammal och styv.

Alfred hjälper ofta Grönbergs med att bära in ved och han trivs bra i den lilla, hemtrevliga stugan. Magda tyr sig till honom och hon pladdrar ivrigt var gång han är i stugan.

"Alfred", säger hon en dag, med mera allvar än vanligt i sin ljusa röst.

"Ja-a", svarar han, frånvarande, eftersom hon pladdrat på en god stund.

"Kan inte du gifta dig med vår Elna, hon är så fäst vid dig", säger hon och blickar på honom, för att kunna avläsa hans omedelbara reaktion.

"Nej, inte tror jag Elna är svag för mig", säger han för att vinna lite tid.

"Joho, det är hon bestämt", svarar lilla Magda rappt.

"Jaså, säger du det. Men vet du, det är något som jag och Elna måste diskutera sinsemellan innan jag går omkring och pratar om det med annat folk", säger han och besvarar flickans stadiga blick.

"Ja, det förstås. Men kan du inte prata med henne nu då, idag?"

"Nja, jag måste nog fundera på saken och bestämma vad jag skall säga först", svarar han och stiger upp. "Jag skall fortsätta med mitt nu", säger han och går ut, främst för att komma undan diskussionen.

Alfred går till vedbacken och ställer sig för att hugga ved. Han hugger så länge och så hårt att det flimrar framför ögonen. Han känner pressen växa. Han vet väl om att Elna vill ha honom. Han vet att föräldrarna vill att de skall gifta sig. Han vet att alla bara går och väntar. Och han fantiserar om Amalia, som han aldrig kan få. Men så bestämmer han sig, där och då, när han står och hugger veden. Han skall minsann glömma Amalia, hon är inget att ha. Till julen skall han ha henne borta ur sitt sinne och så skall han fria till Elna under den långa helgen när de firar jul och det nya året stundar. Snart är det 1853. Efter denna dag motar han bort varje tanke på Amalia när de dyker upp. Han ersätter hennes ansikte, kropp och röst med Elna i sina tankar. Han söker sig allt oftare till Elnas närhet och han finner henne allt mera skön att se på och hon är en fantastiskt rolig och stark kvinna, märker han. Han känner intensivt att de kan få ett riktigt gott äktenskap, om de ger det chansen. Han kommer nog att lära sig att älska henne och han längtar redan efter att hålla om henne. I sina hemliga fantasier ser han henne framför sig den där sommardagen när hon var blöt efter tvätten. Hon hade hårslingor som klibbade sig fast längs halsen och bröstvårtor som stack ut under klänningstyget. Men, han är inte dummare karl än att han förstår, att en bit av honom aldrig kommer att glömma Amalia.

Alfred, Jakob och Elna åker varje vecka in till stadens nya marknad invid den västra porten. Jakob har ett bord på det tillfälliga torget. Han har öppet en dag i veckan, då han tar emot nya skomakaruppdrag eller ger ut sina färdiga eller reparerade skor och stövlar. Elna står och säljer mjölk, ost och potatis från Karlssons gård. Medan Grönbergs arbetar, vandrar Alfred mest omkring och talar med folk, främst för att alla i huset vill följa med utvecklingen och uppbyggnaden av staden. Han märker att det är många som följer med vindarna och politiken kring återuppbyggnaden och det är tydligt att det finns två läger. Dels de som vill bygga på samma plats och dels de som vill flytta staden till Klemetsö. Alfred och Jakob vill att staden skall vara kvar på den gamla platsen. De har lätt att idka sin handel när det är så nära att åka in till torget. Om staden flyttas till Klemetsö, kommer det att ta dem över en timme när de skall färdas in till staden och lika längre när de åker tillbaka. De kan inte heller sända hem någon med hästen över dagen, utan den personen måste bli kvar i stan under tiden. Om staden flyttar kommer mycket att förändras i Runsor, liksom i de andra byarna som förr haft nära till centrum.

* * *

Elna känner sig direkt som hemma i deras lilla stuga. Hennes far gör omedelbart den första avbetalningen på stugan och allt känns genast bättre, när de inte bara lever på allmosor och nåder. Elna pyntar och fejar i stugan. De köper lite småsaker som de behöver. På det stora hela har de det bra, även om det långtifrån är något lyxleverne. Stugan är tätad och det drar inte så rysligt kallt mellan brädorna, men golven är kalla. Vartefter vintern blir kyligare får de börja elda allt flitigare. De försöker hålla eld eller glöd i eldstaden hela tiden så att det inte skall hinna bli så kallt att vattnet i hinken fryser till is om natten. Om kvällarna sitter de framför spisen och språkar, om de inte är inne hos Karlssons.

De har avtalat att Elna skall arbeta på Karlssons gård mot att familjen får en del mat och ved, och så får hon en blygsam summa pengar varje månad. Pengarna tänker hon satsa på att göra deras stuga så fin och bekväm det bara går. Elna är en god och duglig arbetare och hon har bra hand med djuren. Hon är fäst vid korna och pratar alltid lågt och stillsamt med dem medan hon mjölkar. Hon tar sig gärna tid att stryka djuren över mulen och manken en stund. När de står där tillsammans känner hon att både djuren och hon själv njuter lika mycket av den intima närvaron. Fähuset på Karlssons gård är välbyggt och rymligt, och det råder en fin stämning bland djuren. Där samsas korna, ett par grisar, några får, hönorna, några katter och en stolt tupp. Alla har sina egna bås, förutom katterna och hönsen som kilar mellan fötterna på de andra djuren. Höet finns på höskullen intill och gödseln körs ut till baksidan av fähuset. Det är Alfreds mor, Stina, som redan som ung på gården bestämde, att där hon bor skall inte dynghögen vara placerad mitt bland folk. Den skall vara utom syn- och lukthåll. Det är många som tycker att Karlssons gör sig märkvärdiga som håller dyngan på skogssidan, när de allra flesta har den intill huset. Elna tycker däremot att det är en utmärkt idé. Hon är inte heller förtjust i dynglukt, även om hon inte rynkar på näsan. Lite skit under naglarna och lukt i näsborrarna hör till.

Jakob har fått ett arbetsrum i anslutning till fähuset, där han byggt upp sin skomakarverkstad. Han har lyckats köpa och tillverka de viktigaste verktygen som gick upp i rök när branden tog deras hem. Tur nog hade han sin verktygsväska med sig när det brann. Han har också fått tag på både läder och tråd på marknaden, även om det är svårt. Så nu har han lyckats få igång sin verksamhet igen. Eftersom han är känd bland de flesta Wasabor som en duglig skomakare, kommer de till honom och han har lätt att få kunder. Till Jakobs fördel har allas extra par skor eller stövlar brunnit upp. Även om långt ifrån alla har råd med ett extra par.

Elna, som är flink med sticksömmen, har börjat sända yllesockor till marknaden med sin far. På samma gång som han överlämnar något han reparerat eller levererar nya stövlar och skor, erbjuder han folk att köpa sockor. Det visar sig vara en utmärkt affärsidé och sockorna går åt sig med väldig fart. Hon hinner inte ens sticka så många par som efterfrågas. De tjänar en fin, liten extra hacka på sockorna, även om också garn är dyrt och ganska svårt att komma över. De har nog kardat och spunnit eget garn ute på gården. Men då fårstammen är liten, blev det inte så pass mycket garn att hon kunde använda det till försäljning. När Elna och fadern sitter och räknar, som de ofta gör, kan de konstatera att de galant kommer att klara sin ekonomi och sina avbetalningar. Det känns som en stor lättnad. Då och då diskuterar de ersättningen som de borde få för den nedbrunna stugan. Men beslutet dröjer.

Magda pratar sällan om lilla Anna, men de märker att hon tänker på henne. Hon blir då tyst och frånvarande och får en stirrig blick. När de sitter samlade alla tre en kväll ser Elna att Magda återigen sitter och grubblar.

"Magda lilla, jag har bestämt en sak för din del och jag kommer inte att acceptera ett nej till svar", säger Elna med moderlig stämma. Magda lyfter blicken mot Elna, men säger ingenting.

"Du skall nu börja lära dig läsa och skriva. Jag är inte särskilt bra själv, men tillsammans klarar vi av att lära dig alfabetet och forma några ord. Vi skall låna böcker av Karlssons och så köper vi en tavla och kritor", säger Elna käckt för att låta övertygande och inspirerad. I sitt stilla sinne grubblar hon allt en aning över om hon klarar av att lära ut läsning och skrivning. Hon har själv lärt sig en liten aning av en väninna hon hade på gården där hon tjänade. Skolorna är mest till för välbärgade pojkar och det är långt till någon skola där de bor ute i Runsor, i synnerhet efter branden.

"Ja, det vill jag! Tack snälla Elna!", jublar Magda. Sällan har de sett henne stråla så av lycka.

"Jag vill bli en skolfröken, i en skola för bara flickor, när jag blir stor. Jag vill inte gå och slita på en gård, jag vill inte mjölka och skura golv", säger hon drömmande, men med en övertygelse som får Elna och fadern att misstänka att hon menar allvar.

"Ja, det tycker jag låter som en utmärkt plan, Magda lilla", säger hennes far uppmuntrande. Jakob är del av ett samhälle som är mycket mansdominerat, där kvinnorna fogar sig och saknar viktiga rättigheter. Men han, Jakob, fader till döttrar, tycker att alla människor är lika värda och måste få samma chanser. Redan nästa dag går Elna och Magda tillsammans för att prata med Alfred om sin plan.

"Ja visst skall ni få låna böcker! Jag tror bestämt att min far också gärna vill undervisa en timme om dagen. Han råkar ha gått tre år i skola och han är uttråkad och sysslolös sedan han inte kan delta i arbetet på samma sätt längre", säger Alfred entusiastiskt, medan han går fram till faderns kammare och knackar på dörren.

"Kom in!", ropar Ragnar. Alfred berättar om deras planer och frågar om Ragnar kan tänka sig att ta på sig denna nya uppgift.

"Ja, det skall bli roligt. Alfred har inte än gett mig några egna barnbarn att lära om dagarna. Så det skall bli mig ett sant nöje att arbeta med lilla Magda en timme per dag, utom söckendagar", säger han med en menande och pillemarisk blick mot Alfred.

"Men jag gör det bara om fröken lovar att göra hemuppgifter om kvällarna", säger han.

"Ja, jag lovar herr Ragnar", svarar Magda och niger djupt.

"Om du är snabblärd med läsandet och skrivandet, kan vi också ta och lära dig siffror och räkning", säger Ragnar medan han nickar mot henne.

"Tack snälla, det vill jag oerhört gärna göra!" svarar Magda och knixar återigen med benen. Det är så mycket alla plötsligt lovar henne, att hon inte vet hur hon skall ta emot all snällhet. Magda är inte van vid att något tillkommer henne lätt i livet och hon har sällan fått någon uppmärksamhet.

Elna småler när de går ut ur Karlssons stuga. Det bästa som kunde hända familjen Grönberg tycks vara att hela deras stad brann ned till grunden – även om det känns fel att ens tänka så, eftersom de förlorade sin syster i branden.

Vem vet, kanske det i framtiden kommer att finnas fina skolor för flickor också, med kvinnor som lärare. Magdas skola kan säkert vara den första, om inte annat. Kanske det kommer att blåsa nya vindar i det nya Wasa.

Kapitel 7

Det tar tid för Amalia att hitta sin rytm när hon väl kommit hem till Stockholm. Hon känner att händelsen med branden i Wasa har satt sina spår och hon har ofta mardrömmar om eld och brand. Då vaknar hon av att hon tror det luktar bränt. Hon är trött om dagarna och känner sig dum och barnslig över att hon har mardrömmar. Sådant som hon förut njöt stort av, känns numera ofta både dumt och ytligt. Förr kunde hon stå en hel eftermiddag och välja vackra band till sina överdådiga klänningar, bahytter och till håret, medan hon flamsade med sina väninnor. Nu blir hon bara rastlös och irriterad av dylikt beteende. Banden betyder ingenting i det stora sammanhanget och hon har tappat intresset för banaliteter. Hon roas mest av musik, konst och böcker. Hon läser ofta, i sin ensamhet, medan hon dricker kopp efter kopp av gott te som hennes far köper från en köpman, som hämtar hem det direkt från Orienten. Hon vet nog att det är dyrt och lyxigt, men det är också nästan den enda lyxen hon unnar sig. Hennes tidigare planer på att åka till Stockholm, slänga sig ut i det virvlande umgängeslivet och finna en ståtlig man att visa upp för alla avundsjuka väninnor, känns avlägsna.

"Amalia, kan du vara snäll och komma till mitt arbetsrum efter middagen i kväll, mor och jag vill prata med dig", säger hennes far en morgon. Han blickar mot henne över kanten av tidningen, som han håller upp framför sig.

"Ja visst far", svarar hon, intet ont anande. Hon tänker inte nämnvärt på saken under dagen. Den går, som alla andra dagar, förbi medan hon sitter framför kakelugnen med sin bok och sitt te. Det är vinter och kallt ute och hon har inga planer på att sticka näsan utanför dörren idag heller.

Amalias tankar nuddar återigen vid Wasaborna som skall leva genom vintern med nedbrunna hem och alla umbäranden som detta för med sig. Hon har skrivit till Karlssons och fått ett svar sedan de lämnade Runsor i slutet av sommaren, så hon känner till att Elna och hennes familj stannat på gården. De skulle tydligen bo i ett litet kyffe på ägorna. Amalia ryser lätt vid tanken – även om hon ibland saknat gemenskapen på gården. Hon tänker också på den fina kalven som hon tyckte så mycket om, den som hon döpte till Klöver. Hon saknar känslan av att stryka kalvens mjuka nos och se in i dess vänliga, sammetsbruna ögon. Månntro den blivit stor nu och undrar s om det var en ko- eller en tjurkalv? Tankarna maler ofta om och om igen i samma banor.

När kvällen kommer har hon redan glömt bort samtalet som hon skulle på, trots att det är sällan de har dylika officiella diskussioner inom familjen.

När middagen är över påminner hennes far henne om att de skulle samtala och hon nickar och följer efter honom. När hon och modern satt sig, harklar sig hennes far. Hon tycker att han, av någon anledning ser nervös ut.

"Vi har funnit en man som vi skulle föreslå att du gifter dig med. Naturligtvis måste ni bekanta er med varandra, men det vore bra om ni kunde acceptera varandra. Vi kommer inte heller att tvinga igenom ett giftermål om ni misstycker och ogillar varandra. Det är vi för moderna för", säger han snabbt, nästan så att han snubblar över orden.

"Men vad säger ni far, gifta mig? Nu?!", svarar Amalia totalt oförberedd. Hon skakar först på huvudet.

"Jag har det bra här hemma hos far och mor", fortsätter hon lamt, men hör själv hur dumt det låter. En vuxen kvinna av klass skall nog gifta sig, det vet hon mycket väl. Och hon har faster Francesca som avskräckande exempel på hur det annars kan gå.

"Vem är det som far tänker på?", frågar hon för att lätta lite på stämningen i rummet, som vid det här laget är märkbart laddad.

"Ja, han är född i Stockholm, hans far är köpman och han kommer

att ta över affärerna en dag. Men just nu är han militär, dock på väg att
börja med affärerna vid årsskiftet. Han heter Carl Palmlöf. Känner du till
honom?", svarar fadern.

"Jag minns inte honom via namnet, men kanske jag känner igen
honom när jag ser honom. Jag skall gärna träffa honom, så får vi se sedan
hur det blir", svarar hon, stiger upp och går sin väg. Kinderna hettar och
hon känner sig svag och trött. Hon vill inte att föräldrarna skall se hur
stort uppvaknade förslaget på giftermålet blev för henne. Hon har bara
gått och trånat efter bonden Alfred nu i några månader och inte ägnat de
unga männen i Stockholm en enda tanke.

Faster Francesca och kaptenen Lasse har träffats över många koppar
te under hösten och vintern. Nu när isarna lagt sig och Lasse inte är ute
på sjön längre, har han istället börjat arbeta på Adlerhjelms kontor, där
han planerar köp och laster som de skall göra senare. Han trivs utmärkt
i Stockholm.

De två äldre, Lasse och Francesca, som bägge varit ensamma största
delen av livet, har funnit ett lugn och tillika en spänning, i att träffas.
Francesca som förr alltid tänkt på vad alla andra skall tänka och säga och
sedan på vad som är roligt eller vad hon vill, har nu helt vänt tankegång.
Hon struntar totalt i folks åsikter om att hon och Lasse träffas. De är
vuxet folk och gör exakt som de vill.

* * *

Hösten går snabbt även i Runsor. Snön ligger redan som ett vackert,
skyddande täcke över förödelsen i Wasas kvarter och det är inte många
veckor kvar till jul. Det är kallt, men tack och lov är det inte lika kallt
om vintern som sommaren var varm. De har haft flera soliga, vackra
vinterdagar och det är en fröjd att vara ute och njuta av det vackra
vinterlandskapet. Att åka i släden bakom hästen, nedbäddad under en stor
fäll medan man ser ut över glittrande snödrivor och lyssnar till bjällrornas

klang; allt känns som en skön dröm. Dessa dagar glömmer man bort slasket, snöstormarna och den mest bitande kölden. Man glömmer frusna tår som inte har någon känsel mera och läppar som inte lyder när de är stelfrusna. Det går att älska vintern och beundra vinterlandskapen. Men då skall man ha ett hus, en varm fäll, mat på bordet och hull på kroppen - vilket på inget vis är en självklarhet i Wasa denna vinter.

Alfred har spenderat mycket tid i skogen tillsammans med en drängpojke. De hugger ned träd för kommande behov och fraktar hem stockarna med häst och släde. Det är ett tungt och farligt arbete som ändå är ack så viktigt för hemmanet. De har tur som äger skogsmark där de får avverka så mycket de kan och behöver. Andra måste köpa virke och ved och det blir dyrt, eller alternativt måste de klara sig utan ved. Den här vintern har Alfred sålt huggen ved på marknaden utanför staden. Det finns många köpare, men han tar ändå helt normalt pris. Han vill inte sko sig på andra människors olycka. Myndigheterna delar fortfarande ut mat och nu även ved, men eftersom veden inte räcker till, så köper de som har pengar. Det är många som nu i efterhand ångrat att de brände upp resterna efter branden i somras, när de hade kunnat spara träet till vintern och göra nytta av det. Men då, när det gjordes, ville alla bara få bort bråtet från sina gårdar, så att de kunde röja upp och bygga nytt.

Alfred fortsätter med att höra sig för på marknaden om vad som händer och vad som planeras för Wasa. Han hör att det är många som fryser, svälter och far illa. Ofta försöker han hjälpa till där han kan och där det räcker med små medel. Han har inga stora pengar att offra och inga stora mängder mat att avvara, men Karlssons gård har det gott ställt och ingen hos dem behöver frysa. Eller rättare sagt alla fryser. När de stiger upp om morgnarna är det inte många grader varmt i huset, även om någon alltid varit uppe och fyllt på ved i eldhärdarna när det är som kallast. De kallaste morgnarna inleder de med att knacka hål på isen i vattenhinken. Men det är bara normalt och sådant som de klarar av. Ingen har ens tänkt tanken att det skulle vara möjligt att inte frysa om vintrarna.

Det är marknadsdag. Alfred har klätt på sig de tjocka vantarna som Elna har stickat till honom. Han står och klappar händerna och stampar fötterna för att hålla värmen. Då kommer det fram en ung man till honom, som han inte känner.

"Hrm, ursäkta mig, jag är kanske påflugen, men jag tänkte fråga er en sak", säger mannen och ser märkbart nervös ut.

Alfred nickar artigt till honom och mannen fortsätter.

"Jo, det är så att jag har sett att ni har en ung kvinna med er när ni kommer och går från marknaden. Men av sättet ni uppför er, förstår jag att hon inte är er hustru. Därför undrar jag om hon är er syster, eller annan släkt, eller kanske en piga hos er? Hon är nämligen den vackraste flickan jag sett och jag skulle gärna vilja få er tillåtelse att prata med henne", hasplar mannen ur sig med blicken fäst i axelhöjd på Alfred.

Alfred blir alldeles ställd av frågan och det tar en stund innan han finner sig.

"Ni har uppfattat saken rätt, hon är inte min hustru, men hon bor på vår gård. Men ni behöver inte göra er besvär med att tala med henne, hon är redan bortlovad och skall gifta sig", säger Alfred och går sin väg i samma stund, rädd för att mannen skall se att han ljuger.

Under hela hemresan, då Elna och Jakob sitter och pratar, sitter Alfred tyst och fundersam. Han kan inte förstå sig själv, varför han ljög om Elna. Han vill inte att hon skall ha någon annan, men själv kommer han sig inte heller för att ta steget och närma sig, även om de kommit närmare varandra sedan han bestämde sig för att glömma Amalia. Han vågar inte berätta för Elna vad som hände på marknaden och ännu mindre vad han svarade. Han får bara hoppas att den där mannen inte kontaktar Elna utan hans medgivande, för då åker han fast för sin lögn.

* * *

Det visar sig att Magda är duktig på att lära sig läsa och skriva, så nu har hon även fått börja lära sig lite om siffror och räkna tal tillsammans med Ragnar. Han har blivit tålmodigare med åren och han har suttit och visat, berättat och hjälpt Magda en timme alla vardagar sedan hösten. Elna gottar sig i smyg, ty när hon sitter tillsammans med Magda om kvällarna, medan flickan gör sina hemuppgifter, lär hon sig också själv mer på samma gång. Elna var nog ändå inte så stark på att läsa och skriva förut och räkna kunde hon bara hjälpligt. Nu när hon lärt sig att läsa bättre har hon lånat hem en bok från Karlssons som hon bläddrar lite i. Hon har inte mycket tid över och kvällarna är mörka, men då och då hinner hon sitta en liten stund och försöka komma framåt i historien. Det är en stor lyx att sätta sig och läsa då och då, främst för att man då kan glömma sig själv en stund, glömma sina egna bekymmer, tillkortakommanden och sin egen längtan. När hon lägger sig på kvällen kan hon fantisera om karaktärerna i böckerna istället för att ligga och älta sitt eget liv.

Nu har allt ordnat sig fint och hon trivs med livet som det är nu. Men hon känner sig konstigt ensam och kall mitt ibland den stora gemenskapen på gården. Elna försöker att inte tänka på Alfred så ofta. Hon har nog visat honom tillräckligt tydligt att hon tycker om honom, men han har inte gett henne många tecken tillbaka. Hon drar sig allt mer tillbaka, det känns så förnedrande att vilja mer än den andra. Att längta efter någon som inte längtar tillbaka. När sommaren kommer tänker hon försöka söka sig ut från gården, för att ha en chans att träffa andra män. Hon vill inte bli en gammalpiga på Karlssons gård som skall passa upp Alfreds fru en dag. Det skulle kännas som en långsam död. Hellre flyttar hon då till Sverige och försöker få tjänst någonstans. Kanske som butiksbiträde nu när hon kan läsa, skriva och räkna riktigt hyfsat. Hon kan alltid svälja sin stolthet och kontakta Amalia och se om hon kan hjälpa henne. De två har inget otalt, även om de aldrig blev några goda vänner. Så snurrar tankarna allt oftare i Elnas huvud. Hon planerar för framtiden och grubblar över sitt eget liv, på Magda och fadern och hur de två skulle klara sig utan henne. Elna funderar på hur hon skall komma undan staden som står i ruiner, undan mannen som hon vill ha, men som är så svårtolkad och undan ett öde som hon inte orkar leva med. Inte att undra på att jag känner mig trött och gammal, konstaterar hon för sig själv, när hon med kraft försöker stoppa tankarna som mal i huvudet.

Nästa dag är det dags för slakt av julgrisen. Det är ett otacksamt arbete och Alfred tycker alltid det är otrevligt att döda djuren som de har skött och matat. Men han accepterar att det är livets gång. De tar tillvara blodet för att baka blodbröd. Efter att grisen hängt en tid, skall Alfred stycka kroppen och kvinnorna ta hand om köttet. De saltar in, maler och kokar den mest utsökta fläsksås. Även tarmarna tar de tillvara, för korvstoppning. Alfred har inte lärt sig att göra mat, det är kvinnogöra. Men sen, när det doftar av korv som kokas och kött som står i ugnen, då vill han gärna vara med och provsmaka med jämna mellanrum.

Det är den bästa advent Alfred har varit med om i hela sitt liv. Hushållet sjuder av liv, det är fyllt med röster som stimmar och kvinnorna både sjunger julsånger och skrattar under arbetet. Det bakas tunna rågbröd som sedan hängs upp på tork på en pinne ovanför spisen, där rundkakorna får torka till hårt skarpbröd, som de bryter till sig vid behov. När kvinnorna ställer till och stöper ljus, vill Alfred också prova på, Han har aldrig förut stöpt ljus, så han måste undervisas, Elna blir hans lärarinna. Han stöper ett enda ljus, medan kvinnorna gör flera stycken. Sedan är han mäkta stolt över sitt aningen sneda och magra ljus. De lovar att han ska få ha det i sin egen lilla kammare. Alfred undrar sedan om det var en hedersplats för ljuset han fick, eller om de sade så för att hans ljus inte skulle skämma ut salen.

Elna får för första gången i sitt liv lära sig att baka blodbröd. Hon har nog ätit blodbröd förut, men inte själv behövt kladda med blodet. Den sötaktiga lukten av blod kväljer henne, men arbete är arbete och det måste utföras. Eftersom julen står för dörren förbereder de grisskinkan inför julmaten. Magda har bundit vackra kransar av granris som hon har hängt på dörrarna.

Hon njuter av tanken på jul i det Karlssonska hemmet som utstrålar värme och liv – hon tänker inte på, att det är sedan hon och hennes lilla familj har kommit till huset, som det har blivit så hemtrevligt hos Karlssons.

Elna frågar sin far ett par dagar före jul om de, om vädret tillåter, kan åka ut till begravningsplatsen tillsammans med Magda. Hon ber också Alfred följa med. Julen det året visar sig bjuda på mulet, men i övrigt passande före, så de spänner släden för hästen och åker iväg. Hästen har stått i stallet flera dagar i rad och är därför full av iver att komma iväg, stoet frustar och stampar. Andedräkten står som en gloria runt hennes mule och snart gnistrar iskristallerna i hennes skägg, ögonbryn och i den ljusa manen. Flickorna bäddas ner i fällarna och männen sätter sig, påpälsade med allt de äger, på kuskbocken, och så ger de sig iväg.

Elna och Magda har med sig en vacker krans som de har gjort själva som de skall pryda graven med och de har också experimenterat och gjort ett extra tjockt ljus i en bytta som de skall placera inne i kransens mitt. Det är andäktigt och vackert vid graven när de hade prytt den med allt pynt. Flickorna håller om varandra och Magda gråter så hon skakar. Jakob klarar inte av att se dottern så otröstlig och vänder sig bort så att ingen ser hans egna tårar. Men av hans skakande axlar ser nog alla att hans sorg och saknad efter mor och dotter är svår. De tar god tid på sig vid graven, pysslar, pratar och slutligen kan de till och med skratta lite åt gamla minnen. Det blir en fin stund som de delar, Jakob och hans två flickor, med Alfred vid deras sida.

Ju närmare julhelgen de kommer desto mer rycks även Elna med i stämningen och hon njuter av förberedelserna. När deras mor levde fick flickorna alltid någon liten gåva vid jul. Det var bara små saker, kanske lite nötter, en docka i trä eller ett vackert band som julbocken kastade in genom dörren. Sedan mor gick bort har inte någon haft varken tid eller råd att syssla med sådana onödigheter. Elna har varit hemma hos familjen varje jul. Hon minns hur de åt, sjöng några psalmer och satt framför brasan tillsammans. Den tiden på året pratade de också om modern, om sådant som hänt och de drömde ljusa drömmar om framtiden. En tradition som deras mor alltid höll hårt på har även de fortsatt med. Hon älskade nämligen att leka blindbock i deras lilla stuga. Leken slutade oftast med att de alla låg på golvet eller i sängen och skrattade så de kiknade. Elna tänker inte föreslå att de skall leka blindbock inne hos Karlssons. Den traditionen hör till deras egen familj och den vill hon inte dela med sig. Elna tror knappast att Magda eller fadern heller kommer att nämna leken.

Nu har hon hittat ett tyg i en varm, rödaktig färg som hon i smyg har sytt till ett nytt förkläde till Magda, som hon skall få som gåva vid jul. Någon julbock lär nog inte dyka upp, så hon ger det själv till Magda. Elna väljer att ge gåvan redan på julaftonsmorgonen när de klär sig, så Magda kan klä på sig det fina nya förklädet redan från morgonen. Magda strålar som en sol när hon vecklar ut tyget och ser förklädet hon fått. Hon kramar Elna hårt och länge. Hon klär på sig förklädet över den tjocka klänningen sydd av ylletyg. Sedan dansar hon några steg över golvet och kråmar sig när hon känner sig så fin. Mitt i lyckan blir Magda allvarlig – hon har inte någon gåva till Elna.

"Snälla lilla vän, inte behöver du, som är bara barnet, ge mig någonting. Det skall du inte behöva känna", säger Elna till Magda och smeker ömt hennes kind.

"Tack Elna, du är bäst i världen", svarar Magda och ger Elna den bästa julklapp Elna kan få, nämligen ytterligare en stor, varm, men framför allt, ärlig kram.

På julen konstaterar de igen att de inte har någon kyrka att gå i. Alla andra jular har Karlssons kört hästen från Runsor in till staden och Grönbergs har vandrat till julottan i Mariakyrkan. Men nu är den kyrkan ett minne blott. Istället för julottan improviserar de då. Ragnar läser julevangeliet, de sjunger ett par psalmer och sitter sedan tysta en stund i andakt. Alla hoppas att de skall ha en ny kyrka i Wasa nästa jul.

Till kvällen vankas tjock kornmjölsgröt som är kokad på både vatten och grädde. Till gröten har de saltad skinka, färskt bröd med smör och efterrätten blir saftsoppa med en klick vispgrädde till. Maten sköljer de ner med hembryggt öl och männen tar sig även en liten sup av brännvinet. De avnjuter maten långsamt och samtalet flyter lätt. Alfred har hämtat en stor famn grankvistar som han lagt innanför dörren. Doften från granriset blandas med den söta doften från gröten och brinnande ljus. Värmen från kaminen, dofterna som sprider sig i huset och ljudet från människor som mår bra blandat med sprakandet från brasan, gör luften och stämningen så tjock, att man nästan kan ta på den. Ingen av dem vill att kvällen någonsin skall ta slut. Ingen orkar med vardag, ingen orkar komma ihåg allt som är svårt och tungt. Dagar som är kalla och ensamma. Livet runt bordet med dofterna och de hemtrevliga ljuden kunde gärna få fortsätta och fortsätta.

Alfred har en egen plan, som han inte invigt en enda själ i. Han har valt sin dag med omsorg och han har smusslat med ett ärende, som var svårt att uträtta i avsaknad av en stad med butiker. Han har köpt en smal, blank guldring. Alfred fick tag på den via en bekant, som i sin tur har en bekant. Han har stirrat på Elnas hand, jämfört den med sin moders och försökt att uppskatta vilken storlek ringen skall ha. Han valde att köpa en i mellanstorlek. Han tänker fria till Elna innan kvällen är slut. Alfred vet nog att Elna är fäst vid honom. De har spenderat allt mer tid tillsammans under hösten och han ser hennes blickar, känner hennes längtan och ser hur hon vill visa sina bästa sidor inför honom. Det gör honom lycklig. Han är också fäst vid Elna, även om han inte kan känna samma häftiga längtan och sug, som han gjorde när han träffade Amalia i somras. Men han har försökt förtränga Amalia och ersätta henne med Elna. Alfred har försökt förstå hur mycket Elna vet, om hon märkte att han och Amalia drogs till varandra. Han hoppas innerligt att hon inte vet något så han inte behöver svara på några frågor. Han vill att Elna skall få känna sig trygg, älskad och säker. Hon har gått genom tillräckligt med ont, tänker han. Han vill henne bara väl.

Allt eftersom kvällen lider blir han allt mera nervös och tystlåten. Han vet inte hur han skall få det sagt – trots att han har repeterat orden och situationen hundratals gånger i sitt huvud. När så gott som alla koppar är urdruckna, faten tömda och samtalet stannar upp märker han att stunden snart är förbi. Småsvettig stiger han därför hastigt upp. De som sitter runt bordet tror nästan att han blir arg.

"Ja, jag har försökt ta mod till mig hela kvällen, men jag märker att jag inte hittar modet, så jag måste säga mitt ärende nu", säger han med flackande blick.

"Såja pojk, ta det bara lugnt, du känner oss alla så väl", säger hans far Ragnar, som räknat ut vad Alfred planerar – trots att han inget sagt – och han vill gärna hjälpa honom.

"Ja, du har rätt far, jag skall besinna mig. Mitt ärende berör egentligen bara en av er, men tillika er alla, så jag beslöt mig för att göra detta i allas närvaro denna fina kväll". Han vänder sig mot Elna, nickar och ger henne en varm blick. Först då går det upp för henne vad som troligen håller på att ske. Hon blir plötsligt pionröd och minst lika svettig som Alfred är, men hon säger ingenting. Hon vill inte förstöra ögonblicket. Magda däremot fnittrar rätt hysteriskt vid det här laget, trött och mätt som hon är. Spänningen runt bordet är påtaglig.

"Ja, det jag tänkte säga är: Elna, vill du gifta dig med mig?".

Han kommer på att han glömt att gå ner på knä som han hade planerat, så han frågar först och när han kommer ihåg knäböjningen nästan slänger han sig ner i hukande ställning.

"Ställ dig upp, snälla Alfred", säger Elna med skratt i rösten och hon stiger själv upp från stolen. Alfred ställer sig upp och räcker henne ringen. Det hela blir mest bara komiskt och inte särskilt romantiskt – som Alfred hade fantiserat att det skulle vara – och han känner sig plötsligt rätt osäker.

"Ja, jag gifter mig väldigt gärna med dig, kära Alfred. Jag trodde aldrig du skulle fråga", säger hon och håller ut armarna mot honom.

Han jublar: "Jaa, jag skall bli gift!", tar Elna i sina armar och dansar iväg med henne över salsgolvet.

När de dansat färdigt släpper han taget om henne och går fram till hennes far. Han bugar sig framför Jakob.

"Vi gifter oss naturligtvis bara om vi får Jakobs godkännande?", säger han med frågande ton.

"Det är en självklar sak, välkommen i familjen", skrattar han till svar och ställer sig upp och ger Alfred en manlig kram med hårda dunkar på ryggen.

Efter en stund har alla sansat sig och de börjar diskutera det praktiska. De besluter att bröllopet skall stå till påsken. De planerar att bjuda in prästen till gården och endast hålla en liten bjudning för familjerna, eftersom det är knapert och svårt i bygden. Det finns ingen möjlighet att hålla ett normalt bröllopskalas.

När Elna hörde Alfred fria trodde hon först att han skojade. Men när hon såg hur han våndades och hur blyg han var, gick det upp för henne att han menade allvar. Eftersom hon länge gått och varit förälskad i honom är det inte svårt att acceptera. Men tillika undrar hon lite varför han friar, när hon uppfattat att han inte är lika förälskad i henne. Visst vet hon att han tycker om henne, men hon har hela tiden trott att hans känslor för henne är mer som för en kär syster. Den där glöden i blicken och handen som snuddar vid en annan – av misstag men ändå inte – har fattats. Och den går heller inte att tvinga fram. Elna vet, trots sin ringa erfarenhet, att den – känslan – antingen finns eller så inte. Något mittemellan finns inte. Men de allra flesta par hon känner, har gift sig för att det passar sig, för att föräldrarna har valt det eller för att det inte fanns någon annan. Och det behöver inte bli dåligt ändå. Så även Elna är beredd att satsa, även om hon inte är säker på Alfreds känslor. Sina egna känslor känner hon väl och de har plågat henne ända sedan sommaren. När hon lägger sig den kvällen besluter hon sig för att aldrig fråga Alfred. Hon tänker aldrig ifrågasätta något och hon kommer att vara honom så kär och trogen som en hustru skall vara. Hon får ett fint, värdefullt och välfungerande hem ute i Runsor och redan det är värt hennes tystnad.

Klockan är över midnatt när sällskapet bryter upp och går och lägger sig. Alfred och Elna dröjer sig kvar efter att de andra gått och de håller om varandra i mörkret. Utan ord finner de varandra och trevar sig fram till sin första kyss.

"Jag längtar efter dig Alfred", viskar Elna tyst.

"Jag längtar efter dig med, Elna", viskar han tillbaka.

Då hörs en diskret harkling från Alfreds mor, som återvänt till köket och Elna pilar genast iväg ut mot deras stuga. Den kvällen dröjer det länge innan någon av de unga tu somnar, de planerar och fantiserar in på småtimmarna. I drömmen gifter sig Elna, får många små, söta barn och lever ett långt och lyckligt liv.

***

"Amalia Palmlöf", säger Amalia högt till spegeln. "Amalia Palmlöf" säger hon igen, med lite annan betoning. Det låter så konstigt hur hon än försöker uttala och betona namnet. Det låter fel och något som låter fel kan väl aldrig bli bra, tänker hon för sig själv. "Carl och Amalia", försöker hon då istället och det tycker hon låter bättre. "Amalia och Carl". Hon fnissar för hon låter rejält dum där hon står och pratar för sig själv. "Herr och fru, Carl och Amalia Palmlöf", säger hon till sist käckt. Ju fler gånger hon försöker, desto bättre tycker hon att det låter.

Hon skall snart träffa honom; imorgon kväll har hennes föräldrar bjudit in Carl och hans föräldrar på middag. Hennes mor har haft stort sjå med att planera menyn och hennes kläder. Själv är hon också rätt spänd, men tillika ganska likgiltig. Om han inte vill gifta sig med henne, stannar hon nöjt kvar hos mor och far. Föräldrarna vet inte om att hon tänker som hon gör, och lika bra är det, för det skulle förarga dem bägge två. Hon tänker absolut inte visa upp någon fasad? för Carl och låtsas vara någon hon inte är. Hon tänker också berätta vad hon var med om i Wasa i somras. Så att han vet att hon är mer än bara ett vackert ansikte - att hon har livserfarenhet.

Amalia tvättar sig noggrant med parfym i tvättvattnet, hennes faster hjälper henne att sätta upp håret och de väljer smycken till den vackra klänningen som hennes mor har valt till henne. Den behövde sys in i midjan för att passa hennes smärta figur. De väljer ett enkelt pärlhalsband som passar utmärkt till den djupblåa klänningen och som får hennes smäckra hals att se, om möjligt, ännu vackrare ut. När hon är klar står hennes faster och mor och beundrar henne och ger henne så många komplimanger, att Amalia slutligen rodnar och ber dem sluta. Själv önskar hon att hon hade lite mera kurvor, större höfter och bröst. Nu är hon lång, smal och formlös, tycker hon själv. Men sitt mörka, glansiga hår är hon nöjd med. Hon är stolt över att håret är så tjockt, det blir en vacker håruppsättning då.

Det doftar gott från köket, det stora bordet i salen är dukat och husan har just tänt ljusen i de stora kandelabrarna. Ute är det friskt och kallt och ljusen speglar sig vackert i fönstren fyllda med isrosor. Allt skulle vara perfekt, tänker Amalia, om det inte vore för den gnagande känslan att hon inte vill träffa Carl överhuvudtaget. Hon önskar att hon kunde slippa denna kväll.

Exakt på utsatt tidpunkt ringer det i klockan vid dörren och husan går för att öppna, medan Amalia och hennes föräldrar står i förmaket och väntar in Palmlöfs. Först kommer föräldrarna, som ser helt vanliga ut i Amalias ögon. Med lite fördröjning kommer Carl in, iklädd sin uniform. Först ser hon bara delar av hans figur och hållning, eftersom han är skymd av sina föräldrar. Amalia väntar spänt på att få se hela honom. Hon gissar att han är minst lika spänd som hon själv är. Hennes föräldrar och Carls föräldrar skakar hand innan de kommer fram till henne. Palmlöfs utstrålar värme och lugn.

"Kära Amalia, er har vi hört mycket gott om. Men vi visste inte att ni är så vacker", säger Carls mor hjärtligt, medan hon trycker en kyss i luften på vardera sidan av Amalias ansikte.

Sedan kommer Carl fram till henne och hon ser direkt att han ser riktigt bra ut. Han är ändå inte för bildskön, eller verkar alltför självmedveten.

Han är mellanblond, bara lite längre än hon själv, smärt, men axelbred och har en kraftig haka. Hon lägger genast märke till att han har iögonenfallande skrattgropar i kinderna när han ler. Amalia tycker att de mer ser ut som skrattdiken än skrattgropar. Hon tycker om vad hon ser. Om han är lika trevlig som han ser ut, skall det nog gå att gifta sig med honom, tänker hon och ler sitt mest bländande leende mot honom när de skakar hand.

Middagen går som i ett töcken. Amalia försöker att inte dricka så mycket vin, för hon blir så fnissig då och börjar prata så mycket konstigheter. Men ändå märker hon att banden lossar en aning och hon berättar, som planerat, om branden. Eftersom gästerna är intresserade och ställer många frågor, blir det en lång berättelse om hennes och fasterns umbäranden och äventyr i samband med branden.

"Men, för mig och min fasters del slutade det hela lyckligt", avslutar hon med ett sorgset leende, efter att hon också har berättat historien om Grönbergs lilla Anna. Alla runt bordet är gripna av historien och det är tyst ett ögonblick.

"Nej, vet ni vad, vi flyttar oss till bekvämare stolar och så kanske ungdomarna vill utbyta några ord i ett eget hörn av rummet", säger Georg och avfyrar ett retfullt litet leende mot Amalia och Carl.

Amalia rodnar och muttrar lite för sig själv när hon stiger upp. Hon har ingen aning om vad hon skall säga. Hon känner att hon över huvudtaget inte vet hur hon skall hantera en dylik situation. Men det finns ingenstans att fly, så det är bara att ta tjuren vid hornen. Hennes enda tröst är att Carl ser minst lika pinad ut som hon känner sig. Medan de går genom rummet iakttar hon Carl snett bakifrån. Han ser bra ut, tänker hon igen och undrar också i sitt stilla sinne hur det kan komma sig att hon inte har stött på honom tidigare i något sammanhang. Hon beslutar sig för att hon skall fråga honom rakt ut på sak. Hon känner sig så mogen, att hon inte vill visa upp en Amalia som enbart är utseende och ett dumt docklikt leende, vilket hon hade gjort, om hon hade råkat ut för detta för ett år sedan. Carl hinner dock före henne.

"Ja, jag kan se på dig att du känner dig lika osäker som jag", säger Carl, rakt och ärligt, medan han fångar upp hennes blick. Hon skruvar lätt på sig, men tar upp bollen.

"Ja Carl, så är det nog. Om du och jag skall leva tillsammans, är det lika bra vi är ärliga mot varandra från första dagen. Jag är, som du kanske märker, inget ytligt våp som gör vad som helst för ett bra gifte. Jag vill ha en bra man som respekterar mig och som jag även kan respektera. Kärleken kommer med tiden, brukar de säga, de som förstår sig", säger hon med låg röst och försöker klara av att hålla hans blick. Men när hon talar om kärlek måste hon titta ned en stund.

"Vi sätter oss", blir hans enkla svar, och de slår sig ner i ett par bekväma stolar i andra änden av det stora rummet, på betryggade avstånd från föräldrarna.

"Jag är säkert inte allt du drömt om, men jag är ingen flirt och jag är ingen utsvävande person. Under min ungdom har jag studerat, jagat, utbildat mig till militär och förberett mig på att ta över min faders handelshus. Jag har undvikit de flesta bjudningar och andra ytligheter, för de intresserar mig inte. Medan ett gott vin, en god bok och ett djupt samtal är det bästa jag vet; och det är vad jag kan erbjuda er, fröken Adlerhjelm", säger han.

Hon ser på honom att han inte har en tanke på att ändra sig, vika undan eller skaffa sig några nya ovanor i en nära framtid. Och det passar Amalia utmärkt. Hon känner starkt att hon har haft en otrolig tur, när det är just Carl som sitter bredvid henne, och hon har redan beslutat att ge honom en chans, om han vill ha henne. Men det har hon ingen tanke på att avslöja för honom än. En man skall hållas på halster en tid.

Kvällen flyter förbi, de tar kaffe och likör, Amalia njuter och Carl slappnar av. De samtalar redan innerligt och de ungas föräldrar utbyter blickar. De anar sig till att det kommer att gå vägen med de unga, även om de två inte skulle erkänna det högt än, efter första kvällen. Men sådant lär man sig att se, med åren. Antingen uppstår det tycke, eller så saknas det. Där det inte finns tycke mellan en man och en kvinna, kommer det heller aldrig att uppstå något – även om man lär sig att leva med och acceptera varandra.

* * *

Det är kallt och Elna fryser ofta. Allt sedan hon åt så sparsamt under hösten har hon dessutom känt sig ganska trött. Hon äter nog mera nu och kläderna sitter lite bättre på kroppen. Men Elna känner sig inte lika odödlig som förut. Hon känner sig inte heller lika lycklig och bekymmerslös som förut. Då skrattade hon ofta, drev med de unga männen och fnittrade med väninnorna. Nu känner hon sig så vuxen, allvarlig, ansvarstyngd och trött. Livet känns så långt. Är det så här det skall vara nu i fyrtio år framöver, tänker hon ibland och suckar medan hon mjölkar korna i ladugården.

Det är många som har det tungt och svårt efter att deras hem brunnit ner. Elna och Alfred åker in till stadsruinen en dag i veckan och delar ut ved, lite mat och hjälper till där det behövs. De har det inte så fett själva ute på Karlssons gård, men de klarar sig bra. Elnas far, Jakob, gör fortsatt lysande affärer med sina vinterstövlar och sockorna som Elna stickar på löpande band. Magda har börjat sticka mössor, hon hinner få ett par mössor klara under en kväll, så länge de har garn att sticka av.

Alla i Wasa lider även brist på kläder. Vintern är kall och obarmhärtig mot dem som fryser, även om dagarna är vackra med sol som gnistrar på de vita snödrivorna. Det syns numera allt mindre av det svarta och fula efter branden, enbart lite på de svedda trädstammarna och en del hus, som klarat sig med blotta förskräckelsen. Många har väntat på att det skulle tas ett beslut att kyrkan skall renoveras och byggas upp på nytt. Men det finns ingen aktivitet kring ärendet. Prästen får titt som tätt frågor om skolan, men han vet lika lite som alla andra. Han väntar och undrar, skriver brev och väntar på svar. Barnen som skall gå i skola, har sänts bort till andra städer, många till Nykarleby. Föräldrarna uppskattar att de små får vara inneboende på annan ort, när de själva har det skralt med allt som barn behöver för att klara sig. Varje mun mindre att mätta är en stor lättnad. Men kläder bör barnen ha och föräldrarna har gett bort av sina egna få plagg, vilket gör att många fryser oerhört svårt. Tack och lov delas det fortfarande ut krishjälp till de mest behövande.

Elna hittar en herrelös hund som hon ögonblickligen blir fäst vid. Alfred skakar frenetiskt på huvudet åt hunden. Han är inte van vid hundar, eftersom de aldrig haft någon på gården, så han ser varken nytta eller glädje i att ha en hund. Men när han ser Elnas vånda över att lämna den magra och frysande hunden, som inte verkar ha något hem, går han med på att hon får ta hem den på prov.

"Åh, Alfred, du är bara bäst, tusen tack!" utropar hon när han ger med sig. Elna slänger sig runt halsen på honom och ger honom en snabb kram.

"Jaja, du får allt sköta om den själv, fröken lilla", svarar han.

" Hunden måste få ett namn. Eller är det en hon eller en han?" frågar hon plötsligt, smått förvirrad.

"Hrm, tja, det är lätt avgjort om du tittar under magen på den", säger Alfred med skratt i rösten.

Elna böjer sig ner och kikar in under magen, där hon tydligt kan se att hunden är en hane.

"Oj", säger hon, rodnar och fnissar. "Det är visst en hane. Då får han heta…, då fååår han heta Bosse", besluter hon. "Jaha ja, Bosse blir bra", upprepar hon för sig själv.

"Det låter bra med Bosse", svarar Alfred.

Bosse är svart, ungefär knähög och lurvig i pälsen. Han har snälla ögon och han skäller inte, bara gnyr lite då och då. Nu är han trött, svag och långsam – men så har också han haft en tuff tid sedan branden. Troligtvis har han blivit lämnad när hans familj har flyttat bort. Elna bäddar in honom under fällen när de åker tillbaka till Runsor. Hunden ligger lugnt bredvid henne och iakttar vad som händer runtomkring sig.

"Du får ta det varligt med maten i början. Om du ger honom för mycket och för kraftig mat direkt, får han ont i magen och kan dö", säger Alfred.

"Nej, säger du det. Det visste jag inte, men det låter väldigt logiskt", säger Elna ängsligt. "Visst skall vi göra så, Bosse", säger hon högt till hunden medan hon rufsar honom mellan öronen.

När Bosse har varit i huset i en vecka är han tvättad – eftersom han luktade förfärligt – han är borstad och han har fått lite mera liv i ögonen. Man kan märka att hunden är uppfostrad och att han inte är misshandlad, eftersom han inte skyggar inför folk. Han tigger inte ens, utan ligger snällt kvar framför den öppna spisen medan de äter. Den som blir mest förtjust i Bosse är nog Magda, hon har tagit honom till sig med hull och hår. Det är som om Bosse märkte att Magda behöver någon att ta hand om. Så han tyr sig allt mer till henne och snart viker han knappt från hennes sida. Hon har fått en fyrbent vän.

Kapitel 8

Vintern går fort i Stockholm. Amalia träffar Carl med jämna mellanrum och familjerna besluter gemensamt att paret skall gifta sig till midsommar. I den skira grönskans tid. Carls familj äger ett stort hus med många lägenheter i Stockholm, där de kommer att bosätta sig. Allt är välordnat och Amalia kommer att få ett gott liv.

När isen går, sätter kaptenen Lasse segel och tar sikte mot Wasa. Georg och hans handelshus förutser stor handel med köpmännen i Wasa, eftersom det råder brist på i princip alla varor och förnödenheter sedan branden. Georg skall nu i sakta mak återuppbygga sitt handelshus i Wasa. Han planerar att börja på så fort det är bestämt var den nya staden skall byggas. Det finns andra stora köpmän som bygger upp sina hus i Brändö, invid hamnen och det intresserar även Georg. Men han tvekar lite, eftersom det är långt mellan Brändö och platsen där den gamla staden brann ned, närmare tio kilometer antar han. Georg har tid att vänta, anser han.

Lasse har med sig en proppfull last till Wasa. Den består mestadels av praktiska, slitstarka tyger, så som vadmal och halvylle, som betalas av staten. Så många människor saknar kläder att ha på kroppen och därför måste få hjälp. Det finns inte ens tyg att köpa för dem som har pengar. Ute på landet vävs det tyger hela tiden, men de räcker ändå inte till alla.

När männen lastar av båten får Lasse skjuts och han åker till stadsruinen. Den har nog förändrats sedan han och Georg åkte därifrån tidigt i höstas, men förödelsen är fortsatt stor. Rätt många hus har byggts upp, men alla dessa är bara usla ruckel och små hyddor. Lasse undrar i sitt stilla sinne hur någon har klarat av att bo i dessa ruckel under den kalla vintern som varit. Han är innerligt nöjd att han inte började bygga upp något ruckel på sin tomt. Lasse trivs mycket bättre i Stockholm, bland folk och i liv och rörelse. Han har också blivit förtjust i det gamla rivjärnet Francesca. Men nu ser han nog fram emot en lång säsong på sjön. Det är där han är född att leva. Ensam, som sjöbjörn, i en doft av hav och tång, vaggad till sömns och med ögon som kisar mot vind och sol.

Lasse träffar på många bekanta medan han vandrar i kvarteren. Alla pratar om ryktet som säger att staden kommer att flyttas. Men inget är ännu bestämt. Han förundrar sig över att inget är avgjort än, trots att det snart närmar sig ett år sedan branden.

Lasse sätter sig ned på en sten invid kyrkoruinen och ser på det ihåliga skalet efter den praktfulla Mariakyrkan, som är formad som ett kors. Solen värmer redan så smått och han tänker på ungdomens vårar. De unga samlades då i dungen bakom kyrkan där de stod och samtalade, fnittrade och svärmade, fulla av ungdomens sav. De var alla tvungna att infinna sig hemma tidigt och föräldrarna var stränga och snabba med svångremmen över baken om de inte lydde. Men som alla andra unga hade de behov av att träffas och tog vara på varje tillfälle de fick. Han minns att det då fanns en blond, kort flicka som han var förtjust i men som sedan gifte sig med en annan i gänget. Lasse gick då till sjöss. Sedan blev det aldrig av att gifta sig och bilda familj. Visst hade han haft flickor i hamnarna, men de var inte sådana som man gifter sig med. Fast det fanns en gång en flicka i hamnstaden Rotterdam, som sade att barnet hon väntade var hans och att de måste gifta sig. Något giftermål blev det dock inte. Men han hann bli fäst vid flickan och övervägde giftermål, trots att hon var en glädjeflicka och han inte kunde vara säkert att barnet var just hans. Sen dog hon i barnsäng och barnet togs omhand av hennes familj ute på landet. Till sin förvåning sörjde han henne djupt och länge efteråt. Idag har dock det minnet bleknat märkbart.

När Lasse filosoferat klart, vandrar han över till Grönbergs tomt för att se om de har byggt upp sitt hus. Men han ser att tomten är helt orörd frånsett att stockarna är placerade på hög och det finns tecken på att de har grävt i ruinen. Han antar att Grönbergs antingen är kvar i Runsor eller att de har lämnat Wasa. Nästa gång han kommer till staden tänker han ta sig ut till Runsor och se hur det står till hos Karlssons. Det var ett prima husfolk, tänker han för sig själv.

Innan Lasse lämnar den gamla staden, vandrar han först ut till Liselund, där det fortfarande finns ett fungerande bad. Han spenderar flera timmar med att bada och njuta av varma ångor. När han badat klart och känner sig fräsch och avslappnad, vandrar han runt i den vackra trädgården en lång stund och konstaterar att det var en ofattbar tur att denna lilla oas på jorden besparades från lågorna. Han reflekterar över ironin i att han, den gamla sjöbusen, tar in på ett bad, bara för att han känner sig ful och smutsig efter någon vecka till sjöss. Det är finare vanor som han lagt sig till med när han umgåtts med Francesca och hennes familj i Stockholm.

Amalia har fullt upp med att planera sitt bröllop, dagarna flyger iväg och hon är nöjd med sitt val och med sitt liv. Eftersom varken hon själv eller Carl är intresserade av ett stort umgänge, blir det ett förvånansvärt litet och anspråkslöst bröllop för att gå av stapeln i de finare köpmannakretsarna – även om ingen av dem hör till de gamla adelsfamiljerna. Hon snuddar vid frågan om hon skall bjuda Alfred, Elna eller någon av de andra från förra sommarens äventyr. Men Amalia beslutar sig för att inte göra det. Det skulle bara riva upp gamla sår och väcka den björn som sover. Hon har inte heller skrivit och berättat nyheten för dem. Däremot väntar hon med iver på att Lasse skall komma tillbaka från resan till Wasa, för att hon skall få höra hur det går där, hur det ser ut och om allt står väl till med återuppbyggnaden av den vackra staden. Tidningarna skriver numera inget om Wasa, eftersom det inte längre finns något nyhetsintresse i den finländska staden som brann. Därför vet hon heller ingenting om vad som planeras där.

* * *

Alfred följer ivrigt med i diskussionen kring placeringen av staden. Han går på en del möten och läser tidningarna för att hålla sig underrättad. Han fasar för att den dagen skall komma när stadskärnan flyttas till Klemetsö. Den som starkast förespråkar flyttning av staden är en köpman Björkman som bedriver utrikeshandel med två skepp. Björkman har även fått stöd av köpman Levón, som är en av landets mäktigaste köpmän. Det har till och med bildats ett flyttningsparti bestående främst av köpmän, men även tjänstemän och hantverkare. Alfred konstaterar i sitt stilla sinne, att striden snart kommer att vara förlorad. När en ny stadsarkitekt vid namn Carl Axel Setterberg tillsätts i januari 1853, läser Alfred att dennes uppgift blir att planera staden på den nya platsen. Så han inser att loppet troligen är kört och att det är så det kommer att bli. Även om det slutliga beslutet inte har tagits än.

För Alfreds del innebär diskussionen om flytten av staden, att han äntligen verkställer planen att avla fram en ny häst. Resan in till staden efter en flytt till Klemetsö, blir för krävande för den gamla hästen, om den skall sköta det ensam. Han hade tänkt prata med grannen redan tidigare, om de kunde betäcka stoet med hingsten, men det glömdes bort i höstens brådska. Stoet närmar sig tio år och går ännu att använda till avel, men det är hög tid nu. Han skall prata med grannen på direkten, så att de kan betäcka stoet i maj eller juni månad, beroende på brunsten. Sedan kan han skola upp det nya fölet till draghäst, men två år krävs för att få den nya hästen färdigt inskolad. Alfred suckar, det är ansträngande att skola in hästar och han har inte någon direkt erfarenhet av den saken. Men han har heller inte råd att köpa en färdigt inskolad häst, även om han också kommer att få betala granngubben en nätt summa för att få använda hans hingst till betäckningen. Sedan kommer det en tid när stoet är dräktigt och hon måste ta det lite lugnt. Alfred räknar att om ett sto är dräktigt nästan ett helt år så måste hon få ta det lite lugnt nästa vår och sedan bör hon vara i närheten av fölet några månader. Det betyder att han tvingas hyra eller låna en häst för vårbruket året därpå. Men det hinner han bekymra sig om senare. Huvudsaken är att de får en unghäst till huset.

Efter att Alfred friade till Elna är det som om han kände sig pånyttfödd. Han kan komma på sig själv med att vissla glatt när han sliter som hårdast med stockarna i skogen. Det skulle inte ha skett förr. Han känner sig bara så genomglad att han vågade fråga, att hon svarade ja och att han snart skall få hålla om henne. De smyger nog till sig små kyssar bakom hörnen då och då, men något tillfälle att vara ensamma på kammaren har de inte haft. Det ser Alfreds mor till. Eftersom det ännu är kallt och vinter, kommer de inte ens på tanken att smyga ut på höskullen eller i skogen för att vänslas. Det blev inte till någonting att ligga där och huttra, även om de skulle värma varandra. Så för tillfället får de hålla till godo med de korta möten de smyger sig till bakom knutarna. Vintern är hård med ett djupt snötäcke och köld som knäpper i knutarna ända till vårkanten.

Alfred ser att även Elna har blommat upp efter att ha sett så trött och modfälld ut före jul. Hunden, Bosse, som följde med Elna hem, har livat upp både Magda och Elna. Varje dag är Magda ute och går med honom. Hon håller honom i ett band medan de vandrar längs med vägen. Sedan när de återvänder till gården, släpper hon honom lös och så leker de i snön. Om Elna då har tid, brukar även hon lämna det hon har för händer och rumla runt i snödrivorna tillsammans med Bosse och Magda. Bosse älskar när man slänger snö mot honom. Han hoppar högt upp i luften och fångar snöbollarna med munnen och vill att man bara skall kasta mer och mer. Efter dessa sessioner är alla tre både våta och kalla, så de söker sig in i Grönbergs lilla stuga för att värma sig vid spisen en stund och dricka lite varm vinbärssaft.

Just detta år infaller påsken tidigt. Redan den tjugoåttonde mars infaller påskdagen och då skall bröllopet stå. Det blir ingen fest, bara en middag efter vigseln, som kommer att hållas hemma i kammaren. Även om det inte blir några stora festligheter, bör det ändå ställas till med en festmiddag – exakt under den tiden på året när matförråden annars är rätt tomma. Nu har det dessutom varit ett exceptionellt år, med många munnar att mätta. Alfred har lyckats byta lite stockar mot mjöl, salt och fisk. Fisken har de saltat in och av mjölet skall de koka gröt och baka vetebröd. Smör och ost kan de göra själva av mjölken från korna. Planen är även att göra kalvdans, om det råkar utfalla så, att någon av de tre dräktiga korna råkar kalva vid tiden för bröllopet. Det borde passa in ganska bra med tanke på veckorna.

Fadern ber Alfred komma in i kammaren en eftermiddag när han nyss kommit från skogen.

"Sätt dig pojk", säger fadern och nickar mot en stol. Alfred lyder – som han är van att göra – och slår sig ner.

"Jag har tänkt på huset, på ditt giftermål och hela hushållet. Mor och jag är gamla. Eftersom du nu gifter dig med en fantastiskt kunnig kvinna, hör det även till att ni skall ta över huset och hushållet. Så gjorde också jag efter min fader", säger Ragnar med knarrig röst medan han ser högtidlig ut.

"Men far...", börjar Alfred först, men han hejdar sig.

Han hade tänkt börja protestera, men kommer av sig, för hans far har rätt. Det är nog hans och Elnas tur nu. Och det behöver inte betyda att mor och far skulle få det sämre än de har det nu. Gården är så stor, att de kan hitta på ett sätt så att alla får det bra.

"Ja, far. Du har rätt i det du säger. Har du redan funderat ut hur det kunde fungera och hur vi alla får det så bra som möjligt?", frågar han istället.

"Ja, jag tänkte att vi kunde bygga till ett par rum på huset, på gaveln mot skogen till. Det skulle finnas en egen ingång, men också möjlighet att gå in till resten av huset om man vill. Vi kunde ta och hyvla plank av en del av träden du sågar ner innan vintern är slut. Så får plankorna ligga och torka över sommaren, så kan vi spika dem på stockväggarna i höst", berättar fadern och ser så ivrig ut att det smittar av sig på Alfred.

Männen samtalar sedan resten av eftermiddagen. De pratar om huset, driften av gården och hur de skall leva tillsammans efter giftermålet. Om allt går som de planerar kommer det att bli så bra. Allt kommer att fungera och alla kommer hela tiden att vara sams. Det är nog lättare att hållas sams när det endast finns ett barn som skall ärva och som man skall försörja. Ingen behöver köras på porten eller giftas bort. Men att planera och drömma är en sak, medan verkligheten kan vara en helt annan.

Som överenskommet börjar Alfred redan nästa dag hugga raka, fina tallar. Dem kör han ut i lämpliga längder ur skogen för att såga till stock och bräder. Det återstår inte många veckor av vintern, så det är bråttom. Hästen arbetar minst lika hårt som Alfred och hans dräng. Lämpligt nog har de gott om gammelskog i sin ägo, så de behöver inte köra omkring och leta efter passande träd. Eftersom de bara skall göra en tillbyggnad och inte ett helt hus, hyser Alfred hopp om att de skall hinna dra ut tillräckligt med träd ur skogen innan tiden rinner ut. Problemet blir att få stockarna sågade. Det är för tidsdrygt och svårt på en liten gård att såga stock och brädor själv och det är långt till en såg. Dessutom kan man anta att alla befintliga sågar går på högvarv för tillfället. När kvällarna kommer är Alfred oftast alldeles för trött för alla former av social samvaro. Han är nu i skogen under dygnets alla ljusa timmar och efter middagen slocknar han, helt utmattad. Elna känner ett litet stygn av besvikelse, även om han arbetar för att de skall kunna bo bra som gifta i en egen del av huset.

En eftermiddag när Alfred och drängen håller paus, som vanligt under tystnad, får han syn på en älg. Det är en kraftig tjur som bär en stor, ståtlig älgkrona. Den står alldeles stilla och vädrar i luften, som om den skulle känna en doft som männen inte kan förnimma. Alfred undrar om tjuren känner lukten av människa. Men tillika så går vindens riktning från älgen mot männen, så det borde den inte. Solens låga strålar skiner rakt i linje med älgen och gör synen nästan magisk. Det ser ut som om älgen lyser. Sedan börjar den gå, först bara sakta, men snart sätter den iväg i språng frustande med långa ben och gungande kropp. Andedräkten står som en gloria runt mulen på älgen när den andas tungt i kölden. Alfred och drängen sitter helt tysta, som förhäxade och bara iakttar scenen som utspelar sig framför dem.

"De va som fan!", säger drängen sen, när älgen försvunnit ur synfältet.
"Det var en ståtlig en", fortsätter han.

"Ja verkligen, den var stor", svarar Alfred. "Jag hoppas bara att han inte kände vittringen av något som vi inte ser", fortsätter Alfred och stiger upp och ser sig omkring.

Det skulle inte vara något nytt eller ovanligt med rovdjur i Runsorskogen. Att människor stöter på varg och björn är ganska ovanligt, men det har hänt. Och efter en så lång och kall vinter är vargen säkert hungrig och ute efter lätta byten. Men snart glömmer männen vargtankarna och arbetar vidare. De skall ta ner ytterligare ett träd innan de ger upp. I skymningen, när de väl har lastat stockarna på släden, sätter de sig på lasset och manar på den robusta finnhästen. Stoet är lugnt och pålitligt, uppburet av korta, starka ben klädd och klädd i en yvig man. Hon stretar sig fram, lydigt men segt, längs den redan uppkörda vägen, för att plötsligt stanna. Alfred manar på henne, men hon slänger bara med huvudet, tuggar och är orolig. Alfred anar det värsta, ställer sig upp och spanar runt omkring dem. Han noterar då skuggor som rör sig mellan träden, men han kan inte se exakt vad det är.

"Satan, Hör du! Jag tror vi har vargen nära. Sätt igång och skrik", uppmanar Alfred medan han själv klappar händer, gapar och skriker.

"UÄÄÄÄÄ, ge dig av din faaaaan!"…" ropar de bägge männen i munnen på varandra.

Så går de an en god stund. Den stackars hästen är nu dubbelt så rädd, av både varg och skrik och hon rycker iväg. Om inte lasset hade varit så tungt hade hon säkert skenat i panik på grund av både rovdjur och gapande gubbar. De når ganska snart gården – där det ryker välkomnande ur skorstenarna och doftar nygräddat bröd ända ut på gårdstunet. Det är med en stor suck av lättnad som de kör in på gården. Gårdsdrängen kommer och tar hand om den oroliga hästen och Alfred ber honom att pyssla om henne lite extra för att lugna ner henne. Medan de lastar av släden pratar och spekulerar männen ivrigt. Att det finns gott om varg, björn, lo och mårdhund i skogarna känner de väl till, men trots det är det väldigt sällan som deras vägar korsas.

Vid middagen berättar Alfred ivrigt om både älgen och de troliga vargarna som de skrämde bort.

"Ni skall inte gå dit på ett par dagar. Vargen väntar nu på er där. Men om ni håller er borta, ger den upp och går till andra jaktmarker", säger Ragnar med ett sådant allvar i rösten att Alfred genast besluter sig för att lyda.

Det kan för övrigt göra gott att inte behöva släpa stock ett par dagar. Elna och mor Stina tjattrar och går an, uppjagade och rädda. Kvinnorna bygger upp olika scenarion över vad som hade kunnat hända, så pass högtflygande, att de bara jagar upp varandra ändå mer tills Ragnar ber dem sluta och hålla tyst om saken.

"Vi har alltid levt här i samklang med naturen och djuren. De kommer inte att försvinna från sina marker och vi måste bara leva med dem och hålla oss undan dem, så som vårt folk alltid gjort. Det hjälper inte att gå omkring och vara rädd. Dock måste vi leva med respekt för dem. Det är ståtliga djur som jagar för att överleva", säger Ragnar allvarligt och alla nickar till svar.

Ragnar har en djup rynka mellan ögonbrynen och blicken är stålgrå under yviga ögonbryn; han är en gammal man som man lyssnar till och som alla automatiskt litar på när han talar tack vare den pondus han besitter.

De avslutar snart kvällen och alla kryper till sängs, huttrande mellan bolstren tills de värmts upp av kroppsvärmen. De drömmer alla om vargar och ond bråd död den natten, oroligt vridande och svettiga i sina bäddar. Mest rädd är Elna, som ser framför sig hur hon snubblar på målsnöret och hur hennes fästman blir dödad av vargar några veckor innan de skall gifta sig.

* * *

Varje dag går Elna och känner med öm hand på kornas stinna bukar där kalvarnas ben känns som hårda bulor under huden. De moderliga korna står stilla och verkar njuta av beröringen.

"Är du öm på insidan efter kalvens knölande och sparkande?", viskar Elna i örat på en av korna en dag när den rycker till lite vid beröringen. Elnas tankar sysselsätter sig med planerna och hon räknar snart dagarna fram till bröllopet i slutet av mars. Hon vill så hjärtans gärna ha råmjölk till bröllopet så att de kan bjuda på kalvdans. Hon berättar för kossorna vad hon planerar och att de har en viktig uppgift att fylla. Varje morgon när hon går för att mjölka, berättar hon för alla sin-korna hur många dagar det är kvar tills hon behöver råmjölken.

När hon är ute i fähuset kan hon inte låta bli att grubbla över sin egen framtid och undra om hon är havande själv nästa år vid den här tiden. Hon hoppas det, vad skulle väl vara finare än att få egna barn, helst flera små. Först vill hon ha en dotter, eftersom hon själv bara har systrar känner hon att hon förstår sig bäst på flickor. Inte vet hon hur man skall behandla små gossar. Men det kommer väl kanske av sig själv, tänker hon, eftersom kvinnor fött söner allt sedan tidernas begynnelse. Elna samtalar med barnet inne i sitt huvud för att komma på några bra namn. Flicknamn är lätta att komma på. Hon tycker om Signe, Maria, Anna och Agnes. Pojknamn är lite svårare. Men åtminstone tycker hon om Henrik, Johan och Fridolf, men sen känner hon inte till fler fina pojknamn. Men kanske Alfred har några på lager som han tycker om. Däremot hoppas hon att de inte skall få så pass många barn att de inte kommer på fina nya namn i slutänden. I vissa familjer återanvänds namn; när ett barn dör får det nästa i raden samma namn. Hon har hört om en familj som är inne på den tionde i skaran på samma namn. Det orkar hon verkligen inte med.

Det är fler än en kvinna i deras närhet som har dött i barnsäng och minnet av moderns plågor när deras minsta syster föddes kommer för evigt att leva kvar i Elnas bakhuvud. Hon drar sig tillika för att gå igenom ett dylikt helvete, men alla födslar är inte lika svåra, så hon vill inte vänta sig det värsta. Det var den lilla som hade satt sig fel väg och gjorde födseln så långdragen och plågsam för modern. Ofta klarar sig varken mor eller barn vid en sådan födelse, men hennes syster hade återhämtat sig trots den långa kampen att födas till livet. Hon hade varit en tuff liten kämpe, lilla Anna, ända tills elden slukade henne.

Elna förundrar sig också över de vilda spekulationerna hon hört angående pigorna som påstods ha tänt eld på Wasa. De stackars kvinnorna har till och med blivit tvungna att lämna staden. Men Elna, liksom de flesta andra pigor, vet att det inte finns någon sanning i ryktena som sprids så illvilligt. Ingen lämnar glödande kol vind för våg när det är så torrt ute, det lär man sig redan från barnsben. Det måste ha hänt någonting annat, något som ingen människa kunde kontrollera. Men det händer så lätt att folket hittar ett försvarslöst offer och börja skylla på den stackars kraken, istället för att gå till botten med det som skedde. Det förekommer alltjämt samma spekulationer och diskussioner i tidningarna om vad som hände vid branden och var den nya staden månntro skall byggas upp. Elna, liksom alla andra ute i Runsor, hoppas att de inte flyttar staden längre bort. Det är så lätt att åka häst till staden där den varit från början.

När en kvinna skall gifta sig vill hon gärna ha sin mor i närheten och hon vill även vara finklädd. Elna har varken sin mor eller fina kläder. Men eftersom Alfreds mor Stina väl känner till detta faktum, tar hon sig an flickan. Inte kan man lita på att skomakare Jakob skall klara av att gifta bort tösen med allt vad det innebär. Stina berättar att hon gifte sig i en enkel, svart klänning, som hon sedan använde som kyrkokläder under många år. Det tycker Elna låter som en utmärkt idé – förutom att de inte har någon kyrka – och kvinnorna besluter sig för att försöka ordna en liknande klänning till Elna. Vad Stina inte har berättat, är att hon har fått hjälp med att skriva till Amalia i Stockholm och att hon har berättat den goda nyheten om bröllopet. Hon har på samma gång bett Amalia söka upp ett fint, men hållbart tyg som även passar till vardagsbättre till Elna. Stina lovade att sända pengar med kaptenen Lasse nästa gång han kommer till Wasa.

Historien om vargen i skogen som Alfred berättade om fick Elna – än en gång – att ana hur skört livet är. Hur skulle framtiden se ut om hon skulle snubbla på mållinjen till äktenskapet med Alfred. Skulle hon spara sitt fina klänningstyg och gifta sig senare, med en annan man, eller skulle hon fortsätta vara ensam och få bo med sin far livet ut? Frågor som det inte finns något svar på, men som hon ändå ägnar lite tankar denna vår.

Elna håller med om att gården är för liten för både henne och Alfred samt hans föräldrar. Det skulle vara skönt med lite privatliv. Om det kommer några småttingar behöver de ha en större kammare att lägga de små liven i. Den som Alfred nu sover i är bara ett litet krypin. Därför tänker hon heller inte klaga när Alfred arbetar så hårt i skogen och drar hem stockarna till utbyggnaden. Det är det enda sättet att få till stånd en utbyggnad. Faktum är att de flesta visst bor i hus med endast en kammare. Om de inte behöver bo så trångt känner hon sig mer hemma. De kommer till att börja med att inreda Alfreds kammare till dem båda två. Om de byter ut sängen och pryder kammaren med lite textilier och en ny skänk, klarar de av att bo där en tid, även om kammaren är liten.

***

Snålblåsten i Stockholm den våren känns ovanligt kall och rå. Solen orkar sällan titta fram och till och med gråsparvarna håller sig mest gömda, trots att de oftast brukar sitta och picka i sig frön och smulor överallt där folk rör sig. Amalia sitter gärna framför brasan tillsammans med sina böcker. Men hon träffar även sin fästman Carl varje vecka. Inte ensam, men de träffas och har många goda samtal. Amalia ser alltid fram emot att träffa honom och det gläder henne mycket efter den trista historien med Alfred. Hon talar inte om det för någon och hon gömmer det djupt inom sig. Vad är det för fasoner, att gå och bli förtjust i en så enkel man, tänker hon lite skamset. Men å andra sidan är det enkelt att förstå, för Alfred är en präktig, rejäl och vacker ung man, trots sin bakgrund på landet. Till Carl tänker hon inte ens andas om historien, det är förgången tid och inget hände mellan oss, besluter hon.

Så kommer ett brev från Runsor. Amalias händer darrar lite när hon sprättar upp det. Hon sätter sig med en duns när hon läser innehållet. Alfred skall gifta sig! Hon minns att hon sade honom att han skall välja Elna. Men ändå känns det märkligt, fel och det nyper till i hjärttrakten– trots att hon själv snart skall gifta sig. Men själva vetskapen om att han finns där, långt borta i Runsorskogen har känts trygg och god. Men sedan när han delar sitt liv med Elna, då finns han där, men ändå inte. Amalia läser vidare att de ber henne hjälpa till med ett tyg. Hon sänker ner händerna i famnen och sitter länge djupt försjunken i tankar. Hon minns sommaren, hemskheterna och den goda hjälpen de fick. Hon minns också att hon aldrig förut känt sig så värdelös och simpel, som när hon skulle hjälpa till med sysslorna på gården. Kinderna bränner fortfarande vid tanken. Hur hon än försökte så kom hon alltid till korta. När hon tänkt på sina tillkortakommanden en god stund, kommer hon fram till att det är rätt som det blir nu – att hon gifter sig med Carl och Alfred gifter sig med Elna och att de inte hör av varandra desto mer efter det.

Med en rysning som rister genom hela kroppen reser hon sig och lägger undan brevet. Det är inte många veckor kvar till påsk, räknar hon hastigt ut.

Följande dag tar hon med sig faster Francesca, som känner Elna och Alfred lika väl som hon själv, för att inhandla ett passande tyg. I Stockholm finns det flera välsorterade tygaffärer och de hinner besöka några av dem innan de besluter er sig. Många av tygen är alldeles för fina för att Elna skulle tycka om dem – eller snarare ha nytta av dem och trivas i dem. Tygerna är också ganska dyra och ute på Karlssons gård har de inte särskilt mycket pengar. Kvinnorna besluter sig sedan för att tyget skall gå i en mörk ton, men inte vara svart. I butikerna finns det många vackra tygbitar med av blandade material, som känns riktigt slitstarka och vissa är även lite fina. Efter att ha vridit och vänt på mängder av tyger, enas Amalia och Francesca kring ett randigt blandtyg i gråsvart och gyllenbrunt.

"Elna kommer att klä så väl i tyget med sina rågblonda toner", konstaterar Amalia.

"Vi måste ha lite tillbehör också", säger hon till expediten.

De köper prydnadsband, tråd och ett mönster på en klänning i modernt snitt. De är bägge två riktigt nöjda med inköpet, som inte ens blev särskilt dyrt, eftersom de hittade tyget i affären där de normalt också är stamkunder och därför alltid får förmånliga priser.

För att fira sitt väl utförda uppdrag går de till ett mysigt litet café och köper söta små bakelser till sitt kaffe. När de kommer tillbaka till bostaden ger Amalia paketet till husan.

"Kan du vara snäll och se till att få detta sänt till adressen på lappen som ligger på bordet i mitt rum. Det hastar, så antingen idag eller imorgon måste det sändas. Jag skall genast sätta mig ner och skriva ett kort brev som skall läggas med i paketet, vänta på det. Lägg sedan upp kostnaden på min fars företag på posten", säger hon med en vänlig nick.

"Ja visst fröken", säger husan, niger och skyndar iväg.

Amalia sätter sig sedan ner och skriver ett kort brev. Hon vill inte verka så känslosam. Hon sänder gratulationer till de förlovade, berättar om tyget och även att hon skall gifta sig med Carl till midsommar. Hon berättar lite om vädret och om faster som trivs så bra med kapten Lasse. Sedan kommer hon inte på mer att skriva och skyndar sig att lägga brevet i ett kuvert för att paketet skall kunna postas till Runsor. Hon räknar veckorna och hoppas att det skall hinna fram i tid. Ännu ligger isen på havet så några båtar seglar inte - men posten brukar ordna det praktiska på ett eller annat sätt.

* * *

Det dröjer inte många veckor så anländer ett paket med tjockt, brunt omslagspapper till Stina. Stina ber då Elna komma in i köket för att hjälpa henne med en sak.

"Ja, mor Stina, vad har ni på hjärtat?", frågar Elna när hon stiger in i köket.

"Vi har fått post från Stockholm och jag vill att vi öppnar det tillsammans", svarar Stina med ögonen lysande av förväntan. Paketet ligger mellan dem på bordet. Stina stirrar så stint på paketet att det bara är fem före att hon kunde se genom pappret.

"Jaha, vad är det då, som är i paketet?", frågar Elna.

"Ja, bäst att du öppnar och ser efter", säger Stina och ger henne paketet.

Elna prasslar med pappret. När omslaget är borta möter hon ytterligare ett tunnare papper innanför. Så än ser de inte vad det är. Men Elna anar att det är tyg, eftersom det känns så i händerna. Det ligger också ett kuvert inne i paketet, men det tar sig inte Elna tid att sprätta upp direkt. Sakta viker hon upp pappersflikarna. När hon ser tyget drar hon häftigt efter andan. Det är så vackert, men ändå varken överdådigt eller opraktiskt.

"Oo, underbart!", piper hon andäktigt när hon vecklar upp tyget och håller upp det framför sig och tar ett par danssteg.

"Oj, tösen min. Det är helt perfekt! Amalia har nog ögon för vad som är vackert och passar sig", säger Stina.

"Jaså, är det från Amalia i Stockholm?" frågar Elna.

"Ja, visst var det snällt av henne att hjälpa oss när det är så svårt att hitta något i Wasa längre?".

"Ja, verkligen snällt", svarar Elna.

Tyget består av en sorts svartgrå yllebotten med guldbruna ränder, troligen i silke. I en liten påse finns även tråd och ett prydnadsband som ser ut som volanger. Det hör till tyget för att användas vid uppsömnaden. I ett kuvert finns det ytterligare någonting.

"Vad är detta?", frågar Elna högt, lirkar upp kuvertet och tar ut ett par papper.

"Oh, det är mönster till en modern klänning", konstaterar hon glatt överraskad. På bilden ser de en lång klänning, med långa, rynkade ärmar, en bred, men inte djup u-ringning och nedtill små volanger sydda utanpå tyget.

"Den är alldeles underbar!" utropar Elna.

"Men vem skall sy den? Det kan inte jag, inte sådär komplicerat", säger hon direkt efter, med nedslagen röst.

"Det är ingen fara med det. Jag har en god väninna här i Runsor som är sömmerska och som syr enligt mönster. Vi går med tyget till henne redan imorgon, så tar hon dina mått och så får ni börja på. Du måste säkert gå dit för provning titt som tätt", svarar Stina moderligt och klappar Elna på huvudet, som vore hon en liten valp.

Så blir det. Stinas vän syr upp klänningen i det vackra tyget och Elna besöker henne för provning med några dagars mellanrum. Alfred har inte fått se tyget eller mönstret, utan det smusslades ut ur huset. Elna är alldeles hänförd, hon har aldrig ägt något liknande plagg. Inte är det lika överdådigt som de glassiga klänningarna med matchande bahytter som de fina damerna gick iklädda i Wasa innan branden, men för henne är det utsökt vackert. Även sömmerskan mumlar berömmande ord varje gång Elna är hos henne. Både om tyget och om mönstret men framförallt om Elna som bär upp klänningen så vackert. Liten och slank, men dock med både byst och höft som fyller upp klänningen.

Elna sätter sig och skriver ett tackbrev till Amalia. På samma gång sänder hon sina gratulationer och lyckönskningar, eftersom Amalia berättade att även hon skall gifta sig till midsommaren. Elna tycker att det låter som om Amalia är riktigt lycklig.

Kära Amalia,

Vi sänder vårt varmaste tack för att Ni bistod vid inköp av klänningstyg. Tyget är utsökt vackert och vi är oändligt tacksamma. Bröllopet står om bara några veckor, på påsk, i slutet av mars. Både Alfred och jag är lyckliga och förväntansfulla. Vi gratulerar även Er till Ert kommande bröllop. Vi önskar Er och blivande maken all lycka i framtiden.

I övrigt är allt väl ute på gården, men med Wasa har inget hänt och vi har fortsatt ingen stad. Därför är det också svårt att få tag på sådant som tyg.

Ni skall naturligtvis få ersättning för tyget så fort vi möter Lasse.

Sköt om er och de bästa hälsningar till Eder och Faster Francesca från oss i Runsor.

Elna

Elna kan inte låta bli att fantisera över hurudan klänning Amalia skall gifta sig i. Den kommer säkert att likna en gräddbakelse mer än en klänning, tänker hon lite sarkastiskt för sig själv. Men hon vill inte vara elak mot Amalia, ty förutan henne hade hennes eget klänningstyg varit antingen ett enkelt, randigt bomullstyg eller ett styvt, svart ylletyg med lite band på. Nu har hon ett vackert tyg som är tillverkat i ett av de stora, svenska väverierna.

* * *

Medan Amalia vände och vred på tyger till Elna, tittade hon också med ett halvt öga på tyger åt sig själv. Hon såg också på mönster till de klänningar som nu var på modet i de större städerna. Tygerna var blanka och vackra och påminde henne om karameller, men också hon vill gifta sig i en klänning av enklare snitt och av ett mindre överdådigt tyg. Men inte fullt så enkelt som Elnas, men något ditåt. Definitivt i ljusare färger. Hon vill att kläderna skall passa tillfället och eftersom de inte planerar att hålla ett stort bröllop med många gäster, passar det inte heller med en överdrivet lyxig klädsel. Hon har inte frågat, men antar att Carl kommer att gifta sig i sin uniform. En uniform är alltid rätt, tänker hon – och stilig. Hon småler för sig själv när hon tänker på Carl och hur stilig han skall vara i sin uniform. Undan för undan ser Amalia allt mer fram emot att dela sitt liv med honom. Hon hoppas att de skall få ett par barn också, men inte många, det vill hon helst inte ha.

Amalias far Georg, som ofta läser tidningarna, berättar en dag vid middagsbordet, att herrarna planerar att flytta staden Wasa till en ny plats, än där den brann ner. Han, som är köpman, tycker det är en utmärkt idé och ser ingen orsak till att de inte skulle flytta staden närmare hamnen. Men Amalia säger emot.

"De som bor på landet utanför den gamla platsen får långt att åka häst in till staden när de skall sälja sina varor".

"Ja, det kan hända, men i ett så här pass stort beslut är det nog ingen som beaktar dylika bagateller", svarar fadern bestämt.

Det lönar sig inte att argumentera mot köpman Georg Adlerhjelm, så hon tystnar direkt och fortsätter inte diskussionen.

"Vi kan åka till Wasa igen om ett par år, när de har byggt upp staden", föreslår hennes far. "Jag måste hitta ett nytt hus för mina affärer i den nybyggda staden och så behöver vi kunna bo där om vi vill", fortsätter han.

"Ja, jag besöker gärna Wasa igen, för en kort tid. Men jag kommer aldrig mer att vilja bosätta mig där", svarar Amalia. Hon ger inte någon orsak till det. Det bara är så, efter senaste sommars äventyr. Och så skall hon ju gifta sig och få ett eget hem nu – och det hemmet finns i Stockholm.

* * *

Snön smälter hastigt undan när de första, försiktigt bleka solstrålarna visar att det blir en ny sommar även detta år. Videbuskarna är fulla av stora, vita, lurviga videkissor. Elna plockar förtjust in några kvistar i en vas som hon ställer på bordet i deras lilla stuga. Alfred njuter av att vara ute när det inte är så bitande kallt längre. Han står då och då och blundar med ansiktet vänt mot den bleka solen, för att fylla alla sinnen med styrka och ljus. Han kör inte längre ut stock ur skogen. Han beslöt att de skall försöka klara sig med den mängd de har. Arbetsuppgiften gick från att såga och släpa stock till att randbarka och stapla stockarna så, att de skall torka så fort som möjligt. Sågverket får sedan ta hand om stockarna och barka och såga dem när det har lidit lite längre på sommaren. Alfred arbetar metodiskt med randbarkningen så att alla stockar blir randade på minst två sidor. Det doftar fylligt och gott när han arbetar med träet, närvaron av skogen är stark i doften av kåda. Vartefter han barkar kommer Magda med jämna mellanrum med en säck och samlar upp barkstrimlorna och släpar in dem i vedlidret för att torka. Det finns inget bättre material än torr bark när man skall göra upp eld i eldstäderna. Inget som kan komma till god nytta får gå till spillo.

"Du", säger Elna bakom Alfred en dag när han håller på med de eviga stockarna. Han svettas och har slängt av sig rocken och fortsätter i bara skjortan.

"Jaa?", svarar han och vänder sig om mot henne.

"Jag har tittat på dig en stund och jag kan konstatera att slitet med stockarna har ändrat dig", säger hon med glimten i ögat.

"Nå men vad menar du nu?" frågar han, helt oförstående.

"Din rygg, dina axlar och armar, ja hela din övre kropp ser annorlunda ut, mycket större och starkare. Det ser bra ut", säger hon rodnande och skrattar lite smått. Hon ser ner på fötterna för hon blir plötsligt blyg.

"Men så gott då! Tänk att det kan jag faktiskt känna på två sätt. Dels är stockarna lättare nu, än när jag började arbeta med dem och dels känns min skjorta rätt trång och jag vet att jag inte lagt på hullet", svarar han alldeles full av skratt när han ser hennes rodnad och blygsel.

"Kom hit ska du få känna på hur bra jag är på att klämma om unga fröknar när jag är så stark", ber han och sträcker ut en hand mot henne. Hon smyger långsamt upp mot honom och han sluter in henne i en stor, varm och lång kram.

"Nej, nu måste jag nog skynda vidare", säger hon till sist och lösgör sig ur hans armar, om än lite motvilligt.

"Jag har sysslor som väntar och jag vill inte att tjänstefolket skall få för sig att vi inte är arbetsamt folk". Hon tänker först senare på, att hon pratar som om hon redan var husmor på gården, trots att hon fortfarande är mer tjänstefolk än husfolk. Nåja, det kvittar, de ser mig nog redan som unga husmor, trots att vi bara är förlovade än, för de talar till mig på ett annat sätt än tidigare, tänker hon för sig själv.

Alfred fortsätter att åka in till Wasa varje vecka. Oftast följer Jakob med honom och passar samtidig på att sköta om sina skomakaraffärer. Alfred tycker det är intressant att följa med hur det går med affärerna för Jakob. och De för alltid ingående samtal kring efterfrågan av vissa tjänster och vad som inte lönar sig att satsa på, medan de kör mellan Runsor och Wasa. En dag tipsar Alfred Jakob om att han kunde börja skissa på en modell och sy en mössa i läder och päls. Han har sett sådana huvudbonader på några finare herrar någon gång. De vanliga skinnmössorna är ofta stora, tunga och otympliga att använda.

Det kunde vara praktiskt med skinn över öron och panna och läder över hjässan och nacken. Men modellen måste testas, så att mössan inte rasar ner över ögonen eller nacken. "Hm, jo, det låter intressant. Det skall jag planera över sommaren, så kan jag ha dem till salu direkt från början av nästa höst. Förutsatt att jag har tillräckligt med läder förstås. Det är svårt att få tag på mjukt och fint läder just nu. Du får vara min provdocka sedan, om jag lyckas åstadkomma något", säger Jakob med en djup rynka mellan ögonbrynen. Tankarna snurrar redan så snabbt i huvudet på honom, att man nästan kan höra hur det knakar.

Några nyheter om flytten av staden har inte kommit, annat än att de höga herrarna fortfarande inte kan komma överens. Det är många som argumenterar att man borde göra likadant som när Björneborg brann upp sommaren innan Wasa brann. Då byggdes staden upp på samma ställe som tidigare och det blev både bra och förmånligt. Alfred känner inte till huruvida stadsarkitekt Setterberg enbart planerar för Wasa på nytt ställe eller om han också planerar hur Wasa kunde byggas upp på den gamla platsen. Det går många rykten kring hur branden startade. Ett av de nyaste ryktena pratar om en full dräng från Vörå by som varit vårdslös när han legat och rökt i det torra höet – men det har inte blivit bekräftat. Om det är så det gått till, hoppas Alfred att den stackars saten aldrig behöver bli avslöjad eller ge sig till känna för han skulle bli misshandlad till döds av de som drabbats av hans gärning.

"Men å andra sidan är det säkert minst lika tungt att leva med en sådan gärning på sitt samvete, så han får nog sitt straff oberoende", resonerar Alfred när Jakob och han diskuterar ryktet under en av sina Wasa resor. "Det är också synd om de pigor som redan flytt sina hemtrakter för att komma undan det illvilliga skvallret."

Det är en hel del tissel och tassel kring Elnas visiter hos en fru i Runsor. Alfred gissar nog att det gäller en klänning till bröllopet, men han ids inte fråga och lägga sig i.

"Det kom nyheter från Sverige också, om Amalia", berättar Elna vid en middag. Alfred försöker att inte se allt för intresserad ut eller verka överdrivet alert inför tanken på nyheter om Amalia.

"Jaha, vad händer i Sverige?" frågar han, medan han blickar ner i sopptallriken.

"Amalia skall gifta sig med en fin herre, Carl heter han. Bröllopet står till midsommaren. Tänk att vi alla blir gifta nästan samtidigt", svarar Elna kvittrande.

"Jaså, Amalia blir gift. Nå, det blir säkert ett bröllop med pompa och ståt, kan jag tro", säger Alfred och åstadkommer ett ljud som påminner om hån och skratt på samma gång.

Sedan talar han inte mer om saken medan damerna fortsätter att spekulera om bröllopet en lång stund. Han tänker en stund på Amalia och hur han hade velat ha henne. Men han tvingar sina tankar tillbaka in på rätt spår. Han tittar en lång stund på Elna och hennes röda, släta kinder för att insupa hennes varma och trygga utstrålning. Hon är raka motsatsen till Amalias bleka och svala person. Han sitter så djupt försjunken i tankar att han inte märker att de pratar med honom.

"Alfred?", frågar hans mor och alla tittar på honom.

"Va, vad säger ni?", svarar han och ser ut som om han nyss vaknade.

"Ja, vi frågade om du ännu passar i dina kyrkokläder efter att du arbetat så hårt med stockarna i vinter?", upprepar hans mor.

"Nej, det har jag ingen aning om. Hur så?", säger han lite dumt.

"Ja, men kära lilla Alfred! Du skall förstås ha kläder att gifta dig i snart", svarar Stina med smått irriterad röst.

"Ja just, förstås, jag går direkt och drar på mig kläderna så får ni bedöma själva", säger han och är redan på väg mot sin kammare. Han drar hastigt på sig skjorta, väst, byxor och jacka. Snyggar till sig i den ljusa kalufsen genom att dra handen genom den ett par gånger. Så går han ut till den väntande domarstaben. Inget undgår mor Stinas blick. Alfred ställer sig på golvet och får order om att snurra runt, långsamt. Han känner sig som en idiot, men gör som han blir tillsagd. Han ser på Elna att hon är full i skratt, men hon klarar med nöd och näppe att hålla sig, medan Magda redan fnittrar för fullt.

"Ja, det får duga. Det spänner lite mellan skulderbladen, men det gör inget. Du blir nog mindre i kroppen snart, bara du slutar slita stocken. Ditt hår måste förresten klippas", säger hans mor och saken är därmed avgjord. Tacksamt går Alfred och drar av sig kläderna.

* * *

Dagarna rusar förbi, känslan av vår i luften blir allt mera påtaglig och Elna känner sig stark, frisk och lycklig. Hon går och provar sin klänning flitigt och den blir helt perfekt. Aldrig tidigare har Elna provat ett så välsittande och vackert plagg som hennes nya utstyrsel blir. Hon övar på att lägga upp sitt hår enligt en ny modell som hon sett på en bild. Det är inte helt enkelt och flera gånger slutar det med att hon blir irriterad och slänger ifrån sig den grova kammen och hårnålarna. Till slut ber hon Magda om hjälp och hon i sin tur lyckas kamma frisyren nästan direkt. Så de besluter att Magda är frisyr ansvarig på bröllopet. Elna har fått tag i ett fint, dock enklare tyg, som de syr upp en klänning till Magda av. Även hon är både lycklig och pirrig. Det blir det första bröllopet hon skall gå på i sitt liv.

Prästen är bokad, småbröden är bakade, brudlakanen är vädrade och manglade. Kläderna och ringen väntar på bröllopsdagen, frisyren är inövad och inga gäster är inbjudna – dagen får komma – vilket den också gör. Det enda som inte är på plats är nerverna. Aldrig har Alfred eller

Elna trott att man kan bli så pirrig och nervös av att gifta sig. De pratar inte så ofta om den saken, för då kan den andra gå och tro att man är osäker på sin sak – och så är förstås inte fallet. De äldre vuxna i gården vet exakt hur de unga känner sig och ler i mjugg åt dem. Det hör till saken att vara lite skakis, annars är inte bröllopsupplevelsen fullständig.

Eftersom Elna inte har någon egen mor längre, ber Alfreds mor Stina henne sätta sig, samtidigt som hon sänder ut pigan ur köket.

”Jo, Elna, jag vill prata med dig lite innan du gifter dig med min son, då din egen mor inte mera kan hjälpa dig”, inleder Stina och tittar envist på en punkt bakom huvudet på Elna medan hon tuggar på underläppen.

Elna anar vad som skall komma.

”Ja, Stina, vad tänkte du på?”, svarar Elna och försöker se intet ont anande ut.

”Jo, du vet att när en kvinna gifter sig så förväntas det nya saker av henne, som hon inte gjort förut”. Sedan håller Stina en paus, medan hon vrider händerna och fortsätter att tugga på läppen. Elna kan inte låta bli att stirra på misshandeln av läppen och fasar för att det skall gå hål på den.

”Ja, jag kan väl lika bra säga det rakt ut. Du förväntas dela säng med din man och i sängen förväntas du låta honom lägra dig. Så som också djuren gör. Antingen om du tycker om det eller ej. Men första gången känns aldrig bra. Så tänk inte på det sedan, utan ta emot honom med glädje igen, så kanske även du tycker det är lika trevligt som han gör. Vissa män har stor aptit på sin kvinna och andra mindre. Det vet du inte förrän efteråt, hur ni får det. Har du frågor?”, hasplar Stina ur sig med väldig fart och först när hon berättat allt, tittar hon direkt på Elna.

Elna är full av skratt. Eftersom hon varit piga på en stor gård tidigare, vet hon nog det mesta i teorin vad som kommer att ske och hur det kommer att kännas. I sanning ser hon fram emot samlivet med Alfred. Men det tänker hon inte erkänna för sin svärmor. Hennes kropp har i många år redan gjort sig påmind om att den lever och har behov.

”Tack Stina, jag känner till detta för jag har hört talas om det genom andra pigor. Jag är inte särskilt nervös eftersom Alfred är en snäll man. Jag kommer till dig med frågor senare om jag undrar över något", säger Elna milt med en hög rodnad på kinderna.

"Ja, sedan är det också så, att om både du och Alfred är friska är det via er samvaro i sängen som barnen kommer", fortsätter mor Stina.

"Ja Stina, det känner jag också till. Jag hoppas att vi får flera barn. Tack för att du berättade allt detta för mig, när jag inte har någon egen mor", säger Elna och stiger upp från stolen.

Det känns svårt pinsamt det hela och hon vill helst gå sin väg.

"Du får se mig som din mor, om du vill Elna, trots att jag är din svärmor så kan du nog anförtro dig åt mig. Jag har bara ett barn och tänker inte lägga mig för mycket i ert liv och hur ni väljer att sköta saker och ting. Jag vet hur det känns med en ragata till svärmor. Frid över hennes minne", säger Stina och ser på Elna, nu är osäkerheten som bortblåst och hon ser ut som vanligt igen.

"Tack mor", säger Elna igen och ursäktar sig med att hon skall gå och se till djuren.

Väl ute i fähuset ställer hon sig bakom en dörr och fnissar smått hysteriskt. "Lägra!!!", viskar hon för sig själv. "Nej men söta, älskog måste vi väl ändå kunna prata om utan att det blir till något som djur gör", fnissar hon högt och kommer först sedan på att se efter om någon annan är ute i fähuset.

✳ ✳ ✳

På bröllopsmorgonen vaknar Elna tidigt, långt innan natten flyr dagen. Med lite vemod sitter hon och tittar ut över den lilla stugan som hennes far och Magda kommer att bo kvar i. Det har varit en fantastisk tid de korta månader hon har hunnit bo här med dem. Det är så skönt och lätt att leva när man får bo med sin familj, istället för med flera andra pigor som man inte gör annat än irriterar sig på. Hon ids inte ens väcka de andra ännu, utan börjar förbereda morgonmålet. Hon kikar ut och ser av oljelampans flämtande sken att de är vakna även inne i stora stugan. Elna är befriad från alla sysslor i dag, så hon kan bara koncentrera sig på att gifta sig hela dagen. Hon vet däremot inte riktigt vad hon skall ta sig till, när hon är befriad från sina sysslor. Prästen är avtalad att viga dem först klockan två på dagen. Det enda hon har att göra före det, är att pyssla lite inne i salen i stora huset och att göra sig själv klar. Själva vigseln kommer att gå av stapeln inne i salen, där de senare också kommer att äta av bröllopsmaten. Planen är att Alfred skall hålla sig i sin kammare medan Elna är inne i huset och förbereder festen, eftersom det betyder otur att träffas före vigseln. De har till och med avtalat att Magda skall gå före och sända in honom på kammaren. Han skall tvätta sig nu från morgonen, så får han klä sig klart medan Elna pyntar i salen. Gårdstunet är redan prytt med granris och mjölkkrukorna har videkvistar. Allt är städat och ordnat. Magda har blåst ur ägg, färgat dem med växtfärger och hängt dem i riset både inne och ute – det ser så trevlig ut, tycker Elna.

När Alfred vaknar på sin bröllopsdag, ligger han kvar i sängen, vilket är något som han normalt inte gör. Huvudet är så fullt av tankar och planer, att han känner att han måste tänka genom allt innan han stiger upp. I morgon när han vaknar, är han inte längre ensam. Han har stora planer för gården, som han inte har berättat för sin far än. Han tänker ta itu med dessa nu, när han gifter sig och tar över huvudansvaret för gården. Han oroar sig också ständigt för flytten av staden som verkar allt mera sannolik. Alfred ägnar en lång stund tankarna åt allt detta, medan han ligger i sängen och blundar. Han njuter också lite av ensamheten, som hädanefter kommer att vara sällsynt.

Själva bröllopet är han inte särskilt nervös för, eftersom det inte kommer att vara några gäster närvarande. Bröllopsnatten ser han fram emot. Alfred har redan planerat hur han skall sköta om sin unga hustru och hur försiktig han kommer att vara med henne. Bara han snuddar vid tanken på bröllopsnatten, känner han att han blir redo och den bultande känslan i byxorna kallar genast på uppmärksamhet, så han byter snabbt ut tankarna på älskog mot planeringen av gårdsbruket.

Så vaknar de andra ute i den lilla stugan, efter vad som känns som en evighet, och Elna, Magda och Jakob äter av morgonmålet tillsammans. Den är lite extra lyxig dagen till ära med sylt på brödet. Diskussionen svallar hit och dit, alla skrattar gott och är på bästa tänkbara humör. Ännu en gång ser Elna och Magda över sina kläder och allt är fortfarande i sin ordning. När frukosten är avklarad går de alla tre över till stora huset. De andra går först för att förvarna Alfred om att Elna är på kommande.

Alfred masar sig då upp och beger sig till grannen för att höra sig för angående stoet som han tänkte föra till deras hingst. Det börjar bli bråttom och han har redan skjutit upp det för länge. Brudparet har inte berättat för folket ute i byn att det blir giftermål i gården, så han tänker inte nämna det i dag heller. Han vill inte riskera att grannarna skall komma och våldgästa festen, eftersom de inte har förberett någon servering för gäster. Det visar sig att det inte är något problem att få stoet betäckt.

Grannen, som han känner allt för väl från förut, är en gammal snuskhummer. Inget den mannen kläcker ur sig förvånar Alfred.

"Jaa, visst fan ska vi få stoet betäckt, en liten slant ska vi komma överens om och så vill jag se på när stoet får sig", säger gubben med lysten blick och tungan i mungipan.

Alfred ryser, men kan inte göra annat än nicka och försöka låtsas som att det är något roligt gubben säger.

"Nå visst kan du få se på, om det känns viktigt", säger Alfred och försöker låta lika rå som granngubben. Men inombords känner han bara äckel för den sliskiga gamla gubben som ser så fram emot att se ett sto bli betäckt.

Efter en kopp brännvin med grannen och en hel del ältande av frågorna kring Wasas öde, ursäktar han sig och säger att han har sysslor som väntar.

Inne i huset stökar de på, men allt är redan skinande rent, fint och pyntat, så det finns inte mycket mer att göra. Alfreds kammare är skurad och ombonad, men Elna har inte fått delta i det arbetet. Timmarna verkar gå så mycket långsammare än normalt. Men på något vis blir det ändå tid för en liten bit mat innan Elna går hem till sig för att göra sig klar. Alfred får sedan komma in och äta lite han också, innan det är dags för ombyte. Elna klär sig, Magda hjälper henne med håret och allt går som det ska. Förutom att Elna är så nervös att magen vill vända sig ut och in. Första gången hon tar på sig klänningen får hon hastigt klä av den tillbaka och dra på sig något gammalt för att hasta ut till avträdet då magen gör totalt uppror. Efter det varvet lugnar sig magsystemet en aning. Hennes far ger henne en rejäl mun med brännvin, så att hon skall lugna ner sig. Elna vet inte ens exakt vad hon är så nervös för. Alfred gör sig också klar i sin kammare, där även han tar sig en kopp med brännvin i smyg.

Prästen kommer i god tid, allt är klart och Jakob går först över för att kontrollera om det är dags för Elna att dyka upp. Prästen har redan planerat hur han vill genomföra det hela.

"Alfred ställer sig i stora salen, framme vid bordet där jag skall stå. Alla andra tar sina platser på stolarna vid sidan. Så när jag nickar till mor Stina kan hon ringa i den lilla klockan, så skall pigan slå upp dörren och Elna tåga in vid sin faders arm. De tågar fram och ställer sig invid Alfred framme hos mig. Så sköter jag om ceremonin. Låter det bra?", frågar prästen.

Alla instämmer och Jakob går ut för att berätta planen för Elna. Hon bara nickar.

Allt går enligt planen. Prästen är en god talare och de sjunger även ett par psalmer. Elna får sin ring och sin Alfred. Hennes tankar fladdrar av och an under ceremonin och hon har svårt att koncentrera sig och lyssna. Det känns plötsligt som ett stort steg, det som hon nu tar. Allt har på något konstigt vis gått så fort sedan sommaren och branden. Snart är de vigda och hon och Alfred tågar ut som man och hustru. De äter gott, dricker lite starkvaror, prästen tackar för sig flera timmar senare och det blir kväll. När prästen gått slappnar de av lite och Jakob, lite på fyllan som han är, vill hålla ett litet tal.

"Ursäkta, jag skulle vilja säga några ord ikväll, även om jag inte är någon talare eller en beläst man. Men sin dotter kan man tala om även om man inte är en man av den stora världen", inleder han.

Sedan berättar han om sin sorg och den glädje som döttrarna skänkt honom i mörkret. Men även att han känt sig illa till mods över att han inte kunnat hjälpa Elna, som tidigare arbetade som piga på en gård.

"Sedan kom branden som förstörde så många liv, som tog min minsting från mig, men som också gav mig och familjen så mycket när vi kom hit ut till Runsor. Den gav till och med Elna hennes framtid i form av en fantastisk man som jag helhjärtat tar emot som svärson idag. Och glädjen är stor över att vi åter har ett gott hem", avslutar han.

Elnas ögon svämmar över av tårar och hon ger sin far en stor, varm kram och viskar ett tyst tack i hans öra.

Alfred njuter av dagen och han tycker att Elna ser ut som en prinsessa i sin nya klänning. Han är så stolt över att få henne till hustru att det känns som om hans bröst skulle spricka. Hade han dessutom haft mål i munnen och klarat av att berätta om sina känslor för henne, hade dagen blivit ännu lite bättre – åtminstone för Elna, som känner sig lite osäker över Alfred och giftermålet.

Vartefter tiden lider så blir det dags att bryta upp. Varken Elna eller Alfred vet hur de skall bete sig, så de äldre ställer sig upp och meddelar att det är dags för alla att söka sig till sina egna kammare och att de unga är lediga från sina sysslor nästa dag. Den stunden har Elna både väntat på och befarat en lång stund. Fjärilarna i magen har återvänt, men med lite brännvin innanför kragen klarar hon det bättre nu än tidigare på dagen. De går båda via dasset först och sedan tar Alfred Elna varsamt i handen och leder henne mot sin lilla kammare – som nu blir deras gemensamma. När de står framför dörren nappar han tag i Elna och svingar henne upp i famnen med en hisnande fart. Eftersom hon är helt oförberedd på det som händer, tjuter hon högt och skrattar så att hela hon skakar, när han bär henne över tröskeln in i rummet.

Alfred har sin svendom kvar, men han har genom åren fått tips både från höger och vänster, så han vet ganska bra vad som lönar sig och vad som inte lönar sig att hitta på, när man har en jungfru – som man älskar – i sin famn. När dörren stängs bakom dem är det först både pinsamt tyst och en nervös stämning i rummet. Snart tar dock både nyfikenheten och längtan över handen och de unga tu utforskar varandra länge och väl och påbörjar sitt liv som gifta på bästa tänkbara sätt. För Elna är älskogen litet av en prövning till att börja med, men snart inser hon tjusningen i att ha en make intill sig. Alfred är dessutom en öm och uppfinningsrik man, så hon behöver inte vara ängslig för vad han hittar på.

Innan Alfred somnar på sin bröllopsnatt sänder han en liten bön som tack upp till sin skapare. Hjärtat svämmar över vid tanken på att han gifte sig med Elna. På småtimmarna somnar de nygifta och de sover långt in på förmiddagen. När de väl vaknar ligger de länge och viskar, planerar och funderar på dagen och på livet framför dem. Elna får för sig att prova om Alfred är kittlig, vilket slutar med fnitter och en lekfull brottningsmatch som i sin tur leder till att de älskar igen. Allt känns som en dröm för Elna. Alfred känns som en dröm, helt perfekt, tänker hon.

Det visar sig att Alfred redan har planerat den lediga dagen och han har instruerat sin mor att packa en matsäck och en dräng har förberett hästen. De skall på utflykt. Alfred har sällan varit ute i Höstves och han vet att Elna arbetat där ute på ängarna. Så nu tänkte han att de kan köra genom byn så får hon visa och berätta lite för honom.

Solen skiner och de åker iväg, sent omsider. Det är ett knepigt före och valet mellan släde och kärra är inte självklart, då snön töar bort. Valet faller på släden, men de måste då köra sakta och försiktigt. Elna är upplivad och visar och berättar yvigt. Hon visar det exakta ställe hon stod på, när hon upptäckte hur röken bolmande i fjärran, borta mellan de två tornen i horisonten.

Vartefter dagen lider, blir hon tystare och snart skruvar hon på sig lite lätt, men hon säger inget. Till sist kan inte Alfred hålla tyst längre.

"Vad är det som oroar dig Elna?", frågar han med låg röst, men han ser rakt på henne så hon inte skall kunna undvika honom.

"Äsch", svarar hon och försöker undvika frågan.

"Jaa?", säger han då och har ingen tanke på att låta henne komma undan.

"Nå, det är något sånt där kvinnligt som du inte ska behöva tänka på", säger hon undvikande.

"Jaa?" säger han igen och ger sig inte.

"Ja okej, det gör ont i nedre regionen när jag sitter efter nattens utövande, då jag är så ovan", säger hon och skrattar.

Alfred blir med ens högröd i ansiktet, han hade inte väntat sig det svaret.

Men eftersom Elna skrattar, så skrattar han med.

"Nå men, då måste vi se till att du blir så van vid utövandet att du inte får ont mera, vad säger du om det? Kanske vi skulle åka hem och öva genast?" säger han och skrattar.

"Ja, absolut, det låter som en utmärkt idé", svarar hon och ställer sig upp ett ögonblick för att lätta på trycket på sina ömmande delar.

På hemvägen kör de genom stadsruinen och räknar att det är kring femtio, om inte fler, nya hus på plats i staden. Men inte ett enda av de nybyggda husen ser ut som ett riktigt hus. De liknar mest ruckel som är byggda av skräp eller överblivna plankor. De kan omöjligt ha hållit kölden ute under vintern.

"Jag tycker så synd om dem som bor i dessa ruckel", säger Elna med en rysning.

"Det kunde ha varit vi. Jag känner mig oändligt och för evigt tacksam mot dig och din familj för att ni tog emot oss som ni gjorde", säger hon ödmjukt till sin nyblivna make.

"Ja, jag tackar också den dagen som gjorde att du fördes till mig, min vackra hustru", viskar han åt till henne.

"Har du hört om några människor frusit ihjäl här i vinter?" frågar Elna, med ledsen röst, när hon får syn på ett synnerligen dåligt ruckel, där det uppenbarligen bor någon.

"Nej, jag känner inte till det, men så kallt som det har varit och att bo i dessa ruckel, är jag säker på att någon gjort det. Om inte av kölden så i alla fall av följden av att vara kall hela tiden. Lungsot och sådant kan man drabbas av om man är för kall en lång tid", svarar Alfred.

"De små klarar i varje fall inte av att leva i konstant kallt drag och minusgrader", säger Elna. De sitter sedan tysta en stund och ser sig omkring, medan de sakta kör genom kvarteren.

"Det är tur att det blir sommar nu. Jag hoppas att myndigheterna tar tag i boendesituationen för Wasaborna. Så här kan de inte behöva ha det. Om de måste flytta staden, må de göra det då, bara de gör någonting för att rätta till detta", suckar Alfred.

På hemvägen stannar de till vid Korsholms vallar, mittemot hovrätten invid den södra porten. De klättrar uppför stigen som leder upp på kullen. Sedan sitter de där och begrundar utsikten över ruinen från sin utkikspunkt medan de äter det sista av sin medhavda matsäck.

Kapitel 9

A malia får ett tackbrev från Runsor där Elna berättar om bröllopet, kläderna och tackar så hjärtligt för tyget. Instucket i kuvertet finns också en slant som betalning för tyget, med löfte om mera pengar. Amalia besluter sig för att skriva att pengarna räcker, eftersom hon fick så god rabatt.

Veckorna susar snabbt iväg och Amalia pysslar nöjt med sina egna bröllopsförberedelser och med deras blivande hem när de är gifta. Hon känner sig både lycklig och tacksam över det som sker i livet. Koltrastarna har anlänt och sjunger högt med sina tusen tungomål för henne, solen är varm och vädret milt. Amalia känner en ny gnista i sitt liv, som hon själv tror inte enbart beror på de goda framtidsutsikterna utan också på att hon är tacksam över att få leva. Prövningarna har hjälpt henne att känna sig ödmjuk inför det hon har och får i livet. Allt är inte längre lika självklart som det var förut. Livet kunde ha sett helt annorlunda ut och hon har kommit till insikt om att ingen väljer den lott de föds med. Varken rik eller fattig.

Carl är till sjöss redan från tidig vår, så honom ser hon sällan. Däremot skriver han flitigt brev till henne. Han har en underbar, berättande stil när han skriver om de platser han besöker runt om i Europa. Hon får alltid en tydlig bild framför sig när han beskriver dofter, stämningar, byggnader och människor som han upplever. Sina brev avslutar han alltid med en liten, försiktig kärleksförklaring som varje gång är skriven på ett nytt sätt.

Han lovar att ta sig hem till Stockholm minst en vecka före midsommar, så att de kan se över bröllopsplanerna och ta hand om de sista arrangemangen inför festen. Då skall de också tillsammans göra upp de sista planerna för sitt blivande hem.

Amalia och Carl skall bo i en lägenhet bara något kvarter från slottet i Stockholm. Den är inte särskilt stor, dock tillräckligt stor för att de skall rymmas, trots att de har en inneboende husa och skulle få ett par-tre barn. Lägenheten har deras pappor sett till att få renoverad och moderniserad.

Amalia har dessutom inte lång väg att gå, för att komma till sina föräldrars hem, utifall att Carl är länge borta och hon vill spendera tid i föräldrahemmet.

Allt borde vara i ordning. Hennes mor har skött om planeringen av maten till bröllopet och Amalia har själv bara svarat med otaliga hummanden på moderns pladder om menyn. Hennes pappa betalar för hela kalaset, men Amalia har inte frågat vad det kostar honom. Carl har köpt ringen och betalar deras resa. Ringen är en stor, vacker diamant – som absolut inte passar på en hand som behöver göra något nyttigt om dagarna. Den fastnar i allt och glider ganska lätt av fingret. Men den är utsökt vacker och Amalia kan inte låta bli att sitta med ringen och låta solstrålarna spegla sig i dess underfundiga slipning, så att det sprids ett dansande mönster av solkatter på väggen. Men visst känns ringen även lite överdådig. Hon vågar dock inte trä den på ringfingret, det kan betyda otur. Tiden innan branden hade Amalia inte tvekat en sekund inför ringen, men nu känner hon sig lite tveksam. Hon tänker på hur många människor som skulle äta sig mätta i långa tider, för det dyrbara värde, som hennes påkostade ring motsvarar. Amalia borde inte ha ringen hos sig redan innan bröllopet, men det blev bara så senast Carl var inne och hälsade på, för han fick bråttom iväg till båten.

Amalia vaknar tidigt och det känns i hela hennes kropp, att det är en speciell dag. Pulsen känns som en drivande våg, magen som efter för mycket vin och huvudet får ingen ordning på tankarna som flyger omkring likt löv för vinden. Det är en spännande dag som hon sett fram emot under en lång tid. Midsommaraftonen visar sig bli en vacker dag med nästan tjugo grader varmt. Efter en tidig väckning, ett bad och en stadig frukost får Amalia hjälp med att klä på sig av sin mor och en påkläderska som även lägger på smink.

Tyget i klänningen är av ett fantastiskt glansigt material, vars färger skiftar mellan rosa och brons, beroende på hur ljuset faller. Det mörka, tjocka håret läggs upp i en komplicerad kreation och i halsgropen vilar ett smycke infattat med ädelstenar, som matchar färgerna i klänningen perfekt.

Amalia och hennes far åker hästskjuts ut till kyrkan. På en given signal tågar de sedan, arm i arm, upp mot altaret, där Carl redan står och väntar på dem. Vigseln går av stapeln i Carl Johans kyrka eller Skeppsholmskyrkan, som den kallas mindre officiellt. Skeppsholmskyrkan är en ganska ny kyrka, byggd i ett åttkantigt format med ett stort, kupolformat tak. De valde den kyrkan precis för att den inte är så stor, eftersom de har ett småskaligt bröllop. Endast deras närmaste släkt och vänner är inbjudna till bröllopet. Amalia och Carl lovar varandra evig trohet och kärlek, medan Amalias mamma och faster Francesca snyftar högljutt i första bänkraden.

Efter vigseln samlas de till middag i en närliggande festlokal. Amalia tuggar och tuggar. Maten verkar aldrig ta slut och det hårt spända livet under klänningen skär redan in i huden efter allt ätande. Hon har länge fantiserat om den stundande bröllopsnatten. Hon försöker att inte tänka på den just nu och istället njuta av festen och maten. När kvällen lider mot sitt slut känner hon allt tydligare i kroppen att stunden snart är här. Hennes kropp förbereder sig på det som komma skall och pirret mellan benen fortplantar sig ner längs låren. Det känns skamligt så till den grad, att hennes kinder glöder och hon dricker mer vin än hon borde och tål.

"Du behöver inte vara nervös eller rädd för mig", viskar Carl plötsligt i hennes öra, samtidigt som han trycker hennes hand i skydd av bordsduken.

"Jag har lovat att ta hand om dig – och det är exakt vad jag tänker göra. Jag kommer aldrig att så mycket som kröka ett hår på ditt huvud eller säga ett hårt ord till dig", fortsätter han. Amalia vågar inte se på honom, rädd att börja gråta av känslosvallet. Så hon fortsätter att stilla le och nickar lite lätt till svar.

"Tack. Jag lovar dig det samma", viskar hon, när hon motat bort känslorna som tog hennes talförhet.

Carl har bokat en fin svit för en natt på ett lyxigt hotell i staden. I ett ganska tidigt skede av festen drar sig brudparet tillbaka och åker till hotellet. På rummet väntar en flaska champagne som de delar allra först, innan de går för att fräscha upp sig innan sängläget. Amalia har vid det här laget druckit bra mycket mera vin än hon normalt gör och hon är inte helt sig själv mer. Om Carl hade velat, hade han kunnat utnyttja situationen till sin fördel å det grövsta, men eftersom han inte är det, så väntar han in henne. Efter att hon låtit brudklänningen falla hjälper Carl henne med fumliga fingrar att få upp snörningen. Det är en stor lättnad att få av sig det skavande livstycket. Hon drar ett djupt andetag när hon blir fri och slänger sig raklång på de inbjudande lakanen. Hon sträcker sig efter sin make och han närmar sig långsamt. Han har behållit byxorna på för att inte skrämma henne med åsynen av hans ivriga mandom. Sakta börjar han smeka henne medan han viskar i hennes öra hur vacker hon är. Snart vrider hon sig som en ål under hans händer och kräver mer. Han klär av sig och hon gör stora ögon inför åsynen av honom. Men hon låter sig inte skrämmas och öppnar sig i stället för honom. Han tar då för sig och tränger sig långsamt in, en centimeter i taget. Hon ryggar undan ett par gånger och han väntar in henne. Så håller de på, sakta och länge, tills han inte länge kan hålla tillbaka. När det hela är över, har han fortfarande hennes förtroende och de somnar utmattade intill varandra, med ett fridfullt uttryck i ansiktet. Det har varit en lång, men på alla sätt en bra dag. Inte ens fastern ställde till med någon scen.

Nästa dag är det dags för avresa. Amalia vet inte vart hon är på väg, vilket får det att kännas extra pirrigt. Hon är instruerad att se till att de har packat för sol, bad och lata dagar och att de skall vara borta i två månader.

Deras bagage är färdigt packat och de skall åka med en båt från Stockholm klockan två. Allt går som planerat och snart är de ombord på båten. Efter avfärden berättar Carl att de skall tillbringa en månad i den franska kuststaden Biarritz. Där har han hyrt en bostad som ligger i ett lyxigt hotellområde. De kan antingen inta sina måltider på hotellet eller i bostaden och hotellpersonalen sköter om deras hushåll. Carl berättar att han valde den modellen av boende, eftersom han tänkte att det skulle bli skönt att inte behöva bo bland alla andra människor under smekmånaden. Amalia kan knappt tro sina öron: Frankrike, lyxhotell och smekmånad!

"Frankrike, det ska bli alldeles underbart!", säger hon och kan inte låta bli att skutta lite på stället och krama om honom en extra gång.

"Jo, men vi har en ganska lång resa framför oss och vi måste tillbringa en natt i Danmark också, där vi skall byta båt. Sedan byter vi igen i Amsterdam. Men vi har egen hytt hela vägen, så det skall nog gå bra. Sen har vi förstås lika lång hemresa och då är det varmare än det är nu", svarar Carl medan han blickar ut över horisonten, där det glittrande havet möter himmelen.

"Men blir det inte dyrt, att bo en hel månad i Biarritz?", frågar Amalia med lite darr på rösten.

"Kära hustru, jag vet inte hur mycket du vet och vad din far har berättat, men jag kan säga dig att som situationen är idag är pengar det minsta bekymmer vi har. Min far har nämligen skött sina affärer väl. Jag lovar att berätta för dig direkt om detta i något skede ändrar", säger han utan att höja på huvudet.

Amalias hjärta slår lite fortare. Tänk att hon inte hade förstått att hon gifte sig med en så rik man. Inte för att det gör någon skillnad, tänker hon. Hon hade nästan varit beredd att gifta sig med en fattig Runsorbonde, men bara nästan.

Resan är lång och sliter väldigt på humöret. Men vädret är på deras sida och när de når sin destination, inser Amalia direkt att sjöresan har varit mödan värd.

* * *

Livet som gift passar Elna utmärkt, även om vardagen snart infinner sig. Hon sköter djuren, åker till det tillfälliga torget i Wasa och när tiden räcker till, träffar hon några andra yngre fruar ute i Runsor som hon lärt känna. På så vis flyter dagar och månader förbi. Hon tänker inte så ofta på saken, men varje gång som hennes månadsblödning kommer, suckar hon lite och ägnar sig en stund åt att grubbla över varför det inte blivit något barn än. Men både hon och Alfred är unga och har all tid i världen att få fler ungar än de behöver och vill ha. Så det passar egentligen henne ganska bra att hon får ägna sig helhjärtat åt sin make och deras äktenskap, med allt vad det innebär.

Till hösten har de hittat en skola som tar emot Magda, men det innebär att de måste sända iväg henne. Hon får en elevplats på Privata fruntimmersskolan i Jakobstad. En fruntimmersskola skulle öppnas i Wasa hösten 1852, men branden ödelade dessa planer. Magdas far har arbetat hårt hela sommaren för att kunna lägga undan pengar, så att han skall ha råd med hennes elevplats ett par år. Det hör fortfarande till ovanligheterna att flickor från enkla hem får gå i skola, så Magda har tur. De vinkar av Magda, som försöker se käck ut när hon stiger på skjutsen till Jakobstad, en solig höstdag i september.

Så blir då Jakob ensam i sin stuga, han som nyss hade två döttrar boende hos sig. En dag föreslår Elna att han borde gifta om sig. Det finns flera ganska unga, vackra änkor hon känner till, och som säkert längtar att få en ny make.

"Nej, men vad säger du!", utropar Jakob. Men Elna ser på honom att han inte är så bestört som han låter.

"Ja men far, du är enbart kring fyrtio år, varför skulle du leva ensam resten av livet om du inte behöver?", frågar Elna och försöker få det att låta som om det är den mest självklara sak i världen.

"Nåja, Elna, i och för sig har du nog rätt. Det skulle vara roligt att ha sällskap, men några fler barn behöver jag inte, gamla gubben", svarar han.

"Det är naturligtvis fars ensak. Men jag vill att du förstår, att för mig och Magda är det inget problem om du väljer att gifta om dig. Vi är stora flickor idag och du är en ensam man", säger hon och ger honom en varm blick.

"Tack Elna, jag ska fundera på saken, så får vi väl se hur det går. Det är inte precis som om kvinnorna stod på rad och väntar på att jag skall bli redo", säger han med ett glädjelöst, torrt skratt.

Tillbyggnaden står klar till hösten och Elna och Alfred flyttar in till det större sovrummet. Alfred står nu officiellt som husbonde i den Karlssonska gården. Elna som oroat sig för hur svärmor och hon skall dela upp ansvaret och tillgångarna i huset, noterar direkt att det inte är något problem. Hennes svärmor Stina stiger tacksamt åt sidan och ägnar sig åt handarbete, att träffa sina vänner och om sommaren trivs hon i trädgården. Svärmor anlägger, med Elnas lov, även nya blomsterrabatter som snart prunkar av vackra blommor. Elna lyssnar på sina nya väninnor när de berättar om hur deras svärmödrar har vassa tungor, lägger sig i, gör saker bakom deras rygg och annat styggt – så Elna är än mer tacksam än förut. Hon känner sig så varm inombords att hon till och med känner att hon vill berätta det för Stina. Så en dag, när de hänger tvätt tillsammans, vågar hon ta till orda.

"Mor Stina, jag ville säga er en sak", säger hon försiktigt.

"Ja, Elna?", frågar hon. "Jo, jag tänkte säga tack; tack för att du är så lätt att ha som svärmor", säger hon blygt.

"Det är mig ett nöje kära Elna. Du ska veta att min egen svärmor var ett rivjärn av värsta sort. Därför bestämde jag mig tidigt för att jag aldrig skall bli som hon. I synnerhet när jag bara har ett barn, kan jag inte fara fram som en ragata med honom och den han håller av", svarar mor Stina med mild röst medan hon stannar upp och ser på Elna. "Dessutom är du så lätt att tycka om och beundra i det du gör, lilla barn", fortsätter hon. De säger inget mer om saken, men bägge två känner att det gjorde gott att få uttrycka sin uppskattning för varandra.

Hösten är en bråd tid och detta år är skörden normal och vädret ganska stadigt. Hon ser sällan något av Alfred eftersom han är ute på fälten. Detta år är Elna inte med ute på fälten eftersom hon numera är husmor. Däremot ser hon till att det finns mat, dryck och annat som skördearbetarna behöver. Till sin belåtenhet har hon och mor Stina kunnat konstatera att de kommer att få en utmärkt skörd från grönsakslandet. De får stora, saftiga morötter, lök och ärter. I våras, innan de sådde, vände de ner gödsel blandat med rikligt med sågspån i landet och det verkar ha gjort susen. Jorden är mjuk, fuktig och vackert svart. Stina har ägnat sin nyvunna fritid till att hålla landet fritt från ogräs. Allt detta arbete har gynnat skörden i den bördiga jorden.

En av Elnas nya väninnor, Hilda, är skicklig att utvinna allt som kan fås ur naturens eget skafferi. Hon vet speciellt mycket om läkeväxter. När väninnan har berättat för Elna om sitt växtsamlande, så har Elna sugit in kunskapen som en svamp. Plötsligt försöker även Elna ta sig tid att gå ut i markerna med Hilda. Elna lär sig att använda granskott, groblad, lingon, nässlor, rönnbär, älggräs och många andra växter. Örterna och bären skall samlas vid olika tidpunkter och behandlas på olika sätt, så det är en hel vetenskap att lära sig. Elna torkar blad, kokar dekokter och vid varje givet tillfälle använder hon sina kunskaper. Under vintern ser hon till att de gamla i huset äter gott om lingon - trots rynkade överläppar när den sura bärsaften rinner över tandköttet - för tillförsel av vitaminer. När kvällarna blir svalare, kokar hon te på olika torkade blad eller blandningar. Först möts hennes drycker med protester och det står halvt urdruckna bleckmuggar på bordet när de stiger upp och går. Alfred grinar nog mest illa, men snart vänjer sig familjen vid att hon bjuder dem på dessa varma drycker och alla sörplar högt på teet. Om hon är upptagen och försenar sig med tekopparna så frågas den efter.

En liten idé gror i hennes bakhuvud – tänk om hon kunde samla och odla växter i större skala och börja sälja på torget eller till någon handelsbod. Hon kunde göra små papperspåsar som hon skriver "Elnas välgörande te" på, eller något liknande. Kanske kunde hon också skriva på om det är bra för magen, mot förkylning eller ger god nattsömn.

Hon bestämmer sig för att göra en undersökning. Varje kväll frågar hon därför alla vad de tycker om kvällens te och om de märkte någon speciell effekt av teet från föregående dag. Hon skriver ner ett ord för varje sort och snart ser hon ett mönster i vilka teer som är omtyckta och om det ger väntad hjälp mot vissa besvär. På basen av denna inhämtade kunskap lägger hon sedan upp en plan på vilka växter hon behöver samla in under olika tider av året. Och vilket utrymme eller hurdana kärl behöver hon för att ta vara på de olika växterna? Hennes än så länge hemliga plan är, att redan nästa höst kunna sälja sina första påsar med te.

En kväll när hon sysslar med att tillreda teet kommer hon på ännu en idé. Hon behöver en tesil att lägga sina blad i, så att det blir mindre skräp kvar i drycken. Hon inviger Alfred i sina tankar. Han sitter bara tyst och lyssnar, med blicken riktad mot smörkniven som han sitter och täljer. När han inte ser ut att lyssna, kommer Elna av sig till sist.

"Men säg något då", fräser hon plötsligt.

"Nej, jag lyssnar och om jag kommer på något som jag kan tänka ut bättre än du, så pratar jag – och hittills har jag inte gjort det. Däremot tänker jag försöka göra en tesil åt dig, som du kan sälja tillsammans med dina tepåsar", säger han med blicken riktad snett upp till höger och lätt plutande läppar, typiskt för en man som tänker efter nogsamt.

"Men som du säkert förstår, vill jag inte att du skall ta dig vatten över huvudet. Det är rejält med arbete med detta som du planerar, Elna lilla", säger han sen och flyttar blicken mot henne.

"Jo, det begriper jag nog Alfred, men jag vill försöka. Blir det för mycket så lämnar jag det bara", svarar Elna. De är överens om saken och redan nästa dag börjar Alfred planera hur silen kunde tänkas se ut för att fungera.

* * *

Vid sidan om sina planer för silen, som Elna vill börja sälja tillsammans med sitt te, har Alfred egna planer som han går och smider på. Han har bara diskuterat dem med svärfar Jakob än. Sin egen far har han inte invigt i planerna, eftersom han vet att gubben är både snål och försiktig i sina åtaganden. Alfred själv är både rastlös och brinner för alla nyheter. Han har heller inte berättat för Elna, att han smider stora planer. Men han tänker nog berätta, riktigt snart.

Det som fått honom att börja planera för gårdens framtid är återuppbyggnaden av staden, men också deras eget tillbygge. Han har konstaterat, att det är svårt att få tag i sågade stockar och plank. Det är både svårt och dyrt att få virke sågat och detta fördröjer byggnationerna. De stora byggherrarna kommer förstås att köpa billigt virke från de stora sågarna, men de mera lokala, privata byggarna behöver också tillgång till virke. Han tänker därför skaffa en ramsåg och en maskin och starta ett eget litet sågverk. Han har läst om den ångdrivna kvarnen vid Alkula-fabriken som Levón byggde år 1849. Alfred åkte sedan på tur med hästen till Alkula för att ta sig en titt på byggnaden och lyssna till det vackert tuffande ljudet från maskinen. Han har skrivit till flera myndighetspersoner för att höra sig för om finansiering för sitt företag. Om han lyckas få tag på pengar, planerar han att bygga sin såg på en åker som ligger relativt nära den gamla staden, före den södra tullporten.

En dag får han svar från statsverket, som har tillfällig mottagning i Hovrätten, att han får låna pengar. De har beviljat honom en rundlig summa som mer än väl kommer att täcka kostnaderna för en såg och en ångmaskin. Han har även korresponderat med Amandas far, Georg Adlerhjelm i Stockholm och han har hjälpt honom på svenska sidan och funnit vad Alfred behöver. Han kommer alltså att köpa en såg från Sverige. Med hjälp av Georgs rederikontakter får Alfred ramsågen och ångmaskinen transporterad till Wasa. Hans planer är långt framskridna och i sina tankar sågar han redan. Tidpunkten, då han borde ha berättat om sina planer för resten av familjen, har med andra ord överskridits för länge sedan.

Alfred passar på en kväll vid kvällsvarden. Han inleder sin monolog med fladdrande puls och hala handflator.

"Ja, jag kan berätta att jag har planer på att starta en såg. Jag har redan sett ut åkern jag tänker använda, funnit en såg samt en ångmaskin i Sverige och fått lov att låna pengar", säger han och försöker se lugn och oberörd ut medan hjärtat hackar i bröstet på honom. Den våldsamma reaktionen uteblir dock.

Hans far, som är en praktisk man, är mest bekymrad över var Alfred skall ta stockarna och kolet till ångmaskinen. Hans mor frågar om pengarna och Elna undrar hur han skall hinna med sågen på samma gång som allt skall skötas på gården.

"Ja, stockarna tar jag i början emot från dem som behöver få dem sågade. Och så räknar jag med att skogsägarna kommer till mig och vill sälja stock när jag blir känd. Pengarna kommer från statskontoret och allt är väldigt säkert med den saken. Tiden är största bekymret och vi kommer att bli tvungna att ta in flera drängar på gården. Redan nu borde vi ta in en till", svarar Alfred affärsmässigt och flackar med blicken.

Redan nästa dag tar han föräldrarna och Elna med sig i kärran och de kör ut mot stadsporten, där han visar var han tänkte placera sin såg.

"Jag tänker döpa den till Karlssons Såg", säger han. Elna skakar på huvudet

"Nej, men det låter väldigt trist och vanligt", protesterar hon. "Kan du inte sätta något mera affärsmässigt, kanske Wasa Såg eller något liknande?", frågar hon.

"Nej, bevare mig väl, så stor på mig vill jag inte vara. Runsor såg skulle jag kanske våga använda, men inte stadens namn på min lilla såg", säger han bestämt. Men i själva verket har Alfred redan bestämt sig, han skall starta Karlssons såg, inget annat. Platsen är ypperlig, bara ett par hundra meter från stadsporten intill den nedbrunna staden. Åkern är jämn och vägen löper alldeles intill.

Redan nästa dag åker Alfred iväg och skriver på sina papper för lånet. Han skriver till Georg och ber honom sätta igång affären för sågen. Georg tänker sända sågen med Lasses fartyg nästa gång det anlöper Wasa hamn tidigt på våren. På samma gång tar Lasse emot betalningen och förmedlar den till Georg, som lånat ut pengar till Alfred och redan skött om betalningen på svenska sidan.

Alfred finner ett par gubbar som han vet är duktiga röjare och byggare. De kommer och hjälper honom att röja fältet och göra grunden för sågen. Han har fått papper från statskontoret, där det kort står vad som lönar sig att göra och hur man skall planera vid uppförandet av en såg. Alfred har dessutom stått vid ett par sågar och sett på processen, så han vet hur den borde se ut. Däremot har ingen av dessa sågar varit så moderna som den som Alfred planerar att uppföra. Han köper virke och pärtor för att börja bygga. Kilad sten läggs på plats som grund, allt för att de skall kunna börja lägga in sågen och ta emot affärer direkt på våren.

En dag dyker en lång och gänglig man i 30-årsåldern upp vid sågen. Han presenterar sig som Sven Gran. Mannen berättar att han har arbetat på såg i Sverige i många år, men att han är utvandrad från Wasa.

"Sen hörde jag från männen som köpte ramsågen där jag arbetar, att den skall flyttas till utkanten av den nedbrunna staden Wasa och att en ny såg skall anläggas. Detta låter alldeles perfekt för min del. Därför tänkte jag fråga om du behöver en karl i arbete hos dig, som har arbetat på såg i många år och på precis denna såg i ett par år?", frågar mannen rakt på sak.

Alfred behöver inte tänka på saken. "Ja men herregud, det är alldeles perfekt. Du får börja så fort jag har pengar att betala dig med. Ännu har jag bara byggnadsarbete, inget sågarbete", svarar Alfred.

"Nej, men då måste jag förstås börja direkt eftersom sågen även måste byggas och planeras rätt. Du får betala mig sedan när du får in pengar. Jag har pengar så jag klarar mig en tid nu. Ett par månader under vintern arbetar jag i Sverige. Jag måste bara hitta någonstans att bo", svarar Sven.

Sagt och gjort, männen börjar direkt gå omkring och diskutera allt från grunden till svängplanen som behövs för att hästskjutsarna, som kommer med de långa stockarna på lasset, skall kunna köra runt på planen utan att behöva backa och vända.

Livet på gården blir en aning lidande av att både Alfred och Elna plötsligt är mitt uppe i företagandet, samtidigt som djuren och gården skall skötas. Den nya drängen står i så svetten lackar, med allt ansvar som lagts på honom och drängen. Ragnar märker snart vad som händer och van som han är vid att styra och ställa, stiger han in en aning i sin gamla roll som hemmansägare. Alfred är så upptagen av sitt, att han inte ens märker eller kommer ihåg att fråga hur det går med allt det andra. En kväll då Alfred sitter och babblar på om sin såg, avbryter Ragnar honom ganska bryskt.

"Hördu pojk, jag gav över gården till dig för bara några månader sedan och du har gjort allt annat än förvaltat den väl. Hur har du planerat att göra i framtiden – skall du vara bonde eller affärsman, eller vad?" Alfred tystnar och rodnar och det tar en stund innan han tar till orda.

"Ja far, du ställer en välmotiverad fråga. Mitt svar är att jag vill vara både och, inte antingen eller. Men hur jag skall få det att gå ihop vet jag inte exakt. Bara jag får igång sågen och får inkomst av den, tänkte jag att huvudansvaret får ligga på Sven och att jag mera tar rollen som direktör för sågen. Men det dröjer nog innan sågen är redo för det. Om far vill hjälpa till med gården, så är jag sannerligen tacksam. Så skall jag arbeta allt vad jag kan, för att vi ska få både en blomstrande såg och en blomstrande gård i vår ägo. Och Elna skall odla och sälja sitt te dessutom", säger han och av klangen i rösten att döma låter han redan som en tvättäkta, direktör med pondus.

På detta följer en lång diskussion och familjen är snart överens. Både Ragnar och Stina kommer att stiga in och återigen sköta gården under tiden de bygger upp sågen. Men det är varken en trevlig eller lätt diskussion.

"Du skulle ha pratat med mig direkt pojk, det känns som att jag nog duger till att hjälpa dig med gården och slitet här, men att planera något så nytt och spännande som en såg, det dög jag inte till", säger Ragnar med knarrig röst och en skarp blick på Alfred.

Alfred glömmer med ens sina direktörsfasoner och rodnar häftigt, som den unga man som blir tillrättavisad av far, han är.

"Ja, far har förstås rätt i det, jag ber så mycket om ursäkt", säger han med den osäkra blicken flackande mellan bordsskivan och faderns anklagande blick.

Kapitel 10

Amalia och Carl gör oftast inget särskilt under de långa, sköna dagarna på sin smekmånad. Carl sköter lite affärer vid sidan om, någon dag då och då, men mest är han ledig. De har lärt känna några andra par från Sverige som de spelar kort med någon kväll i veckan medan de dricker sött vin och äter frukt. De sitter ute under palmerna och njuter av att kvällarna ger en aning svalka och luften känns lättare att andas. Prat och skratt varvas med huvudskakningar när det går lite sämre i något parti. Trött, lätt alkoholpåverkad och på gott humör går det nygifta paret långsamt mot sin bostad, arm i arm. Livet är lätt.

Amalia, som normalt är en relativt morgonpigg människa, lägger sig till med ovanan att sova sent om morgnarna. I och med denna nya ovana slutar de äta frukost och lunch och lär sig den kontinentala vanan att äta brunch alla dagar.

Den franska kuststaden är andlöst vacker och det är lätt att vänja sig vid den lyx som Carl har råd att förse dem med. De går många långa promenader, när det inte är för varmt, och de njuter av dagarna. Den färgstarka och doftande blomsterprakten som medelhavskusten bjuder på hänför Amalia. Likaså de små restaurangerna som ligger i de pittoreska kvarteren nära havet. De äter ofta fisk och ibland stek med en fantastisk tryffelsås. Då och då vill hon besöka ett lokalt patisserie som bakar de mest utsökta små bakelser någon kan tänka sig. Man kan känna den söta doften från bageriet redan på femtio meters avstånd och den drar folk till sig likt flugor. I ärlighetens namn tycker Amalia att hon kunde stanna i Biarritz och lata sig genom dagarna för eviga tider. Det lockar inte alls att åka hem till Sverige med dess trista årstider, inrutade dagar och Carl jämt och ständigt på sjön eller på kontoret.

Livet som gift. Ibland smakar Amalia på de orden. Det är som om livet fortsätter som förut, men med en ny platå att stå på och ett stöd att luta sig mot. Det är som att ha en fader man kan lita på, en moder som tar hand om en, men ändå så mycket mer och så mycket mindre.

Hur gärna Amalia än försöker och vill, så klarar hon inte av att ta Carl för given, eller snarare hans kärlek till just henne, för given. Det finns så många vackra och världsvana kvinnor runt om dem hela tiden. Amalia jämför sig själv med dessa kvinnor och det verkar som om det alltid är hon själv som är den sämre, svagare eller fulare när hon gör sina jämförelser. Aldrig tidigare har hennes självförtroende vacklat som det gör nu. Hon har som regel varit nöjd med sig själv. Hon har förut noterat att män vänder sig efter henne och hon har alltid känt sig både bildad och klok. Men det var då, när hon inte hade något att förlora. Nu känner hon plötsligt att hon inte räcker till och att hon har allt att förlora. Amalia säger ingenting om dessa skamliga känslor till Carl. Men det behöver hon inte, för han märker nog ändå hur det ligger till med henne och hennes känslor. Han noterar det i hennes små kommentarer, i hennes pikar och på sättet som hon jämför sig själv med andra. Det dröjer ett par veckor innan han säger något och han för saken på tal främst för att han vill att hon skall få känna sig trygg, snarare än för att han har problem med saken:

"Vet du Amalia, du är den vackraste och klokaste jag känner och någon annan kvinna vill jag inte ha i mitt liv. Du behöver inte se på de andra, varken hur de ser ut, vad de gör och säger eller vad de äger, för du slår dem allihop, på alla punkter, varje gång. Förstår du vad jag försöker säga dig?", säger han till henne en dag när de sitter i skuggan under en blommande bougainvillea och dricker vatten smaksatt med citron.

Hon rodnar häftigt och sänker huvudet, hon känner sig både träffad och löjlig. Efter en stunds tystnad, när hon har tänkt över det han sade, nickar hon.

"Ja, Carl, jag hör vad du säger och jag lovar att även försöka tro på dina ord", svarar hon.

180

Sedan nämner de inte saken igen. Hon tänker dock desto mera på det han sade och på hur hon har betett sig, främst mot sig själv, och inser att det egentligen var barnsligt. En som har överlevt att en hel stad brann ner, borde väl ha mera skinn på näsan än jag har, tänker hon irriterat. Långsamt lyckas hon vända sina tankegångar till sin egen fördel och slappnar av i sitt nya äktenskap. I deras färska äktenskap växer, sakta men säkert, fram en stark förtrolighet dem emellan och de förgyller sina stunder tillsammans med humor och ömhet. För att inte tala om att deras liv i sänghalmen får en liten extra krydda när Amalia vågar börja ta för sig lite också.

Dagarna i Frankrike går onödigt fort och innan de vet ordet av, är det dags att åka hem. När de sitter och diskuterar hemresan berättar Carl om platser han besökt tidigare när hans fartyg har legat i hamn i olika länder. Särskilt förtjust är han i England och London. Med stor inlevelse beskriver han sedan London och allt som finns att se och uppleva där. Efter att han har berättat länge om staden bestämmer, Amalia sig.

"Sagt och gjort, vi åker till London och stannar där ett par veckor innan vi åker tillbaka till Sverige", säger hon.

Carl ser först ut som en fågelholk, men brister sedan ut i skratt.

"Ja visst frun, vi gör som ni beordrar. Jag har en hel del ärenden jag måste ta itu med, så jag stiger upp tidigt i morgon och jag är säkert borta hela dagen. Jag måste ändra på våra resor med fartygen, skriva till mitt vanliga hotell och även meddela min far att vår hemkomst blir ändrad".

Det syns att han redan gör upp planer för morgondagen för hans blick är långt borta.

"Ja, tack, det går alldeles utmärkt bra, bara jag får besöka London. Jag vill gå på opera, teater, bal, polomatch och köpa några fina krinoliner och en massa annat spännande", säger hon med stegrande röst och ögonen fulla med förväntan.

Redan nästa kväll meddelar Carl att han har ordnat med det praktiska och att de avseglar från Frankrike direkt till London om två dagar.

181

"Det är tal om krig i Europa", berättar han också. "Men jag vet inte exakt vilka länder det är som är på väg i krig, men jag tror det är bra om vi tar oss hem innan sommaren är slut, för man vet aldrig när det bryter ut", fortsatte han.

Det knyter sig i magen på Amalia när hon hör ordet krig och hon föreslår att de kanske skall slopa resan till England och åka direkt hem till Sverige. Carl skrattar bort hennes oroliga kommentar och säger att det inte skall vara något problem. Har de bestämt sig för att åka till England ett par veckor, så håller de nu fast vid sitt beslut. Två veckor är en kort tid, menar han.

Inte förrän Amalia ger en av hotellets tjänarinnor order om att vika deras kläder medan hon själv plockar i deras smycken, hattar och skor, inser hon exakt hur mycket de har inhandlat under sin resa. Kistorna de hade med sig på utresan fylls i en handvändning. Trots att hon ordnar om flera gånger lyckas hon inte få allt nerpackat. Det finns inget annat råd än att köpa några kistor till och packa ner de äldsta plaggen och accessoarerna och försöka finna en transport direkt hem för dem. Hon hoppas innerligt att kistorna skall nå hemmet och inte komma bort på vägen. Hon sänder hem många plagg som hon tycker mycket om. Medan hon står och plockar i plaggen och oroar sig över kistorna med tillhörigheter, reflekterar hon över hur mycket hon har förändrats på den korta tid hon har varit gift. Trots att hon är född i en rik familj har hon ändå inte tagit så lätt på ekonomiska beslut tidigare, som hon redan vant sig vid med Carl vid sin sida. Det är inget som hon känner sig stolt över – att leva i lyx och flärd – när det finns så många människor i världen som inte äger mer än de paltor de är klädda i och som lever på svältgränsen varje dag. Men, likt många andra bekymmerslösa personer, skjuter hon bestämt dessa tankar ifrån sig och fortsätter med sitt. Ett snabbt ögonblick fladdrar de nedbrunna husen i Wasa framför hennes ögon. Men lika snabbt vänder hennes tankar tillbaka till den franska kustens vy med palmer och hav som ligger framför hennes ögon.

Dagen när de avseglar infinner sig och vädret är vackert med stekande hetta och ett stilla hav. Den som aldrig har behövt vara sjösjuk dristar sig kanske till att tänka, att det gärna hade fått blåsa lite, så att det inte skulle vara så oerhört varmt och kvavt. Kläderna klibbar på kroppen, luften känns tjock och tung att andas, alldeles som om det inte fanns något syre kvar att andas in. Männen som bär ut deras packade kistor är som tur, vana vid det varma klimatet och gör sina sysslor rätt obehindrat. Carl och Amalia däremot har det tungt bara för att de skall ta sig ut till sin skjuts och sitta i solen den lilla stund det tar dem att åka ner till hamnen.

Amalia sitter och ser sig omkring och suger in de, vid det här laget, bekanta vyerna och säger ett tyst farväl till de käraste platserna. Hon kommer att sakna de lata dagarna, de trevliga kvällarna och den goda maten. Nu är smekmånaden officiellt över. Men hon hoppas, lite naivt, att hon och Carl kommer att förbli så nära varandra som de varit under resan. De går ombord på fartyget. Amalia känner sig lätt nervös på den smala landgången. Medan hon långsamt går på landgången ser hon att fartyget har ett vackert namn, det heter "Miss Rosamunda".

De gör sig hemmastadda i den unket luktande, lilla hytten och Amalia skulle gärna vilja beklaga sig över komforten, men håller tand för tunga. Hon vill inte låta som Francesca.

Fartyget kastar loss ganska snart efter att de har stigit ombord. och deras nästa etapp på resan inleds. Full av förväntan ser hon fram emot att besöka London.

✳ ✳ ✳

Kvällarna blir ruggiga, mörka och långa och sommaren känns oändligt avlägsen. Alfred är borta många timmar per dag. Han förklarar att han måste hinna så långt som möjligt med sina förberedelser, så att de bara får lyfta sågen och maskinen på plats när de anländer. På så sätt kan de börja såga och förtjäna direkt. Detta förstår Elna förstås i princip, men hon kan ändå inte låta bli att känna sig lite övergiven och klaga lite.

När Alfred väl kommer hem om kvällarna är han tystlåten, hopsjunken och nästan gråaktig i ansiktet. Han ser ut som tröttheten på vandrande ben. Inte ens hennes uppiggande teer tycks hjälpa honom mer. När hon lägger sin hand på honom om kvällarna, i hopp om gensvar, blir hans reaktion oftast en suck och han vänder ryggen mot henne. Detta gräver snabbt ett tomrum i hennes mage som känns som om det vill sluka henne helt. Vi har bara varit gifta i några månader och redan nu vänder han ryggen till mig. Jag måste vara en helt hopplös fru, både trist och ful, när han inte längtar efter mig längre, rannsakar hon sig själv istället för att lägga skulden på honom. Elna antar att om felet låg hos Alfred, skulle han berätta det för henne, men eftersom han inte gör det, måste felet ligga hos henne. Logisk tanke för en kvinna, men en totalt främmande föreställning för en trött man.

Ju längre den djupa tystnaden håller i sig, desto ihåligare känns Elnas mage.

Men i takt med att snödjupet växer sig större och kölden ökar, stannar Alfred allt oftare hemma från sitt arbetsläger. Han sköter de vanliga gårdssysslorna, som vedklyvning, snöskottning och reparation av alla redskap till våren. Med tiden ser han också ut som vanligt och beter sig som han brukar: Han pratar, skrattar och älskar. Elna förundrar sig över detta och inser att det var tröttheten som tog Alfred från henne. Det får henne att bli ännu mer rädd. Vad skall hända sedan, när han har både sågen och gården på heltid? Då finns det inte längre några viloperioder.

Elna klär av sig kjolen, men behåller sockorna på när hon kryper ner mellan de svala lakanen. Hon har tänkt ut vad hon skall säga.

"Alfred, har du tänkt på hur annorlunda du var här hemma hela hösten?" Det tar lång tid innan han svarar och hon kan nästan höra hur det knakar i hjärnan när han tänker efter. Men eftersom det är mörkt i deras kammare ser hon inte hans min.

"Tycker du det?" frågar han till sist.

Vad!?, Är det allt han får ur sig efter att ha tänkt efter vad han skall säga i flera minuter, tänker hon och tänder till. Hon sätter sig upp för att kunna stirra rakt på honom, trots att hon inte ser honom särskilt väl i mörkret.

"Ja, men hur kan du säga så! Du har inte pratat med mig, inte rört vid mig och ännu mindre älskat med mig på hela långa hösten!".

Elna reser ragg och hennes röst grötar sig av återhållna känslor. Hon känner hur hakan börjar darra, trots att hon försöker vara morsk.

"Nåja, nu överdriver du väl", svarar han kort och vänder återigen ryggen mot henne.

Den jädrans ryggen, den är det enda jag ser numera, tänker hon, men hon orkar inte svara på hans kommentar längre. Snart snarkar han tungt. Hon blir ännu argare av att höra de jämna snarkningarna. Hur kan en människa sova när känslorna stormar och man har en arg och ledsen människa bredvid sig? Skall man då inte prata om saken och lugna ner situationen, så att man kan somna som vänner? Men nej, hon får lägga sig ner och grubbla vidare och hon somnar inte förrän långt in på småtimmarna, åter en gång totalt utmattad.

Elna inser att det inte är någon dans på rosor att vara gift och att ha förväntningar på äktenskapet och maken. Och det värsta av allt måste vara, att de bara har varit gifta några månader, inte ens ett år. Hur skall då alla de kommande åren bli – tänker hon bittert.

Elna vet inte om, där hon ligger i sina våndor och känner sig som den mest ensamma kvinnan i hela världen, att det inte finns en gift kvinna på denna planet som inte känt likadant i något skede, när hon försöker förstå sig på sin man och på sitt äktenskap i nattens mörker, vid sidan av en snarkande man. Men även om hon vetat detta, hade det varit en klen tröst i hennes eget mörker.

Mellan arbetet på gården och jobbet med växterna har Elna också lärt sig göra jämna och fina strutar av brunt papper. På strutarna skall hon skriva vilken sorts te de innehåller och så skall hon knyta ihop varje strut med ett brunt snöre. Hon övar länge och väl innan hon får till en strut som både håller tätt och ser fin ut. Hon blir tvungen att fråga en gammal torggumma, som alltid säljer små sötebröd i strutar, hur hon gör sina strutar när de alltid är så jämna och fina. Först förklarar den gamla utförligt och långrandigt hur Elna skall göra, men när tanten förklarat klart står Elna och ser ut som ett levande frågetecken.

"Vänta, jag ska visa dig", säger då den lilla tanten tålmodigt.

Så öppnar hon en strut och lägger kakorna i ett kärl. Sedan visar tanten hur hon snor pappret runt sin hand på ett finurligt sätt, snurrar, viker och jämnar ut struten så att den blir spetsig och fin. Detta ser hur lätt ut som helst. Men se sedan, när Elna själv gör likadant, då är det inte längre så enkelt. Men med övning blir hennes strutar småningom finare och snart är hon nöjd. Det största problemet är tillgången till papper.

Elna har redan en ansenlig mängd torkade blad och blommor av olika arter som hon blandar och lägger i påsar så fort tid finns och hon har fått tag i mera papper. Doften gör henne nästan vimmelkantig när hon sitter med sina växter en längre tid. Hon har bestämt sig för att påbörja försäljningen av sitt te inför julen. Redan under sommaren tänkte hon ut vad som kunde passa som julte. Elna beslöt sig då för att det borde vara något som doftar. Hon kom att tänka på kanelen, med sin underbart starka, mustiga och karakteristiska doft. Hon beställde i god tid hem en förpackning med kanelstänger från huvudstaden. Stängerna, som är färdigt torkade, anländer ganska snabbt till grossisten. Hon öppnar paketet med stor försiktighet och drar sedan in kaneldoften med djupa andetag genom näsan många gånger, hon blir nästan lite yr. Underbara och värdefulla stänger. Hon har aldrig tidigare sett dem hela.

När tiden snart går mot jul, krossar hon stängerna och blandar dem sedan i ett te, tillsammans med torkade hallon- och blåbärsblad med torkade blad av rallarros som utfyllnad. Doften som sprider sig från strutarna kommer att vara tillräcklig för att locka kunder lagom till jul. Sedan är det förstås ett annat problem att räkna ut hur mycket betalt hon skall ta för sina strutar. Elna försöker först hitta en tidning med tépriser, eftersom det på deras torftiga torg inte finns någon som säljer te. Hon misslyckas dock med att finna ett pris, så hon beslutar sig för att ta fem kopek silver för en påse. Om påsarna går åt sig för fort, höjer hon priset till åtta kopek silver.

Hon köper ett tjockt och alldeles för dyrt pappersark som hon skriver "Köp ört-the" på. Hon skall lägga upp skylten på sitt bord vid torghandeln när hon börjar sälja teet i början av december.

Alfred har inte hunnit tillverka så många tesilar, men hon har cirka tio stycken att lägga till försäljning. Hon tänker ta femton kopek silver för den lyxiga tingesten som hon själv inte skulle vilja vara utan mera. Elna känner sig som om hon vuxit med en halv meter inför utsikterna att bli affärskvinna på riktigt. Hon räknar ut att om hon får alla tesilar och testrutar sålda, så tjänar hon minst 325 kopek silver på en vara som hon själv inte betalat många slantar för. Ett te utan den inköpta kanelen skulle ge ännu större vinst.

Så kommer dagen när hon ger sig av till torget med sina testrutar. Hon har även nybakt rågbröd och några ostar att sälja. En liten kruka, som hon fyller med vackert enris, pryder hon bordet med. Skylten lutar hon mot krukan. Tur nog är det uppehållsväder, men kallt.

Försäljningen går dåligt för henne, hon misströstar och hakan närmar sig bröstet. Detta är straffet för mitt högmod, tänker hon medan luften sakta pyser ur henne, axlarna sjunker och ögonen svider. Varför skulle någon vilja satsa sina surt förvärvade småslantar på min tossiga idé om torkade blad! Den dagen går Elna hem med nästan alla strutar osålda. Endast två damer köpte av teet. Hon säger inget till de övriga i familjen när hon kommer hem. Men de förstår att det inte gått så bra med försäljningen, eftersom hon inte nämner saken. Hade det gått bra, hade Elna naturligtvis berättat och småskrutit över sin lycka.

Nästa vecka plockar Elna envist med sig av strutarna igen när hon åker till torget, men hon väljer att ta med sig färre denna gång eftersom de inte hade sådan åtgång som hon hade hoppats. Det visar sig snart att hon sålt teet till de rätta kunderna veckan innan. För inte nog med att de ville köpa mer te – de har också med sig flera väninnor som de förevisar teet för. Eftersom dessa damer är så intresserade av teet får hon berätta om sin produktion och att hon kommer att sälja många fler sorter inom kort. Hon säljer slut på alla strutar den dagen och lovar att ta med fler nästa vecka. Dessutom säljer hon även flera tesilar. När Elna kommer hem får hon bubbla över av entusiasm. Hon går an och berättar om sin försäljning tills ingen orkar lyssna till henne längre, utan bara svarar med ett frånvarande hummande. Men inkomsten som hennes egenhändigt odlade, samlade och torkade te inbringar, är snart ett välkommet tillägg till hushållets kassa. Sedan är det förstås en annan diskussion hur mycket tid tetillverkningen tar i anspråk. Tidsaspekten undviker Elna gärna att ta upp.

"Alfred", säger Elna.

"Jaa", svarar han lite frånvarande.

"Mina tesilar har sålt väldigt bra och du borde göra fler nu när det är vinter och rätt lugna dagar. Sedan i vår när du drar igång med sågen, kommer du inte att hinna", säger Elna med en bedjande ton, medan hon tittar på honom med lyfta ögonbryn och plutande mun.

"Det stämmer och jag har tänkt på saken. Men jag har några ändringar som vi ska göra på silen så att den skall bli ännu bättre", svarar han.

"Men jag måste få skaffat lite material först, för jag har inte allt jag behöver hemma", fortsätter han.

"Jag ska ta itu med saken genast imorgon. Jag känner en gubbe som har goda kontakter".

Alfred stiger samtidigt upp och hämtar en av tesilarna och visar på skaftet hur han skall göra en liten tapp, för att silen skall få stöd mot en kant utan att sjunka ner i kärlet. Han visar också på hålen och förklarar att de är för stora, de släpper genom för mycket blad. De borde vara så små att silen fungerar som ett riktigt finmaskigt nät. Bladen skall simma i vätskan utan att släppa genom bitar.

"Jag har använt en alltför trubbig spik när jag har slagit hålen i plåten", berättar han.

"För att få hålen mindre måste jag vässa spiken så att den blir vass nästan som en nål och sedan slå så sakta, att det bara blir ett litet hål i plåten", förklarar han ingående medan han vänder och vrider på silen. Elna tycker det låter som en utmärkt idé. För det är inte alls roligt att dricka te och få små bitar av torkade blad i munnen. Och hon vill naturligtvis ha nöjda kunder.

Elnas andra vinter i Runsor går fort. Livet som fru i gården känns småningom mera vant och hon går inte längre på tå. Hon vågar stå på sig i diskussionerna och hon har åsikter om skötseln av gården och hushållet. Och framför allt lyssnar de övriga i familjen till henne.

När våren gör sig påmind kan inte Elna längre bortse från faktum. Hon väntar smått. Hon räknar tillbaka och kommer fram till att hon inte haft sin blödning sedan i februari. Hon räknar på fingrarna och inser att den lilla borde anlända i höst, någon gång i oktober-november. Hon försöker känna efter i sin kropp och söker tecken som tyder på att hon är havande, ens något som känns annorlunda, men hon gör inte det. Elna känner sig som vanligt, förutom att hon inte har sina månadsblödningar. Hon går därför först en tid och ruvar på sin hemlighet och suger på sötman ur vetskapen om att hon bär på ett litet liv. Hon skall berätta, tids nog.

* * *

Med våren kommer vårbruket och Alfred kan fortsätta uppbyggnaden av sin såg. Nästan som över en natt blir det bråda tider. Alfred håller dock i gott minne hur han mådde när han arbetade som hårdast på hösten, när han inte ens längre orkade älska med sin nya maka. Det vill han inte gärna uppleva igen, även om han aldrig erkände sitt nederlag till fullo inför henne.

Minst en gång i veckan åker Alfred ut till kusten vid Hästholmens hamn för att spana hur isläget ser ut. Men isen ligger envist kvar, i olika nyanser av blått från en vecka till en annan. Ju närmare islossningen, desto mörkare blå blir isen. Inte förrän isen går kan han börja vänta på sitt sågverk.

Eftersom stoet är dräktigt och fölningen närmar sig tar han det varligt med henne. Hon får gå i maklig takt och stanna upp om hon vill. Han kör upp på gården vid hamnkrogen, varifrån han har god utsikt över Hästholmens fjärd. Alfred går ner till vattenbrynet där han står och blickar ut över den istäckta fjärden. Han sparkar irriterat i den förhärdade isen som inte ger med sig, suckar och rycker på axlarna. Han kan känna solen bli varmare för varje vecka som går. Den smeker hans vinterbleka kinder med milda strålar och känns god och efterlängtad. Utan den kalla vinden hade han njutit fullt ut.

De dagar som Alfred inte kör ut till hamnen är han ute och leder sitt dräktiga sto längs vägen, så att hon ska få röra på sig, men ändå inte behöva anstränga sig. Han räknar med att fölet skall komma endera dagen. Stoet är en aning trögt men hon formligen lyser av lyster i pälsen, så dräktigheten har bara gjort henne gott. Men så har hon också haft hyfsat med mat hela vintern. Han har också bett drängen borsta stoet ingående varje dag så att hon skall känna sig väl till mods.

Inte i sin vildaste fantasi skulle Alfred ha kunnat föreställa sig att Elnas påfund om hemmagjort te av torkade blad och blommor, skulle sälja som det gör. Hon har fått en stadig kundkrets. Det är tur att det blir en ny vår och sommar så att hon kan börja odla, samla och torka nya satser. Han har gjort många tesilar under vintern, men så säljer de också bra, så han har nu gett uppdraget vidare åt Elnas far. Jakob är visserligen skomakare men händig med verktyg, så det har inte inneburit några som helst problem. Elna har satsat en del pengar på att beställa mera kanel och till och med lite äkta teblad att blanda med sina örter. Men samtidigt är hon noggrann med att inte förstöra sitt välfungerande koncept. Det största problemet är numera det utrymme som krävs för att hon skall kunna torka sina blad. Förr var det tillräckligt med några burkar och fat i köket. Men nu har det växt sig till en omfattande mängd av burkar som doftar i varierande kraft i husets alla hörn.

Tack vare de goda inkomsterna understöder Alfred fortfarande hennes arbete med teet. I varje fall så länge som de inte har några barn som behöver tas omhand. Sedan när de får smått i huset, blir det dags att ta en diskussion kring huruvida det är lämpligt att satsa så mycket tid på samlandet, odlingarna, torkandet och försäljningen. Men han tror inte för en sekund att Elna själv kommer att vilja sluta med sin tillverkning även om hon skulle få barn. Men som make har han ett och annat att säga till om, räknar han med. Han har i varje fall inga planer på att själv börja sköta barn medan hon är ute och samlar blad.

Alfred tycker att Elna har sett trött ut på den senaste tiden. Om han inte misstar sig, så är hon också ganska lättretad, jämfört med förr. Han får för sig att det är teets fel och bestämmer sig för att föreslå att hon skall sluta – men han tänker inte på att han själv varken har eller har haft en tanke på att ge upp sitt eget arbete med sågen – oberoende av hur trött han har varit. När de en kväll är ute hos stoet båda två, för han saken på tal.

"Jag tycker du verkar så urlakad Elna, kanske det är bäst att du ger upp arbetet med teet, eftersom det gör dig så trött".

Elna tiger en lång stund innan hon svarar.

"Alfred, jag har tänkt berätta för dig, men det är som om den rätta tiden inte vill infinna sig. Vi ska ha barn i höst, därför är jag tröttare än normalt", svarar hon, utan att göra något nummer av sin stora nyhet. Han studsar till.

"Va, vad säger du, är du säker?", frågar han samtidigt som han känner gåshuden resa sig över hela kroppen.

"Jodå, nu är jag nog helt säker, men jag ville vänta någon månad innan jag berättade för dig, för det kunde ha varit något annat som var på tok. I oktober borde det ske", svarar hon medan hon med blicken söker efter hans reaktion på nyheten.

Effekten hos Alfred är direkt och han ser ut som en tupp. Efter ett stort puss- och kramkalas fnissar de en god stund tillsammans. De bestämmer sig för att hålla hemligheten mellan sig ytterligare en tid. Den kvällen ligger Alfred och smeker hennes mage och pratar en lång stund med den ännu obefintliga bulan. Elna fnittrar glatt åt lustigheterna han viskar. Innan Alfred vänder sig på sidan för att sova den kvällen säger han sina tankar högt:

"Allra senast strax före babyn kommer, måste du sluta med teet. Det blir för mycket och du får även ta ansvar för vårt barn. Jag kommer att vara så upptagen", säger han, men väntar sig inget svar.

Elna svarar inte heller, men hon ligger länge vaken och tänker på hans ord och på innebörden de har för hennes liv. Hon måste komma på ett sätt så att hon kan fortsätta. Men under den natten kommer hon inte på någon lösning och hon somnar framåt småtimmarna, trots att hon tänker så att huvudet värker och det kryper i benen. Orättvisan känns som en sur uppstötning i munnen. Varför skall hon ge upp sin dröm och han skall kunna följa sin? Bara för att hon är kvinna? Nej, det måste finnas ett sätt. Det måste gå att ändra på honom. Det bör gå att ändra på samhället som är så ojämlikt för kvinnan och mannen. Det måste!

Alfred fantiserar ofta över det där med att bli pappa. Han tänker tillbaka på sin egen far och funderar på hur han själv vill vara som pappa. Som han ser på fäder är de hårda, otillgängliga och ointresserade. Men han vill helst inte vara sådan, trots att alla andra är så mot sina barn. Han vill inte var en sådan figur som får sina barn att krypa ihop när han kommer nära dem, för att de antar att han kan vara våldsam eller gemen i munnen. Han måste dock växa in i rollen som far, den går inte att planera på förhand.

En tidig morgon när drängen gått ut till stallet för att sköta arbetet rusar han in tillbaka och ropar på Alfred.

"Det är dags nu, fölet kommer! Stoet ligger redan ner!", ropar han i farstun.

Alfred, som ännu inte är klädd, får sällan skådad fart.

"Jag kommer, gå ut tillbaka!", ropar han till svar genom dörren.

Drängen har snabbt hunnit göra rent runt stoet och lägga in extra halm i hennes box.

Alfred hinner precis ut, så kommer fölet till världen. Han störtar in i boxen och tar lite rent hö i handen för att försiktigt kunna hjälpa fölet att bli av med hinnorna över nosen. Stoet och fölet ligger en kort stund och tar igen sig. Sedan stiger stoet upp på lite ostadiga ben och börjar slicka fölet, som ligger kvar i höet med efterbörden intill sig. Med andan i halsen väntar männen på att fölet skall börjar röra sig mer än det lilla huvudet, som det har lyft mot stoet. Minuterna känns som år, men så bestämmer sig det lilla, blöta fölet att försöka stiga upp. Det börjar med att ställa sig på frambenen, men bakbenen vill inte lyda. Så bökar fölet på en stund för att komma sig upp på alla fyra, medan stoet tålmodigt väntar och puffar i det ibland. Så är det slutligen på benen och männen kan börja andas igen. Både sto och föl visar sig vara i utmärkt kondition och de har fått ett underbart, ljusbrunt föl med en stor vit bläs på sin mule och vita strumpor på benen. Alfred är överlycklig över att det gick så väl. När han ser det lilla fölet stå och dia på sina långa, osäkra ben, kan han inte annat än snabbt torka en liten tår ur ögonvrån. Han tänker på att han och Elna snart skall gå genom samma dramatik. Det kommer säkert att gå lika bra som idag. Han bestämmer att Elna ska få ge ett namn åt den lilla hästen.

Snart kommer Elna ut och tittar på nytillskottet och hon blir alldeles betagen.

"Den är alldeles underbar!", kommenterar hon och hon är rörd till tårar över den fina scenen med stoet och fölet. Hon kan inte göra annat än hålla handen på sin egen mage.

"Jag tror att det är en hingst, jag tänkte att du ska få döpa honom", svarar Alfred viskande för att inte störa de båda i boxen.

"Oh, det blir svårt! Jag måste nog be att få fundera en tid på namnet och så måste vi vara säkra på om det är han eller hon", svarar hon tyst.

De städar lite kring de två i boxen och lämnar sedan hästarna i fred, efter att ha sett att allt verkar vara i sin ordning.

På kvällen när Alfred åter är ute i stallet, står han länge stilla och hänger över boxkanten. Det ser ut som om han betraktade hästarna, när han

· i själva verket är långt borta i sina tankar. Han tänker på det enorma i att han – en liten bonde i en liten by – skall klara av att sköta om gård, fru, föl, såg, gamla föräldrar och barn och allt detta har kommit till honom inom loppet av några månader. Han känner sig med ens så otillräcklig. Det enda han är någorlunda säker på, är fölet och där sköter stoet själv största delen av arbetet. Nå, vad gäller barnet så har det Elna, och hans mor kan kanske hjälpa till. Men sågen, den får han nog lov att ro i land själv. Men just idag känns den enbart övermäktigt. Som om han dragit igång ett alldeles för stort och dumdristigt projekt för hans ringa erfarenhet. När Alfred går över gården är hans steg tunga och långsamma, axlarna slokar och blicken är riktad i marken. Nu, när han borde vara full av energi med allt som väntar honom. Men det är ofta just så. När man behöver kraften som allra mest, har man allra minst att ta av. Då är det gott att vara omgiven av familj och vänner som man kan lita på. Men det förutsätter förstås att man vågar anförtro dem sina problem, vilket Alfred inte gör.

Kapitel 11

Båtresan mellan Frankrike och England är inte särskilt lång och vinden är frisk men inte hård, så resan går fort. Trots att Amalia har varit ute i solen varje dag under vistelsen i Biarritz så bränner hon sig i solen när hon sitter ute på däck. Kaptenen förklarar för henne att solens strålar reflekteras i vattnet, så att det blir dubbelt så stor risk att bränna sig. Snart fjällar skinnet från näsan på det mest groteskt fula sätt. Hon både gnider och smörjer sin näsa för att få bukt med olägenheten, men det är bara tid som hjälper.

Tiden i London blir precis så rolig som hon tänkt sig. Allra mest njuter hon av den fina arkitekturen i staden, de otroliga teatrarna och operorna som de besöker och känslan av storstad. Men just detta gör också dagarna både långa och tunga och Amalia känner sig snart trött i både kropp och själ och hon längtar allt mer hem. Hem och att få sitta i en stol med en bok och en kopp te framför brasan. Men å andra sidan vet hon ännu inte hur det kommer att kännas att komma hem, eftersom hon inte har bott i sitt nya hem ännu. Det blir en helt ny känsla. Men hon är av den bestämda åsikten att ett hem blir vad man gör det till och att man måste bjuda till och arbeta på saken. Det finns inget som blir bra av sig självt.

Carl arbetar en hel del i London. När de var i Biarritz fanns det inte så mycket han kunde göra i affärsväg, men i London har hans fars företag många kunder och kontakter. Amalia lämnas då ensam under långa stunder. Men det gör inget, för hon har fått kontakt med två andra svenska damer som hon rör sig med i staden. En av dem kan prata det engelska språket så det är praktiskt att ha henne med sig i butikerna. Amalia passar på att botanisera bland det senaste modet i London. Hon hittar också en servis av utsökt engelskt porslin prytt med landsbygdsmönster som hon besluter att köpa med sig hem. Hon hittar också, i teets förlovade land, många nya tesorter som hon köper för att dricka under den kommande vinterns långa, kalla dagar.

Emellanåt reflekterar hon över hur mycket pengar som går åt när hon köper det ena efter det andra – helt olikt henne – men varje gång försäkrar Carl att det inte är något som helst problem. Han försäkrar att han har så gott om pengar, att det inte kommer att märkas i deras ekonomi om hon köper klänningar och porslin. Hon besluter att när hon väl är hemma, skall hon fundera om de kunde göra något för att hjälpa nödställda.

"Kriget lär närma sig, säger de som vet", berättar Carl en dag. "Det är tur att det är dags för oss att åka hem nu", fortsätter han.

"Skall jag bli rädd?", frågar Amalia. Hon känner med ens svetten bryta fram under armarna, så hon lyfter lite på dem. Minsta lilla tvekan eller en undvikande blick skulle hon genast notera, så det är inte lönt för Carl att ljuga.

"Tja, vi kan säga såhär. Jag tycker inte att vi skall vara kvar i England längre, för det verkar som om engelsmännen kommer att gå med i kriget", svarar han, fortfarande lugnt, men dock bestämt. Amalias axlar åker upp och hon ser ut som en spänd fjäder.

"Så hemskt, hoppas vi är trygga på sjön?!" frågar hon.

"Ja, det hoppas jag med. Men nu har inte kriget utbrutit ännu så vi skall nog klara oss alldeles utmärkt", svarar han och försöker framstå som en trygg fadersfigur – trots att han själv känner sig som allt annat än säkerheten själv.

Återigen startar en rumba med att packa lådor med sakerna som har blivit inköpta. Den här gången skall lådorna fraktas på samma fartyg som de själva åker hem med. De kommer att stanna i både Amsterdam och Köpenhamn, och på fler ställen om vädret ställer till det så pass mycket att det behövs.

Carl berättar att det planer på att gräva en kanal som skall förbinda Nordsjön med Östersjön, men att bygget ännu inte är påbörjat. Amalia kan inte förstå vidden av hur kanalen kunde ändra deras hemresa. Carl tar därför fram kartan och visar ungefär var den skulle grävas, med start i tyska Kiel. De enas om att det skulle vara en helt fantastisk sak. Denna kanal kunde, om den redan fanns, förkorta deras resa med flera dagar och de skulle undvika den svåra sjögången uppe vid Skagen. Förhoppningsvis är denna kanal färdig nästa gång de skall resa ut i Europa tillsammans. För Carls del återstår förstås många resor runt Skagen ännu eftersom han ofta åker med deras fartyg.

Avresan går väl och de startar den långa vägen hem. Nu när det inte finns något nytt och spännande att vänta på, är tålamodet med de ändlösa dagarna till sjöss mycket kortare. Vakna, äta, läsa, vanka av och an på däck, äta, sova. Så går dagarna, ofattbart långa och tråkiga. För Carl, som är uppe med kaptenen och med stort intresse följer med det som sker vid styrpulpeten, går dagarna fortare. Men Amalia orkar inte intressera sig för arbetet under några längre stunder.

När de närmar sig Danmark går vågorna ganska höga och det lilla fartyget rullar svårt i sjön. Amalia finner det hela outhärdligt och hon nästan räknar minuterna tills hon är hemma. Inom sig svär hon att aldrig mer sätta foten på en båt, väl medveten om att människan, när hon tänker tillbaka, ofta minns det goda och glömmer det onda.

"Men Carl, varför mår inte du illa", undrar hon med jämmer i rösten, när han kommer till deras lilla hytt för att titta till henne och ge henne mera färskt vatten och en brödkant.

"Ja, i början var jag precis som du. Men nu när jag varit oftare till sjöss, både i flottan och på fars fartyg, känner jag bara ett litet obehag nere i magen, men illamående blir jag inte längre. Men sen skall du veta att detta som vi nu upplever är relativt milt väder jämfört med de värsta höststormarna som jag har upplevt. Och då blir man rädd – riktigt rädd – och det är nog en ännu värre känsla än att må illa", svarar han och ser på henne med ömkande blick. Han klappar henne på huvudet som om hon vore en liten katt, så lämnar han henne ensam igen.

Efter några stopp på vägen och alldeles för många tråkiga dagar ombord, närmar de sig äntligen Stockholm. Amalia känner sig som om hon hade åldrats åratal under restiden mellan London och Stockholm. Inte förrän den där kanalen som Carl talade om är färdigt grävd tänker hon ge sig ut på en ny liknande resa.

Amalia har läst om tågtrafiken i England och det tycker hon verkar vara ett utmärkt sätt att resa på. I Sverige finns det ännu inga tåg i trafik, men hon skall be Carl prata med sina högt uppsatta vänner om att de borde bygga tågräls i Sverige. Tåg skulle passa utmärkt även till exempel för transport av virke. Hon planerar och begrundar tågtrafiken så intensivt att hon inte orkar hålla sig mer utan går och söker upp honom.

"Carl", säger hon.

"Hum", svarar han.

"Jag har läst om de där tågen som de kör i England. Jag har tänkt på saken och tycker att du borde börja prata med rätt folk, så att vi fick tåg och räls även i Sverige", säger hon.

Carl tittar på henne som om hon pratar ett utländskt språk.

"Vad, tänker du på tåg, lilla vän?", säger han med en faderlig ton och ger henne en road blick.

Underförstått inser hon hans åsikt är att hon inte skall bry sin lilla, kvinnliga hjärna med frågor som enbart är tänkta för män. Hon blir med ens fly förbannad.

"Du behöver inte använda den där översittartonen mot mig, kära make", fräser hon till honom och vänder på klacken och går iväg ifrån honom.

"Amalia, förlåt, naturligtvis inte. Kom tillbaka!", ropar han efter henne.

Hon stannar, men går inte tillbaka. Vill han något så får han komma till henne. Senare, i den trånga korridoren ombord på båten, diskuterar de tåg. Carl erkänner att han snuddat vid tanken, men kanske inte tänkt på allt som tåget kunde vara bra till, även i Sverige. Han lovar då att börja diskutera frågan direkt de kommit hem och saker och ting lugnat ner sig.

* * *

Elna har känt mycket lite av att hon är havande under de första månaderna. Hon har inte varit sängliggande eller våldsamt illamående så som många andra kan bli. Men hon känner sig trött. Hon är också ovanligt fräsig och irriterad och väljer därför rätt ofta att försöka hålla sig för sig själv. Men det är förstås svårt på en liten gård.

Det lilla fölet som kom till världen är ofattbart sött och bedårande. Hon skall få ge honom ett namn – vilket känns som en ära – och det kräver en del eftertanke. Hon vill inte bara automatiskt ge honom något vanligt "Pålle"-namn. Hon går och räknar upp namn i sitt huvud och provar dem på honom när hon är och hälsar på i stallet. "Hej Nisse", "hej Frille", "hej Sten"... Men nej, det låter riktigt tossigt, tycker hon. Men så en dag slår det henne, när hon står och smeker honom över manken.

"Du skall heta Fjalar", säger hon till honom, med öm röst. Hon meddelar sitt beslut till Alfred och han blir med ens förtjust i hennes val.

"Utmärkt, han heter Fjalar. Det passar så bra på honom. Har du berättat för honom redan vad han heter?", säger Alfred.

"Jadå, men vi kan gå tillsammans och berätta det för honom officiellt", säger hon med skratt i rösten.

Inte borde man sjåpa med hästarna, men det kan inte hjälpas, fölet är alldeles bedårande litet och sött.

Varje dag smeker Elna sin mage och väntar att den skall börja kännas rund. Men det dröjer. Ibland tvivlar hon på sitt havandeskap, när det varken syns eller känns. Hon litar ändå på att kroppens övriga tecken stämmer, bland annat känns brösten ömma och obekväma.

Hon pratar i hemlighet om havandeskapet med mor Stina. Elna känner bara att hon måste få tala med någon annan kvinna om saken. Hon har så många frågor, men ingen mor att ty sig till. Därför får Alfreds mor tjänstgöra som en mor även för Elna. Stinas reaktion låter inte vänta på sig. Men eftersom det är en hemlighet så lugnar hon sig hastigt, så att inte Ragnar skall komma och fråga vad som står på. De har ett långt, lågmält samtal om havandeskap, barn och föräldraskap. Stina är till stor hjälp för de många frågor som Elna bär på.

När de viktigaste frågorna är utredda, så övergår Elna till en fråga som inte har med barn och havandeskap att göra, men som är ett av de ämnen hon grubblat mest på de senaste veckorna. Nämligen sitt te och arbetet med det samtidigt som hon har barn.

"Alfred sade till mig att han anser att jag borde sluta med teet nu när vi ska ha barn. Att han tycker att jag inte kan hinna med bägge två. Detta är inget jag vill och jag hoppas verkligen att det inte skall bli så. Dels har jag så roligt när jag får planera och syssla med samlingen och dels är det ett gott tillskott till hushållets ekonomi", säger Elna.

Stina sitter tyst och ser på henne några ögonblick innan hon säger något.

"Men vad är det du säger. Själv tänker han bygga en såg och tar in en extra dräng för att kunna ränna runt med sin såg. Nog vet jag att det är modern som sköter om barnen, men någon rim och reson får det väl ändå vara. Jag vill att du inte pratar mer om denna sak med Alfred innan ni berättar om barnet för oss alla. Då ska jag nog se till att han begriper vad han ber dig avstå från. Och dessutom, så väl som du tjänar på teet och så mycket som han menar tjäna på sin såg har vi banne mig tid och råd att ta in en lillpiga också, för att hjälpa till med barnet medan du arbetar med ditt te. Det där löser sig nog. Jag tycker själv det är roligt att hjälpa till med ditt te så senare. Om det blir fler ungar och du är upptagen med dem, kan jag ännu mer hjälpa till med teet under en tid. Och så sköter jag förstås mer än gärna vårt barnbarn. Medan jag är frisk och kry", säger mor Stina med gnistrande ögon och ryggen så rak, att det inte finns en man i denna värld som skulle få den böjd. Så bestämd är hon.

Elna blir först alldeles paff och tappar målet. Inte hade hon kunnat tro att det skulle vara så lätt att få svärmodern på sin sida, efter att hon hört Alfreds predikan om vad hon ska göra och inte göra.

"Tack mor, dina ord gör mig väldig glad. Jag hoppas att det blir så för det skulle kännas så bortkastat med allt arbete jag har gjort för att lära mig och alla prov jag gjort, om jag nu skall sluta med allt på en gång", svarar Elna.

Med lätta steg fortsätter sedan Elna sin dag. Aldrig förut i sitt liv har hon haft ett sådant stöd som hon känner att hon har nu. Hon sänder en liten bön till Gud och tackar för allt gott, som något så hemskt som en brand kunde föra med sig för hennes del.

Bröllopsdagen till ära kommer Alfred hem i tid till middagen. Dagen är rejält fin och varm. När den lite lyxiga middagen med risgrynsgröt och bärsoppa till efterrätt är överstökad, berättar de för familjen om barnet som är på väg. Det börjar formligen koka runt matbordet när alla börjar prata i mun på varandra och gratulera paret. Till och med mor Stina lyckas se överraskad och glad ut. Sedan går paret ut. De vandrar långsamt längs med små stigar och beundrar varje spår av vår som de finner längs vägen. Videbuskarnas videkissor får dem att minnas bröllopet. Snödrivorna är bleka och ihopsjunkna. Men på många platser är de redan är borta. Marken är övermätt av smältvatten eftersom tjälen inte släpper ner det i jorden, så de blir leriga om skorna. Det doftar av blöt jord och smältvatten. Alfred tar tag med bägge händerna om Elnas rosiga kinder och ackompanjerad av naturens ivriga porlande och droppande utbrister han en ovanligt känslosam fras:

"Jag älskar dig min havande hustru. Förlåt att jag inte alltid finns på plats för dig", säger han och ser henne stadigt i ögonen.

"Tack", svarar hon kort och gott, för tacksamhet är exakt det hon känner.

Sen börjar han berätta. Tiden går, skymningen faller och bägge småhuttrar innan de har pratat färdigt. Han berättar för henne hur liten han känner sig, hur han tänkt på att han inte kommer att räcka till och att han är rädd för att han har tagit sig vatten över huvudet. Elna säger inte mycket, inflikar bara de vanliga utfyllnadsorden då och då. När han tystnar och hon är säker på att han är klar, tar hon till orda.

"Alfred, jag förstår att du känner så. För som du säger har ditt liv tagit en oerhörd vändning och du skall nu tvärt bli vuxen och få massvis med nytt, stort ansvar. Men du får inte glömma att du har dina föräldrar, mig, min far och många vänner och bekanta som stöd. Istället för att känna dig liten, svag och ensam skall du lära dig att lita på oss, ta styrka av oss och be om handräckning när du inte räcker till. Du är inte ensam", svarar hon honom kort på hans långa utlägg.

Det låter liksom så förbaskat enkelt, när hon säger det så. För det stämmer. Men i praktiken vill Alfred vara en man, en finländsk man som är stor, stark och klarar allt. Varför kan andra vara det men inte han, tänker han för sig själv, men vågar inte säga det till Elna. För hon skulle säkert ha en bra förklaring på det också.

Men hon har rätt och han måste lära sig att delegera.

"Nu är du direktör Alfred, och direktören skall mest besluta saker och de andra skall slita", säger hon och fnittrar till lite.

"Haha, ja, du har nog rätt. Snart är jag som herr Wolff skall du se, jag blir rik som ett troll och så flyttar vi in till den nya staden och bor i det finaste kvarteret. Vi äter ute alla dagar, för det är så tråkigt med hemgjord lingonsylt och potatis", säger han. De får sig ett långt och gott skratt och besluter sig för att gå hem, ta en kopp te och krypa till sängs.

"Jag måste få höra efter om bulan säger något idag", viskar han i hennes öra när de går hemåt.

* * *

Det blir en tidig vår. De nyss anlända fåglarna söker efter mat, de första gröna grässtråna spirar och de piggaste myrorna myllrar i solfånget. Luften är frisk och alla grå, glåmiga människor vänder sina soltörstande ansikten mot den efterlängtade solen, som äntligen återvänder. Bönderna vandrar över sina ägor, längs kohagarna och de ser över sina redskap än en gång. De går och sparkar i det ena efter det andra, muttrar och skakar på huvudet. Arbete överallt. Alfred likaså. Han har brådare tider än många andra. För inte nog med att vårbruket skall igång, han har en häst som han inte kan använda och han har en såg att bygga upp. Mer än en gång bannar han sitt beslut att börja på med sågen, men han har gett sig in i leken och bör slutföra det han påbörjat.

Isen är på väg att gå och han antar att den redan gjort det söderöver i Sverige, där hans såg nu finns. Med andra ord är den snart här. Men innan den anländer skall han arbeta som en besatt för att komma så långt som möjligt med vårbruket. Alfred kommer överens med ett par grannar om att få hyra en häst av dem enligt en överenskommen tidtabell. Han lovar att betala dem rundligt för att de ställer upp, trots att de själva också har egna åkrar att se till. Det är fortfarande en tid tills det är dags för sådden, men så fort det torkar upp bör de börja harva.

Fölet är ännu ungt, men måste vänjas vid människor och skall börja gå ute i hagen med stoet. Allting formligen svämmar över i Alfreds huvud. Så fort han gör en syssla, känns det som om han borde sluta med den och göra något annat istället. Allra minst orkar han, återigen, engagera sig i Elna och hennes krav på hans närvaro. Han stupar i säng efter mörkrets inbrott och det blir varje dag allt tyngre att orka upp i ottan och sätta igång med dagens uppgifter.

En kväll, när han står och slår ner nya pålar till kohagens stängsel, känner Alfred hur hjärtat plötsligt slår onaturligt hårt. Han stannar upp och väntar, tänker att det säkert slutar om han tar en liten paus. Men hjärtat fortsätter att slå på ett oroväckande sätt och han sätter sig ner, nästan sjunker ihop. Efter att han vilat en lång stund och lyssnat till pulsen som susar och brusar i öronen, lugnar det sig och han orkar lyfta huvudet och öppna ögonen. Han ser då att det har hunnit bli mörkt. Han inser att han säkert suttit i diket en lång stund, mycket längre än han trodde. Sakta vandrar han hemåt och bestämmer sig för att inget berätta om det han nyss upplevt. Det är symptom för veka karlar. Aldrig förr och aldrig senare var känslan av att vara jagad så stark som då.

Alfreds nya dräng är riktigt duktig och snabb, så trots de dåliga oddsen framskrider arbetet på gården väl. Ragnar är med och instruerar på gården och sysslar mycket med hästarna. Så kommer dagen då det anländer ett brev, som säger att sågen är nedmonterad och att den kommer att lastas på ett fartyg inom en vecka. Alfred, som inte kan använda sin egen häst, skaffar sig skjuts och åker ut till hamnen. Där försöker han hitta någon som när lasten väl anländer, kan ta på sig att transportera det hela ut till Runsor. Trafiken har blivit livligare i hamnen. En båt inne när han anländer dit från den gamla staden. Alfred frågar sig fram en hel del innan han får napp. Men hans frågor väcker stor uppmärksamhet.

"Vad säger han, har han köpt in ett sågverk? Som skall till Runsor?!", undrar fler än en av männen han hör sig för med.

Alfred gör ett avtal med en av männen som sköter hamntransporter. De kom överens om att mannen skall köra ut lasten direkt den anländer, i så många omgångar det behövs. Men det blir ingen billig affär. På hemvägen, när han vandrar förbi tomten där sågen skall stå, snurrar tankarna.

Kommentarerna Alfred fått under dagen får honom att inse att han måste börja göra sin såg känd, för att få in affärer. Nästa gång när han är på marknaden måste han köpa lite dyrt papper. Han ska be någon om hjälp med att skriva brev som han skall sända till några olika myndigheter i Wasa. Och så skall han göra några lappar som han kan lägga upp på väggar i hamnen, vid marknaden, kanske på några husväggar i Wasa och i Klemetsö. På lapparna skall det stå om hans såg. Han diskuterar saken med Elna och tillsammans skriver de ner texten. Ragnar ger dem hjälp med stavningen. Sedan lovar Jakob att sätta upp lapparna när han är ute med sitt arbete – förutom den i hamnen som Alfred själv kan sköta om.

Så anländer då äntligen sågarbetaren Sven från Sverige. Med sig har han allt han äger. Alfred har hittat en stuga på passande gångavstånd från sågen, som Sven får bo i mot en liten avgift. Själv har han inga fler lediga stugor. Sven kommer nästan som gudasänd. Det är viktigt att han är på plats när sågen anländer, eftersom Alfred själv inte vet exakt hur den skall byggas upp. En vecka senare får Alfred bud från hamnen om att han skall infinna sig för att börja lasta av sin försändelse. De kör många varv fram och tillbaka innan allt är på plats i Runsor. Sven påbörjar genast monteringsarbetet, då han är den som bäst vet hur allt skall byggas. Han skall trots allt bli mäster på sågen när den är klar. För Sven blir det ett rejält kliv på samhällets stege från sågare till mäster, när han kommer till den nya sågen i Runsor. Som tur är Sven en sådan karl som tar sitt ansvar på allvar. Inte en som bara vill strutta omkring med en fin titel och en bra peng, vilket är tur eftersom det lär dröja en tid innan de får någon inkomst av sågen.

Det som pågår ute i Runsor drar till sig mängder av nyfiket folk och många förståsigpåare. När de blir allt för många, alltför frågvisa och instruktionerna haglar alltför tätt för att arbetskarlarna skall få arbetsro, bränner Alfred propparna.

"Vi har ett arbete att utföra här, det är bråttom och vi har nu inte tid att diskutera med er hela tiden. Ni är alla välkomna hit och utnyttja sågens tjänster när den står klar!", säger han medan han pekar bortåt vägen framför gubbarna, som står och hänger utan någon uppgift, som tecken på att de skall masa sig iväg. En del mothugg kommer, men sedan masar de sig moloket iväg. Sven bara skrattar.

De gör en del misstag när de bygger upp sågverket och får lov att rätta till dessa i efterhand. De blir tvungna att utvidga trägolvet lite kring sågen för det är för trångt och det visar sig att hjulet på en av matningskärrorna är trasigt. Dessutom innebär ångmaskinen så pass ny teknik för dem, att de är tvungna att ta in en yrkesman för att installera den och visa dem hur de skall använda den. Veckorna formligen flyger iväg och Alfreds pengar likaså. Han inser hastigt att han måste få igång affärerna för att börja få inkomster också, inte bara utgifter. Det positiva är att han har flera arbetsuppgifter på rad redan, som han får ta itu med direkt när allt är klart. Med det lilla kruxet är, att kunderna inte kan vänta hur länge som helst innan de går till någon annan med sina affärer. Han har, med Elnas och Jakobs hjälp, gjort en bok över arbetsuppdragen och en annan bok för utgifter och inkomster. När han radat upp alla sina utgifter ser det inte alls bra ut för tillfället och han oroar sig över detta.

Alfred är inte bra på siffror, men när han diskuterar saken med svärfar Jakob, visar det sig att han har fört bok i åratal. Jakob säger genast att han mer än gärna hjälper till på sågen också, både med att föra bok och med själva sågningen om det behövs. Han kan gott behöva lite omväxling i sin vardag och om Alfred godtar tanken kan Jakob arbeta av sin skuld istället för att betala honom varje månad.

Det är med våldsamma glädjetjut de får igång sin maskin. Sågmaskinen puttrar och smattrar först i ojämn takt, men efter några försök och lite lirkande hittar den sin jämna takt. Det metalliska ljudet när ångmaskinen går är till en början irriterande. Men när man väl vänjer sig vid ljudet låter det som musik i för öronen. Det jämna tuffandet är nästan sövande. När både sågen och ångmaskinen går hela dagarna är varje mans öron trötta på alla ljud. När dagen är slut låter det som om sågen skulle fortsätta att gå inne i huvudet, även efter läggdags. Alfred lyssnar ofta oroat till det nya ljudet som sjunger inne i huvudet både dag och natt.

"Du Sven", säger han en dag.

"Hum", grymtar han.

"Jag lyssnar på det här ljudet i mitt huvud när jag lägger mig i bolstren om kvällarna. Kommer det att låta såhär i huvudet för resten av livet?", frågar han.

"Ja du Alfred, jag önskar att jag kunde säga nej. Men jag är rädd att sågen fortsätter att såga i ditt huvud både dag och natt, så länge du är i närheten av den. Det tar flera dagar, ibland veckor av frånvaro från sågen för att ljudet skall försvinna. När öronen är slutligt skadade tystnar det aldrig mer, har jag hört från de äldre männen. Vi måste försöka hitta ett tyg, eller något liknande som vi kan ha i öronen som skydd", funderar Sven, medan han håller händerna för öronen.

"Men du får tänka dig att det är ljudet av pengarna som rinner in", fortsätter han med lite gladare röst.

Så står sågen plötsligt klar. Den är oerhört modern och Alfred känner sig som en såg-kung där han står och iakttar sitt mästerverk. Att arbeta på sågen kommer att kännas fantastiskt eftersom han är sin egen man, men också för att han nu kan delta i uppbyggnaden av den nya staden. Han kan börja såga stock till de nya hus, som måste byggas upp för att Wasa skall kunna återuppstå ur askan. Oberoende av om det blir på samma plats eller om det blir i Klemetsö, behövs träplank – och det kan han nu tillverka med sin nya, moderna såg. Och hans såg är långt mera produktiv än de gamla, små sågarna i nejden.

Alfred har bett Ragnar koka rödmylla på sågtomten om somrarna, så kan de sälja färg till husen på samma plats. Alfred har även funderat på att sälja spik och annat som behövs till husbyggen, men han kommer fram till att han tillika inte vill bli affärsman, inte i detta skede i alla fall. Han har helt enkelt inte tid att ta itu med saken. Alfred har både händer och huvud fullt redan nu. I början skall Sven och han arbeta på sågen med Jakob som inhoppare, får de undan för undan se om det behövs flera män i tjänst.

I början av sommaren lägger de den första stocken i sågen. Med stor spänning de följer med stockens färd genom sågen. De knuffar på stocken och tar emot plankorna på andra sidan. Plankorna är raka, fina och jämna. Inne i sågbyggnaden står en hop åskådare: Elna, Stina, Ragnar, Jakob och ett par granngubbar, ännu fler står ute på gården. Alla jublar och klappar händer när plankorna rullar ut. Efter en stund dricker de öppningskaffe ute på gården och samtidigt hänger de upp skylten där det står "Karlssons Såg". Jakob tar Alfred i handen och skakar den ivrigt upp och ner en god stund:

"Gratulerar sågdirektören! Jag är stolt över dig, min måg", säger han entusiastiskt.

Alfred rodnar lätt, skakar svärfars hand och svarar med en skämtsam, djup bugning. Alfred söker med blicken efter Elna och finner henne sittande ensam i skuggan. Hon ser rödflammig ut och han skyndar sig fram till henne. Hon ser förvånad ut när han närmar sig.

"Oj förlåt Alfred, jag klarar mig fint, återgå du till din såg och dina gäster", säger hon med blicken riktad i marken.

"Hur mår du då, varför sitter du här?", frågar han.

"Jag blev varm och lite trött så jag gick i skuggan", säger hon med kort röst och han märker på hennes bortvända huvud att diskussionen är avslutad, så han går tillbaka till de andra. Han tänker på Elna. Hon är nu lite rund om magen och går nästan som om hon vore halt. Under den senaste månaden har han knappt hunnit fråga hur hon mår. Vissa dagar sover hon både när han går och när han kommer hem. Samvetet stinger till när han tänker på frun, gården och babyn som snart kommer.

Men allt har sin tid, tänker han, och skakar av sig de mörka tankarna. Idag är en glädjens dag. Han är sågägare och efter månader av arbete är allt äntligen igång.

* * *

I skuggan av en nästan utblommad buske av doftande midsommarros sitter Elna med slutna ögon. Det är meningen att hon skall sy in kilar i ett par av sina kjolar, men ögonen vill inte hållas öppna. Hon stack sig redan i fingret en gång när hon nickade till med nålen i handen. Hennes numera rundade mage gör att hon i ett par veckor fått gå med de två översta knapparna i kjolen oknäppta. Magda, som är hemma på lov från skolan, kom på den strålande idén att Elna skulle sy i tillfälliga kilar i sidorna på sin kjol, så skulle magen få plats. Magda är till stor hjälp för Elna och tack vare henne kan hon sätta sig ner och vila lite då och då.

Det är som om det vore något konstigt med höfterna, det gör så ont när hon går. De äldre kvinnorna har berättat att det inte är något allvarligt eller farligt och att vissa havande kvinnor får ont när de skall gå. Typiskt min tur, tänker Elna, att jag ska få det som endast några har.

Hon har också börjat sy på kläder, sticka filt och sockor och annat en liten behöver. Av svärmor Stina fick hon en liten vagga, som hon hörde att även Alfred legat i. Tillsammans skurar de vaggan i en hel timme, både ut- och invändigt. Den blir skinande ren och fin. Elna stoppar ett nytt, tjockt och mjukt bolster att lägga i bottnen på vaggan, så den lilla skall få skönt att ligga på. Det övre, högra hörnet på vaggan är alldeles blankt och nött. Stina berättar om de timmar som hon suttit eller legat och vaggat lilla Alfred i vaggan när han inte fick ro. Elna ser egentligen inte fram emot just den delen – att tröstlöst vaka vid sidan av en liten som inte får ro. Men hon har varit i närheten av små barn så mycket, att hon vet att alla inte är otröstliga. Hon drömmer om att hennes baby kommer att sova gott och vara en nöjd liten krabat.

Det är som om hela livet på den Karlssonska gården cirklar runt sågen. Maten planeras så att de vid sågen ska få mat, vårbruket planeras så att Alfred skall kunna vara vid sågen – sågen står redan Elna upp i halsen. Men hon håller god min och tand för tunga. Ingen gnällkärring här inte, bestämmer hon. Alfred har också hjälpt mig med mitt te, tänker hon. Hon hade planerat för teet redan i vintras och vårens odlingar har redan gjorts. Hon har en lång lista på blad, blommor och örter som skall plockas vid en viss tid på året för att passa för torkning. Hennes syster, Magda, gör stora ögon när hon berättar för henne om sina affärer.

"Vad säger du, har du tjänat hundratals kopeksilver på torkade blad!?" frågar hon förvånat.

"Javisst, och det var lätt. Kom så skall jag visa och berätta. Du får gärna lära dig, så kan du hjälpa mig nu i sommar när du är hemma, eftersom jag har lite svårt att gå", säger Elna med ivrig röst.

Tillsammans sitter de och läser genom Elnas anteckningar, de ser på bladen och diskussionen är så livlig att de talar i munnen på varandra.

"Det här är fantastiskt intressant, jag skulle vilja vara med dig i ditt te-bolag", säger Magda en dag.

"Bolag?", frågar Elna.

"Ja, naturligtvis måste du ha ett bolag!", svarar Magda och slår ihop händerna.

"Jaa, jaha, det har jag nog inte tänkt på", säger Elna. "Jag tänkte bara odla och sälja te", fortsätter hon och krafsar sig omedvetet i håret.

"Ja, men nu skall vi ta reda på vad som behövs för att äga ett bolag och för att få ge ditt te ett eget namn och allt vad det nu kan innebära", svarar Magda.

"Ja, nåväl, men det överlämnar jag till dig. Du får berätta sedan om jag skall göra något eller hjälpa till med något. Men bolagiserande vet jag inget om och jag vet inte om jag orkar börja lära mig just nu heller. Jag har barnet att tänka på, det är här om endast någon månad", säger Elna med en uppgiven min och slokande axlar, medan hon torkar svetten ur pannan. Magda lägger handen på Elnas axel, alldeles som om hon vore den äldre av dem, och tröstar Elna.

"Du kan överlämna det till mig. Kanske det inte blir av nu i år, men jag skall börja planera i alla fall. Det enda du kan göra är att bestämma vilket namn du vill ge för ditt te eller ditt bolag, ifall vi kommer så långt med tanken".

Sommarmånaderna är inte lika varma och tryckande som sommaren då det brann. Men för Elna är det tungt, hon har ont när hon går, hon sover dåligt i värmen och hon känner sig ensam. Hon sitter ibland i skuggan bakom pappas lillstuga och drömmer om att promenera genom skogen till ån där de ibland brukar bada, men det går inte för hon orkar inte gå så långt och hon vill inte träffa på Näcken i sin ensamhet. Där hon sitter har hon utsikt över stoet och fölet i hagen. Hon kan sitta och se på det lilla fölet långa stunder, med ett litet småleende på läpparna och handen på magen. Fjalar är alldeles bedårande och det värmer i hjärttrakten att se på stoet hur gott tålamod hon har med den lille, när han gör små upptåg och puffar på henne jämt och ständigt. Bara när han blir riktigt ivrig kan hon nafsa efter honom. Elna hör ljudet från sågen där hon sitter. Det är ett melodiskt sjungande ljud ackompanjerat av ett jämnt dunkande, som är näst intill sövande när man lyssnar till det på långt håll.

När Elna står invid sågen är ljudet outhärdligt i hennes öron. Hon kan då också känna att babyn i magen vrider på sig i oljudet. Hon kan inte förstå hur männen kan vistas i oljudet hela dagarna. Men det är inte hennes sak att lägga sig i och oftast sover hon när Alfred kommer hem, så de pratar inte heller om saken.

Kapitel 12

Det känns som om det inte varit någon sommar när man varit bortrest hela sommaren, tänker Amalia. Ingen annan sommar är, trots allt, som den nordiska sommaren, med frisk luft, trolskt ljusa nätter och fågelsång. I Frankrike var sommaren het, torr, bränd och dammig med mörka nätter. Även om hon älskade Biarritz tycker hon att sommaren hör Norden till. Trots att hon medan hon var i Frankrike ansåg det vara skönt med medelhavssommaren. Nu är sommaren snart över hemma i Sverige och de kurar skymning framför brasan med sitt kvällste, eftersom det skymmer allt tidigare om kvällarna.

"Jag måste börja arbeta och kommer att resa bort", säger Carl en kväll, efter en stunds tystnad. "Du klarar dig bra här, det finns många som tar hand om dig. I värsta fall kommer jag inte hem förrän till våren, för jag måste åka till Amerika för att lägga upp affärer där och jag måste iväg nu innan höststormarna blir för svåra", säger han, med blicken riktad ner i tekoppen.

Amalia sitter tyst, hon kommer inte på något att säga.

"Jag har redan varit ledig alldeles för länge och nu måste jag arbeta, oberoende av om jag vill eller inte", fortsätter han efter en stund. Amalia bara nickar.

"När åker du?", frågar hon, med blicken fortfarande riktad ner i tekoppen och med bultande hjärta.

"Jag åker om fyra dagar, på måndagen", svarar han och säger sedan inget mer. Den kvällen nästan klamrar hon sig fast vid honom när de lägger sig i sängen. Hon orkar inte tänka på att han skall vara borta, han som har blivit hennes ljus i livet och den som får henne att skratta och vilja leva. Hon älskar Carl och vill inte leva utan honom en enda dag.

Efter intensiva dagar med packande, inköp av en del nya kläder och annat behövligt, seglar Carl iväg. Vinden är kall den dagen och Carl vill inte att Amalia skall komma till hamnen, men hon vägrar att stanna hemma. Hon vill ha honom nära varje sekund som finns kvar innan han åker. Med hackande tänder, darrande ben och bortdomnade tår står hon därför kvar på kajen när fartyget med Carl ombord försvinner mot horisonten. Envist väntar hon medan båten bli mindre och mindre, tills den till slut inte syns längre. Den kroppsliga kylan kan hon stå ut med, men tomheten inombords när hon ser honom försvinna känns svår. Tänk om båten går under i höststormarna. Atlanten har svalt fler båtar och liv än något annat hav. Carl har försökt övertyga henne om att allt kommer att gå väl, men hon har en sådan ond aning att hon inte ens orkar tänka tanken till slut. Det är som om hon hade det för bra, så bra att det omöjligt kan fortsätta. Som om det vore olagligt att vara så lycklig som hon nu har känt sig.

Efter att ha vältrat sig i självömkan några dagar, kommer Amalia till insikt om att hon måste rycka upp sig. När hon sitter framför kakelugnen och läser sina böcker, fäller hon allt oftare ner boken i knät och stirrar framför sig. Tankarna arbetar med frågan vad hon ska ta sig till. Vad är det meningen att jag skall göra, vad gör sådana som jag, tänker hon om och om igen. Skall jag bara sitta här, frågar hon sig. Hon kan inte tänka sig att sitta ensam och läsa eller gå på café med damerna resten av sitt liv, utan någon som helst egen uppgift i livet. I dessa sammanhang tänker hon också på barn. Om hon och Carl hade barn så skulle hon få en uppgift, något att göra. Men nu åkte han bort och hon har inget barn.

Amalia läser om Wasa i tidningen och kommer på att hon inte har hört något från sina bekanta i Runsor på många månader. Så hon sätter sig därför ner och skriver ett brev till dem. Hon börjar om gång på gång, eftersom allting som hon skriver låter som skryt och tomt prat. Det känns rentav dumt att skriva om sin lyxiga semester i Biarritz och London. Och beskriva alla inköp av matserviser, krinoliner och annat onyttigt för människorna i Runsor-hemmet, som aldrig kommer att få se varken det ena eller det andra som hon sysslat med den senaste tiden. Men slutligen får hon brevet klart.

Stockholm 3 september 1854

Bästa vänner

Jag hoppas att ni är vid god hälsa och har lycka i livet. Det är längesedan vi sågs, men den tid vi spenderade tillsammans och orsaken till att vi gjorde det har etsat sig fast i mitt minne väldigt starkt och jag tänker därför ofta på er.

Jag är ganska nyss hemkommen från en resa som jag och min make, Carl, åkte på efter vårt bröllop i somras. Vi var länge borta och det var, måste jag medge, riktigt skönt att komma hem. Det är nog, trots allt, allra bäst att vara hemma. Bröllopet vi höll var varken stort eller litet, men det beror förstås på vad man jämför med. Vi hade en trevlig fest och jag är nöjd med bröllopsdagen. Carl är en underbar man och jag är lyckligare nu än jag någonsin trodde var möjligt.

Mitt enda moln på himlen just nu är att Carl har åkt iväg och vi kommer inte att träffas förrän nästa vår. På grund av viktiga affärer åkte han till Amerika med en av de sista båtarna som avseglade från Europa, innan de värsta höststormarna är här. Jag kan inte ens vänta brev från honom förrän till våren. Detta är förstås tungt och ledsamt för mig, men jag orkar nog vänta på honom, även om dagarna ibland känns långa och enahanda, när jag inte har några egna uppgifter att tala om.

Jag fick i denna dag höra nyheten att min faster Francesca och kaptenen Lasse har beslutit sig för att gifta sig. Vi är alla glada för deras skull. Jag har lovat att ställa upp och hjälpa dem med arrangemang och planering. Det blir ett litet bröllop, men det krävs förstås ändå en del arbete med det. Jag är så glad för deras skull, ty det märks att de är lyckliga och att de älskar varandra. Nu behöver de inte leva ensamma när de går mot ålderdomens dagar.

Jag läste om Wasa i en tidning här om dagen och jag har tänkt mycket
på staden jag tidigare bodde i. Berätta gärna hur det går med stadens
uppbyggnad om ni skriver svar. Jag har även hört från min far att Alfred
har inlett sågverksamhet. Hoppas att det skall gå bra med affärerna.
Rimligtvis borde det finnas ett stort behov av stock och plank i den
nedbrunna staden Wasa.

Jag sänder mina varmaste hälsningar till alla vi har mött och så hoppas jag
på att snart få höra hur det är med Er alla.

Må väl.

Amalia (numera Palmlöf)

Så får Amalia plötsligt händerna fulla med förberedelserna inför
Francescas och Lasses bröllop. Det är bara några veckor kvar tills den
ska äga rum. Francesca strålar av lycka och den surhet och bitterhet
hon strödde omkring tidigare ses mera sällan numera. Tack vare Lasses
omvårdnad och ömma komplimanger har hon mjuknat.

Lasse skall vara hemma hela vintern, så de får rå om varandra en
lång tid framöver. De inbjudna bröllopsgästerna består enbart av den
närmaste familjen. Prästen skall komma hem till Francescas bostad, där
paret skall bo tillsammans efter bröllopet. Men en klänning behöver
Francesca, maten skall planeras och det enda som fastern vill satsa på
i överdåd är blommorna. Många vackra höstblomster slår just nu ut i
en färgstark kombination. Planeringen och inköpen sysselsätter därför
Amalia konstant i ett par veckor, så hon får äntligen göra något annat än
grubbla och känna sig ensam.

När dagen för bröllopet gryr är det en kall men fin morgon. Solen visar
sig vid halvsjutiden och Amalia vaknar av att den kittlar henne i ansiktet.
När hon vaknar till, ligger hon en stund och blundar medan hon minns

214

sin egen bröllopsdag. Sedan masar hon sig upp med långsamma rörelser. Underligt nog har allt gått enligt planerna trots den korta tid de haft på sig att arrangera festen.

Det äldre paret ser fantastiskt fint ut i sina nya kläder. Maten smakar utmärkt och blommorna är exakt så speciella som Francesca hade önskat sig.

Prästen kommer hem till dem och håller en kort vigselceremoni, där paret lovar att vara varandra trogna. Francesca torkar tårarna flera gånger under den korta ceremonin, men hon gör det med ett stort leende på läpparna. Efter vigseln är det middag. De äter och skålar i flera timmar och alla är både trötta och dåsiga när Lasse stiger upp, klingar i sitt glas och meddelar att han tänker hålla ett litet tal:

"Jag skall inte bli långrandig, men jag vill säga några ord. Det bästa som kunde hända mig var faktiskt att min hemstad och mitt hem brann ner. Det låter som vansinne, men så är det. Om inte staden hade brunnit ner som den gjorde, hade inte heller Francescas hem brunnit ner och alla de omvägar som gjorde att vi möttes, skulle aldrig ha existerat. Vi var förut, i vår ensamhet, båda två äldre, grinigare och fulare än vad vi är idag. Jag tror man kan kalla det bitterhetens ansikte som vi bar. Idag tackar jag högre makter för Francesca, men allra mest tackar jag henne för att hon vill dela sitt liv med mig. Jag skall göra mitt allt för att vi skall vara lyckliga och jag hoppas vi får leva länge när vi nu har träffats först på ålderns höst". Han höjer sedan sitt glas till skål och alla lyfter sitt glas med honom och applåderar när han sätter sig ned igen.

I skydd av bordsduken trycker paret varandras händer, men det behövs inte någon blick. Förtroligheten dem emellan är stark nog utan ögonens bekräftelse.

Ett vältummat brev dimper ner i postlådan. Det är poststämplat i Southampton, smutsigt och skrynkligt. Men väntat. Amalia sätter sig ner och bara håller brevet i handen en stund innan hon börjar läsa. Carl skriver om besvärliga stormar, om ensamma nätter och om långa dagar. Han skriver om hur han skulle vilja vara hos henne och allt annat som hon vill läsa. Det hon inte vill läsa, är att det inte kommer att anlända några fler brev på mycket länge. Nu startar han resan mot Amerika, på en av de sista båtarna för hösten. Sedan korsar båtarna inte Atlanten igen förrän det blir vår. Så nu blir det tyst, länge. Hon orkar inte ens gråta längre över att han lämnar henne på det här viset när de är nygifta.

Snart går tankarna över till det hon gått och anat de senaste veckorna, men som hon nu är ganska säker på.

* * *

För Elna går sommaren i ett huj, magen växer stadigt och hon blir allt mer stilla med de onda höfterna och den extra bördan. Magda och svärmor hjälper Elna att samla växter och blad. Hon stannar mest inne och rensar, sorterar och ordnar för torkningen. Elna har många nya idéer, vissa rent av nästan lite utmanande. Som att blanda ihop ett te som både har en verkande effekt mot någon krämpa och samtidigt smakar och doftar gott.

Varje kväll sitter Elna och syr kläder och utrustning till barnet. I takt med att veckorna går, känner hon sig allt mer redo. Hon har allt som barnet kommer att behöva och orkar inte vänta och bära barnet längre – hon vill bara att det skall födas till världen. De har vidtalat en kvinna som ofta hjälper barn till världen. De kommer att hämta henne när det är dags. Kvinnan har instruerat dem på förhand om vad hon kommer att behöva när hon anländer inför nedkomsten. Så allt är redan iordningställt. Även om det är flera veckor kvar än. Men Elna är hellre ute i god tid, än att riskera att något fattas när det är dags. Hon är en typisk förstföderska som vill ha allt klappat och klart på förhand och som inte vågar lämna något åt slumpen.

Ett brev anländer från Stockholm. Elna läser brevet från Amalia otaliga gånger. Även om Amalia hade lagt ner stor möda på att det inte skulle låta uppblåst, sitter Elna ändå och ojar sig medan hon läser. Hon tycker också att det låter alldeles oerhört hemskt att Carl åkte iväg som han gjorde.

Med ens känner Elna sig futtig i anden som tycker det är besvärligt att Alfred spenderar så mycket tid på sågen. Tänk om han hoppade på en båt och reste till Amerika och hon inte skulle höra av honom igen förrän nästa sommar. Enbart tanken är befängd! När Elna skall skriva svar till Amalia, går hon först och planerar i flera dagar. Det finns inget att berätta som går upp emot Amalias händelser i livet. Hon skriver sedan, med den snirkligaste och finaste stil hon kan uppbåda, med hjälp av Magda:

Runsor, 28 september

Kära Amalia,

Vi tackar Er för brevet Ni sände och de varma hälsningarna. Det är med stor glädje vi tar emot nyheten om att Ni mår väl. De varmaste lyckönskningarna till Edert nya hem. Att Er make åkte iväg med båt ända till Amerika och Ni inte kommer att höra från honom på många månader låter som en tung väntan och vi sänder Er all kraft att orka genom en dylik tung vinter. Må Gud hjälpa Er uthärda i Er väntan och längtan.

Här i Runsor har vi hållit oss väl sysselsatta. Alfred har startat upp sin såg, som har gott om kunder och de kör sågen ända in på småtimmarna ibland. Det byggs många hus nu, när den gamla staden brunnit. De nya husen byggs dock inte alltid på den gamla platsen, utan de nya husen byggs närmare hamnen och vattnet. Det hörs enbart lite om uppbyggnaden av staden. Mest har det varit diskussioner om var den skall byggas och varifrån pengarna skall tas. Vi här i Runsor hade förstås önskat att det skulle bli aktuellt med staden på samma ställe för närhetens skull. Men närheten till hamnen verkar vara viktigare.

Jag har börjat göra te av örter och blad. Jag sänder Er ett gott te som passar bra att dricka om kvällarna. Hoppas det skall smaka. Det innehåller bland annat smultron, ingefära och kamomill. Använd endast lite åt gången, det ger god smak ändå.

Jag bär på ett barn som vi har räknat att kommer att födas nu i höst, troligen i oktober. Det har gått bra och jag har fått må bra, frånsett att jag har ont i höfterna och har ganska svårt att gå. Magen är nu stor och rund och jag känner mig otymplig. Jag har satt allt i ordning för den lillas ankomst. Mer och mer för varje dag väntar jag på att få hålla den lilla i mina armar. Det blir en stor, men välkommen omställning i livet att bli mor. Jag kan nog även erkänna att jag är en aning nervös, både över nedkomsten och över hur jag skall passa i min roll som mor. Jag går alla dagar och funderar och planerar vad den lilla kunde få heta, men naturligtvis skall vi bestämma det tillsammans.

Vi fick ett litet föl i våras som jag fick välja namnet till så jag valde att döpa honom till Fjalar. Det är ett bedårande litet föl som är roligt att iaktta när han växer och utvecklas. Vi behöver en ny häst nu när staden kanske kommer att flytta så långt bort och med sågen och allt. I övrigt mår alla i stugan väl. Min far Jakob arbetar med skor, men hjälper även till med många andra saker. Stina och Ragnar har flyttat ut i en nybyggd del av huset och Alfred och jag har fått ta över den gamla delen. Magda gick i skolan förra vintern men var hemma över sommaren. Ännu en vinter skall hon gå i skola. Vi kommer att sakna henne när hon är borta igen, för hon är till stor hjälp och glädje här hemma.

Sköt väl om Er och skriv gärna igen. Våra varma hälsningar och lyckönskningar även till Francesca och Lasse.

Med vänliga hälsningar

Elna

P.S. De övriga i huset sänder Er alla de varmaste hälsningar och lyckönskningar.

Elna postar brevet och hoppas att hon snart skall få svar, det är trevligt att höra nyheter från världen utanför. Tyvärr så är postgången inte så tät under vinterhalvåret. Men än är det inte ens oktober. Hon minns Amalia med värme, även om hon var en udda fågel ute på gården i Runsor. Hade Elna vetat hela sanningen, om vidden av känslorna som hennes make hyste för den andra kvinnan, hade hon nog tänkt annorlunda.

***

För varje dag blir Alfred skickligare när han arbetar sida vid sida med Sven.

"Ta i från sidan!" "Buffa hårdare och i jämn takt!", och andra dylika kommandon får Alfred från sin mäster. Arbetet går smidigare vartefter han lär sig och de arbetar snabbt i par. Inte nog med att arbetet går snabbare och stockarna rullar jämnt – även pengarna har börjat rulla in. Alfred betalar av på lånet som han tog, men det blir ändå en del pengar över efter att Sven har fått sin lön. Han besluter att se tiden an. Men om sågen fortsätter att tjäna pengar som den gör, ämnar han anställa folk att sköta den medan han själv har hand om försäljning, inköp och gården. Det gäller att ligga i och försöka ro hem många affärer nu när de nya husen byggs.

Prissättningen är det allra svåraste med den nya verksamheten. Balansen är hårfin mellan att undvika ett alltför högt pris, så att kunderna inte går till en konkurrent, och att ta rimligt betalt och ändå göra vinst. Alfred har övervägt att hugga själv och såga plank till försäljning. Men hittills kommer så många kunder med egna stockar för sågning, han har inte hunnit såga några egna plankor till försäljning. Kanske han under vintern kan såga eget, men det får tiden utvisa.

Arbetet på gården rullar på med hjälp av Ragnar och drängarna, Alfred behövs egentligen ganska sällan. Ibland tar han en eftermiddag ledig och gör något som han måste hjälpa till med. Men normalt arbete, som att slå hö och mylla potatis, det sköter drängarna riktigt väl under Ragnars uppsikt. När Alfred tänker tillbaka på vårens jäkt med uppbyggnad av sågen, vårbruket och allt som skulle ske på samma gång, är det nästan som om han glömt perioden. Han höll på att gå under. Men nu när sågen rullar och saker och ting verkar vara under kontroll, känns livet lättare. Han bestämmer sig för att han måste ta sig tid med Elna, de skall snart få en liten och hon verkar ha ont. Han åker därför hem några timmar tidigare ett par dagar i veckan. Första dagen när han kommer hem redan vid klockan sex, rycker Elna till när hon ser honom.

"Alfred, vad har hänt?!", frågar hon med uppspärrade ögon.

"Vad menar du med hänt?" Han känner sig först totalt oförstående, men när han inser att hon är så ovan med honom hemma, att hon blir rädd av att se honom, känner han sig som en slagen hund.

"Jag har beslutat att vara hemma mer, vi skall snart ha barn. Sågen har kommit igång så fint, att jag inte behöver vara där hela tiden, utan kan i stället ta en kväll ledig då och då", svarar han lugnt.

"Ja, det låter förstås trevligt Alfred, men inte behöver du ändra dina rutiner och lämna ditt arbete för min skull, kära vän", säger hon.

"Nej, jag vet att du inte kräver det, men jag vill gärna vara hemma också och vila upp mig. Jag har känt mig rejält trött ibland, det har varit mycket och tungt arbete".

Han berättar återigen om hur det var när han kände sig som sämst. Hon hade nog anat det och en del berättade han tidigare också. Men hon hade inte till fullo förstått hur illa däran han var, när det var som mest bråttom. De sitter sedan och håller varandra i händerna en lång stund, bara tysta i varandras sällskap.

"Men hur mår du, egentligen, och är du rädd?" frågar han plötsligt.

"Ja, Alfred jag är rädd, ensam och jag har ont. Men jag väntar ändå mycket på barnet. Jag är bara en kvinna bland alla andra som skall föda, så det ska väl gå bra. Samtidigt är det väldigt många kvinnor och barn som dör under förlossningen, så jag kan inte låta bli att grubbla och oroa mig lite över hur det skall gå. Men vi har vidtalat en duglig kvinna som är bra på att hjälpa till vid födslar. Så har jag också gjort olika teblandningar som hjälper till att stilla blodflödet, som är stärkande mot blodbrist, lugnande om man är nervös och uppiggande om man är trött", berättar hon.

De har en lång diskussion, det känns nästan som förr när de alltid pratade med varandra.

"Ja, jag har fått brev från Amalia, hon har gift sig", berättar Elna, intet ont anande.

Hjärtat i Alfreds bröst hoppar över ett slag när hon nämner Amalias namn och giftermål i samma mening. Alfred försöker att inte visa att han blir extremt intresserad, och att inte låta för ivrig.

"Jaha, vem har hon gift sig med och skrev hon några andra nyheter?" frågar han.

"Det var en man som heter Carl, tydligen en affärsman, för han hade åkt till Amerika och skall inte återvända förrän nästa sommar. Annars var väl allt bra. Francesca och Lasse skulle också gifta sig", berättar hon för honom.

"Det var en lång resa. Roligt för dem", svarar han kort och stiger upp för att gå på avträdet.

Alfred måste bara få gå ut för att vara ensam med sina tankar en stund. Amalia gift. Han har inte tänkt så ofta på henne under den senaste tiden. Det har varit fullt upp med annat och så har han försökt att tänka enbart på sin fru, inte på sin ouppnåeliga drömflicka. Han ser Amalias smäckra hals och smala höfter framför sig. Han har aldrig fått känna på hennes tjocka, mörka hår som ser så silkeslent ut. Återigen får han med en stor kraftansträngning trycka undan tankarna på henne. Han önskar att han aldrig hade träffat den kvinnan. Alfred önskar också att han aldrig skall se henne igen, för vid minsta anblick skulle allt komma tillbaka. Det vet han utan större analys. Han sitter en stund på dasset, trots att han inte har det minsta dassbehov. Sedan lyckas han till slut samla sig så pass att han kan gå in tillbaka.

När han kommer in ber han Elna visa honom allt hon ställt i ordning för den lilla. Med stor ömhet plockar de tillsammans genom de små plaggen, filtarna och lindorna. Han står en stund och gungar vaggan och kan se sig själv framför sig, hur han ligger i vaggan och hans mor som vaggar honom. Han har undrat då och då varför han inte har några syskon, men han har aldrig frågat. Han går ut i köket och finner lämpligt nog sin mor ensam så han passar på:

"Mor, jag har ibland tänkt på varför jag inte har några syskon när nästan alla andra familjer har många ungar. Nu när jag ska få mitt första barn kom jag att tänka på det igen", säger han till henne. Hon tiger en stund.

"Ja, det var en svår förlossning när du kom till världen, du var en stor pojke och jag var en liten kvinna. Jag vet inte exakt vad det var, men jag var trasig och blödde väldigt mycket. Kanske var det så att jag blev så trasig att jag helt enkelt inte kunde få flera barn sen. Eller så berodde det på något annat. Jag hoppades nog på fler barn i nästan tjugo år, men Gud gav mig inga fler. Nu tänker jag inte på det så ofta längre, men jag ser väldigt mycket fram emot att bli farmor", säger hans mor med ett stygn av sorg i sin röst medan hela hon ser ut som en vissnande ros.

"Detta har jag inte känt till, mor", säger han. Det låter dumt men han kommer inte på något vettigare att säga.

"Nej, varför skulle jag berätta det för dig. Jag vill inte heller lägga skulden på dig, det kan lika väl ha varit mig eller far det var fel på. Eller så ville inte Gud att vi skulle ha fler barn. Men nu hoppas jag istället på många barnbarn som jag får rå om", säger hon och låter med ens lite gladare.

"Ja mor, jag hoppas också att vi får fler barn, men jag är rädd för att något skall hända med Elna när barnet kommer. Det händer så ofta att mor eller barn, eller bägge, inte klarar sig", svarar han.

"Det vet man förstås inte på förhand, men Elna är en robustare kvinna än vad jag var när du kom till världen", svarar modern.

Han bara nickar till svar och går ut, han vill se till fölet en stund. Det blir för tungt med allt känslo- och kvinnoprat på en kväll – han blir allt trött i huvudet.

Fjalar har blivit ett duktigt litet föl och de kan redan använda stoet en aning och lämna fölet ensamt i korta stunder i hagen. De har börjat lära upp honom så att han tidigt lär sig hur det känns att bli hanterad av människorna. Fjalars lynne är lugnt och stadigt, som riktig en finsk arbetshäst. Alfred stryker honom över mulen och klappar honom på manken.

"Du är en perfekt häst för vårt hemman du Fjalar", säger han högt till fölet.

Stoet kommer fram och puffar på Alfred, hon vill också bli uppmärksammad och så vill hon gärna få något gott. Hon har fått äpplen av Ragnar när det funnits gott om dem nu under hösten, så hon förväntar sig det samma av Alfred. Han hittar dock inget att ge henne i sina fickor, så han bara klappar henne lite extra innan han går.

Kapitel 13

I mitten av oktober, en kall, mörk och stormig natt, vaknar Elna av svåra smärtor nere i korsryggen. Hon försöker ignorera känslan en stund, men när hon kan räkna sammandragningarna och känner igen alla tecken som de äldre kvinnorna berättat om för henne, då väcker hon slutligen Alfred.

"Kära Elna, är det bråttom?!" ropar han nästan och irrar omkring i rummet som en besatt.

"Nej, det tror jag inte, men kan du vara snäll och väcka din mor och hämta frun jag berättat om?", säger hon lugnt men bestämt.

Han försvinner och snart stiger mor Stina in i rummet, yrvaken men påklädd. Stina konstaterar att än är det ingen brådska och går ut i köket för att värma vatten. Efter vad som känns som en evighet kommer Alfred tillbaka med jordemodern Anna. Han blir sedan förpassad ut till lillstugan tillsammans med Jakob. Där väntar de sedan båda gubbarna, lika uppskärrade båda två. I Jakobs bakhuvud hörs ekot av förlossningen när han förlorade sin egen hustru.

Elnas timmar blir många och långa. Pinan känns emellanåt nästan outhärdlig och hon, liksom nästan alla kvinnor före och efter henne, är övertygad om att hon kommer att dö. Det finns ingen som kan överleva dylika smärtor. Men efter gott utfört förarbete föder hon fram en stor, välskapt dotter som genast ger hals. Allt är frid och fröjd. Elna ömsom snyftar och ömsom skrattar när hon får tösen i sin famn. Tösen har en mun som ser ut som en liten rosenknopp och hon gör roliga rörelser med den som inte liknar någonting Elna tidigare sett. Flickan söker direkt efter bröstet men sedan orkar hon inte ta tag, så mor och dotter bara vilar tillsammans.

Men när efterbörden skall komma ut händer inget. Anna knådar Elnas mage, drar försiktigt i navelsträngen och försöker med alla tänkbara konster – men allt som händer är att Elna blöder allt mer ymnigt. Efter en lång kamp sköljer efterbörden ut i en stor mängd blod. Blödningen avstannar inte trots att Anna packar tygklutar mot den och använder sig av örtdroppar. Hon känner till användningen av mjöldryga, men det är inget som hon vågat experimentera med, trots att hon hjälpt till vid många förlossningar tidigare.

Snart försvinner Elna från och till in i ett töcken och ibland är hon inte längre kontaktbar. Då sänder de iväg Alfred till sjukhuset för att se om någon läkare kan komma och assistera.

Han bönar och ber men får bara svaret att födslar inte är prioriterade, att de inte gör hembesök och att läkarna är väldigt upptagna med viktigare saker.

Därefter kör han i vansinnes fart hem tillbaka med outrättat ärende.

Alla är lika besvikna när han återkommer ensam. Elna orkar inte tänka mer, hon orkar inte heller kämpa mer, utan är beredd att ge upp. Hon viskar till Alfred att han skall vara god mot sin dotter.

"Elna, vad är det du svamlar, vi skall naturligtvis vara goda mot vår dotter tillsammans!", svarar han med tillkämpat lugn.

Men Elna svarar inte längre.

Efter en lång stund avstannar blödningen och Elna ligger i sängen, lika vit i ansiktet som lakanet hon ligger på. Ingen vågar gissa hur det skall sluta. Det går antingen riktigt bra eller riktigt dåligt nu. Något mittemellan finns inte.

Dagarna går, den lilla ligger och gnyr och söker bröstet, men Elna kan inte ta hand om henne. Elna hänger kvar vid livet på en skör tråd.

Den lilla är blond med vackra blåa ögon, hon är så hjälplös som bara nyfödda kan vara och alla vill hjälpa till och sköta om henne.

Dagarna tickar iväg och övergår snart till veckor. Alfred är inne hos Elna så ofta han kan, även om han också måste sköta om sågen och gården. Det sitter någon inne hos Elna hela tiden och de har flickan hos henne flera timmar per dag. Kvinnorna lägger den lilla till Elnas bröst flera gånger om dagen så att mjölken inte skall gå i sin. Den lilla är ofta hungrig och orolig. När det gått tre veckor kvicknar Elna till lite. Hon återfår äntligen både lite färg och kraft och hon kan till och med äta lite själv. Hon orkar smeka sin lilla dotter när hon placeras i hennes famn.

Elna har haft alldeles för mycket tid att tänka när hon legat till sängs. Hon har hunnit både planera för sin egen begravning och vem Alfred måste gifta om sig med, så att inte dottern måste växa upp i avsaknad av både mor och mormor. Hon har rört sig i landskapet mellan sömn och vakenhet en lång period och ibland kändes det som om hon inte hade någon ork i sig att leva kvar. Hon önskade att hon skulle få somna bort helt och flyga ut över ängarna och in i den virvlande evigheten, när det var för tungt att vakna. Men det lilla gnyende ljudet håller Elna vid liv.

När det lackar mot jul är Elna på fötterna och rör på sig lite inomhus. Efter en lång kamp med amningen har hon kommit på hur hon skall göra för att hålla den lilla nöjd. Amningen fungerar enbart tack vare att kvinnorna lagt den lilla till hennes bröst när hon inte klarade av det själv. Ibland känns det som om de mjölkstinna brösten skall explodera och hon tycker inte om när de värker, rinner och mjölken kladdar. Inte sällan tycker Elna att hon luktar illa av sur modersmjölk.

Hon gör egentligen inget annat än är tillsammans med den lilla. Antingen sitter de i gungstolen och Elna gungar med den lilla liggande på bröstet eller så ligger de till sängs och ammar, sover eller gosar och pladdrar. Få nyblivna mammor för en sådan lyxtillvaro, även om det känns långt ifrån någon lyx för Elna, som snuddat så påtagligt vid döden.

Återhämtningen är både långsam och tung och ibland tvivlar hon på att hon någonsin kommer att bli en normal människa igen. Det känns som om livsandarna har lämnat henne och som om dödskorpen har kraxat för henne och gett henne en varning om vad som stundar.

* * *

Visst hade Alfred förstått att barnafödsel inte är att leka med. Men inte i sin vildaste fantasi hade han kunnat föreställa sig det helvete på jorden som hans Elna gick igenom för att föda deras dotter till världen. Att en man kan känna sig så oerhört värdelös och hjälplös hade han inte heller kunnat föreställa sig. Det var de längsta helvetiska dygnen i hela hans liv, de han genomlevde innan de förstod att Elna inte skulle dö, eller inte dö direkt i alla fall. Han var med jämna mellanrum tvungen att gå ut och vandra i skogen i det ruggiga vädret. Han stod helt enkelt inte ut med att vara hemma medan han hörde henne jämra sig. Elna var robust, hade hans mamma sagt, varför blev det nu så här?

Men sin dotter avgudar Alfred från första stund. En liten varelse med så ljust hår att det ser ut som om hon har gloria runt huvudet, tjocka mörka ögonfransar och små sirliga händer med naglar så små och tunna att de är genomskinliga. Tänk att han har varit med och skapat denna underbara lilla varelse. Den lilla munnen gör roliga rörelser och det tar honom en stund att förstå att hon vill suga, hon söker till och med efter bröstet när hon ligger i hans famn. Han skrattar lite generat.

"Nej du lilla, mina håriga små bröst är nog inget du är intresserad av. Vi skall hoppas att mamma snart orkar ta dig", viskar han till sin dotter.

Under tiden har Alfreds mor ordnat med en pipmugg som den lilla får mjölk ur och en liten tygklut som hon kan suga på. Alfreds mor lär honom att han kan kröka sitt lillfinger och sätta in knogen i den lilla flickans mun, så suger hon av hjärtans lust. Det känns nästan som när kalvarna suger på hans finger.

∗ ∗ ∗

Det blir dop i huset innan jul. Elna och Alfred diskuterar namnvalet och de har svårt att komma överens. När en av dem kommer på ett namn som passar hittar den andra alltid något fel. En tant med en stor vårta på näsan som hette så, en gammal faster eller grannens barn. Men till slut enas de om att den lilla fröken Karlsson skall kallas Lisbet. Det finns fortfarande ingen kyrka att ta till, så prästen kommer återigen hem till familjen, den här gången för att ge Lisbet ett kristet dop. Det blir en kort ceremoni och prästen välsignar också resten av familjen. Elna, som varit så illa däran, läser han en lång bön över. Dottern har växt till sig och är redan lite tung så Alfred håller henne under dopet. Elna orkar inte både stå upp och hålla henne så länge som det behövs. Lisbet vrider sig av och an och slutligen blir hon olycklig över det hela. Ett litet gnyende, likt en hungrig kattunge, övergår snart i en hackande gråt som slutligen övergår i ett vrålskrik. Farmor Stina blir svettig av att se på och Alfred blir ännu svettigare av att försöka hålla flickan som vrider sig i hans famn. När farmor har lyssnat till det stegrande ljudet en stund, stiger hon resolut upp och tar barnet ifrån Alfred och placerar henne uppe på sin axel. Där lugnar sig flickan genast. I det ögonblicket bestämmer sig Alfred för att han måste spendera mera tid med Lisbet, så att han lär sig förstå vad hon vill när hon meddelar det på sitt obegripliga språk, det som kvinnorna tycks förstå märkligt väl.

Som julgåva till Elna beställer han en vacker folkdräkt i Korsholms färger. Den är dyr som inget annat, men av högsta mode och han känner sig ganska rik nu som sågägare. Samma sömmerska som sydde Elnas bröllopsklänning syr nu upp folkdräkten eftersom hon redan har Elnas mått. Sömmerskan lägger till lite på storleken eftersom Elna nu fått barn och kanske kräver lite större plagg. Folkdräkten är otroligt fin och välgjord och Elna kan inte få nog av att se på den, känna på den, och hon provar den flera gånger under helgen. Stolt svänger hon av och an över golvet och ser när kjolfållen rör sig två handflator över det såpade trägolvet.

* * *

Månaderna släpar sig långsamt fram för Amalia. Det närmar sig snart julen 1854 i Stockholm och alla julförberedelser är igång. Hon själv har inte så mycket att göra, det behövs inte så många julklappar och hushållet sköter husan om och hon själv är överlag rätt onödig, tycker Amalia. Hon får långtråkigt ibland, trots att hon fortfarande njuter av att sitta i lugn och ro och läsa framför brasan. Men det är bekräftat nu, det som hon gått och anat, att hon väntar barn. Eller de väntar barn, men Carl vet inte om det och väntar då inte på barnet. Hon tänker på hur konstigt det är, hon kommer troligen att redan ha fött barnet innan han ens får veta att de väntar barn. Det är inte riktigt normalt, tycker hon. Par brukar liksom vänta på barnet tillsammans, åtminstone största delen av tiden.

Lite avundsjukt tänker hon på Elna som får ha Alfred hos sig. Men hon vet inte om att Elna saknat Alfred vid sin sida nästan lika mycket som Amalia saknar Carl. Amalia har köpt några tidningar från England när de funnits till salu i Sverige, flera veckor efter att de har utgivits. Hon har, på sin knaggliga engelska, läst lite om vad som händer ute i världen, mest bara för få en liten aning om vad Carl kanske hade sett när har var där. Hon läser den stora nyheten om att man skall kunna sända något som kallas telegrafmeddelanden mellan länder så långt ifrån varandra som mellan Amerika och England. Tänk om hon kunde få höra ett litet livstecken sändas lika snabbt som det tar att skriva meddelandet – det vore fantastiskt. Hon läser också om Krimkriget som nu rasar för fullt och hon är lättad över att de inte hamnade mitt i det på sin resa förra sommaren.

Vid det här laget gissar Amalia att Carl är tryggt framme i Amerika. Hon har aldrig varit där, men hon har läst om det stora landet i väst. Det är många som kan berätta om hur storslaget allting är där. Landet är enormt och möjligheterna många, så det är uppenbart varför Carl och hans far vill vara med och göra affärer där i ett så tidigt skede som möjligt. Där det finns många möjligheter finns det också mycket pengar att hämta.

Att vänta barn passar Amalia bra. Hon mår lite illa och är en aning trött på morgnarna, men i övrigt mår hon utmärkt och ser ut som hälsan själv. Hon har gått till doktorn med ett par veckors mellanrum för att han skall kontrollera att allt står väl till. Hon har fått många goda råd som hon följer till punkt och pricka. Hon skall dricka tjock mjölk, äta blodpudding en gång i veckan och gå på en rask promenad alla dagar. Men hon får inte lyfta tunga saker. Alla dessa råd är lätta för Amalia att följa och hon äter det som hon är tillsagd att äta, eftersom hon har råd att köpa allt som finns till salu. Det enda som är tungt är att hon inte har någon vettig person att prata med. Hon har några vänner som fått barn, men hon tycker de är alltför ytliga och det blir mest bara prat om hur hon orkar med att ha Carl borta och att vara så ensam. Amalia har inga goda svar på det och i ärlighetens namn, tycker hon inte heller att de så kallade vännerna har något med den saken att göra. Därför håller hon sig mest för sig själv. Francesca är numera alltid med Lasse och sin mor har Amalia aldrig kunnat prata förtroligt med, så hon lever nästan i ett litet vakuum.

Julens festligheter anländer och Amalia firar julen med en nätt liten putande mage. Hon är i övrigt ännu slank, det enda som växt på henne hittills är rundningen av magen. Hon sitter allt oftare med handen på magen. Hon kan ibland känna fjäderlätta små rörelser som doktorn har berättat är de första lätta sparkarna hon känner. De kommer att bli starkare med tiden, har han låtit henne förstå. Det känns som en konstig tanke. Tänk att man kan ha en annan människa boende inom sig. Hon får ett par böcker i julklapp, nya skinnhandskar och en skinnmössa av senaste mode och hon ger sin mor och Francesca modetyger som hon sänt efter redan i höstas från England. De sjunger psalmer, hennes far läser julevangeliet och ute faller ett lätt snöfall på stilla gator. Det råder en stillsam ro i föräldrarnas hem och om det inte vore för avsaknaden av Carl hade Amalia njutit fullt ut av tillvaron. Hon sover över hos föräldrarna den natten och nästa morgon går de i den tidiga julkyrkan tillsammans.

När de kommer hem från julkyrkan och planerar att inta en riklig frukost sitter Carls far och väntar på dem i salen. Han ser sammanbiten ut och han är pionröd i ansiktet. På det hela taget ser han sjuk ut, som om han svalt någonting som håller på att explodera inombords. Hennes far ser att det är allvar och går fram till honom, sträcker fram handen och säger:

"Herr Palmlöf, vad har ni på hjärtat idag. Jag ser av ert ansiktsuttryck att ni inte är här enbart för att önska god jul", medan han skakar hans hand.

"Nej, det stämmer väl", svarar Carls far och man ser på långt håll att han sväljer ansträngt. Han ser inte på Amalia, trots att hon ser på honom oavbrutet.

"Kan jag bjuda er något att dricka, kanske ni vill inta frukost med oss?", frågar Georg.

"Nej, nej tack, jag står gärna, men ni kan sätta er ner. Speciellt Amalia i sitt tillstånd", säger han och undviker fortfarande att möta Amalias blick.

Hon anar nu oråd och hon hinner tänka att pengarna är slut och att hon måste lämna sitt hem. Hon sätter sig ner, mest för att hon inte vet vad hon annars skall göra och för att hon är så van vid att lyda männen runt omkring sig.

"Vad är det svärfar försöker säga", säger hon till sist med otålig röst, hon orkar inte vänta längre. Han står bara där som en idiot och vrider sina händer. Så farligt kan det väl då inte vara. Hon har sin far som kan ta hand om henne om pengarna är slut i Carls familj.

"Jo, nej, det är så att vi har fått väldigt dåliga nyheter", säger Carls far till slut, men så tystnar han igen. Nu är alla i rummet otåliga. Luften är vid det här laget så tjock av bävan att man hade kunnat skära i den med kniv.

"Vad har ni fått för nyheter", frågar Georg, som gärna vill få saken utsagd så att spänningen släpper.

"Jo, det är så att vi har fått nyheten att Carls fartyg inte nått hamnen i New York. Vi vet inget mera än att det borde ha anlänt för några veckor sedan och att andra fartyg nog kommit över från England, men inte Carls. Det har varit svåra oväder på Atlanten och det kan i värsta fall vara så att båten gått under", berättar Carls far slutligen, med en tjock röst som bryts vid ett par tillfällen.

"Jag vet inget mer och just nu är statusen att fartyget med passagerare och besättning är saknat, men ännu inte förklarat försvunnet. Vår Carl är kanske borta".

Sedan klarar han inte mer utan vänder ryggen åt de andra och de ser hur han lägger händerna för ansiktet och att hans axlar skakar av gråt.

Efter beskedet orkar Amalia inte ta del av det som händer runt omkring henne. Hon bor hos sina föräldrar, hon stiger inte upp ur sängen hur än de försöker förmå henne och hon vägrar att prata med dem. Doktorn kommer och går, hon matas några gånger om dagen, men hon har svårt att svälja. Hon vill bara dö. Det kommer inga nyheter om Carl eller om fartyget han var ombord på. Allt är bara tyst. Det finns ingen att begrava, det finns inget att trösta sig med – annat än barnet som allt ivrigare pockar på uppmärksamhet. Sparkarna blir allt hårdare och ibland tror sig Amalia se hur hela magen flyttar sig när barnet rumsterar om i sitt trånga utrymme. Men någon glädje över barnet känner hon inte. Inte känner hon någon glädje över något annat heller för den delen. Hon hoppas allt oftare att hon skall få höra till de kvinnor som dör vid förlossningen. Att Carl skulle ha klarat sig tror hon inte längre på, även om nyheterna från Amerika kommer sällan. Veckorna blir till månader och Amalia som borde vara lycklig över barnet, borde blomstra och bli rundare till formerna, bara magrar och blir allt blekare. Det enda som växer är magen. Hennes hår faller av i stora tovor och till och med hennes tänder ser sämre ut. Hon sköter inte sig själv och inte heller sitt väntade barn.

En dag kommer Lasse och hälsar på henne. Det är första gången han söker upp henne där hon ligger och hon tittar nästan förvånat på honom, normalt är hennes ögon trötta och uttryckslösa.

"Jag tänkte komma till dig idag för jag har hört hur illa du mår", säger han med mjuk röst. "Jag vill berätta för dig om en episod i mitt liv, så får du göra som du vill med ditt liv", säger han. Han inleder med något som får Amalia att lyssna.

"Jag har alltid sagt att jag varit ensam hela mitt liv, men det är en lögn. Jag har mist en kvinna jag höll kär och barnet vi väntade. Hon dog vid barnets födelse och barnet togs omhand. Detta vet ingen om för vi bodde i Holland och ingen jag kände hade träffat Hester när vi fick barn, och gifta oss hann vi aldrig. Sen när jag långt senare kom hem till Wasa igen, ville jag inte tala om saken och jag ville inte ha folks sympatier och ojande. Sen blev det bara så, att ingen har fått veta". Lasse suckar och är tyst en sekund innan han fortsätter.

"Det har varit tungt att leva med, men det går, bara man bestämmer sig. Det jag vill säga, det jag försöker säga, är att du ska tänka på att du har barnet att leva för och som behöver dig, även om det visar sig att Carl inte kommer tillbaka. Därför skall du leva. Och så måste du tro på en gammal man när han säger att det går att leva och man får ett liv också efter det som hänt", berättar han.

Amalia svarar inte men hon lyssnar noggrant. Han klappar sedan tafatt hennes hand och går ut ur rummet. Hon vill egentligen ropa honom tillbaka och be honom berätta mer. Men hon orkar inte. Hans historia fortsätter att snurra i hennes huvud och hon ser hans poäng, speciellt det att hon har barnet. Efter ett par dagar bestämmer hon sig för att stiga upp och ta ett bad. Från den stunden arbetar hon på att få ihop sin vardag och börja fungera igen. Amalia har trots allt aldrig delat sin vardag med Carl någon längre period än några veckor. Han har mest varit borta under den korta tid de känt varandra. Därför är det inte särskilt underligt, det faktum att han inte finns på plats i vardagen. Efter ett par veckor bestämmer hon sig för att gå ut. Hon vill söka upp Lasse och be honom berätta mera. Hon tänker inte föra hans förtroende vidare, men hon vill hjärtans gärna höra hela hans historia. Stackars Lasse, tänker hon.

* * *

Närmare vårvintern är det Amalias tur. En strålande solig dag, med bara några minusgrader ute och snödrivor som är grådaskiga efter en lång vinter vaknar Amalia, sent omsider, av att förlossningen sätter igång. Det börjar som en molande, tryckande känsla. Hon tar det bara lugnt till att börja med, tillkallar inte ens någon hjälp, för hon har förstått att det kommer att ta tid. Hon pratar högt för sig själv, men tillika med Carl, och berättar vad som är på väg att ske, att nu kommer deras barn. Barnet som han inte vet om att han skall få.

Hon klär sig bekvämt och vankar av och an över golvet. Så går plötsligt vattnet och hon ropar på husan som har fått sina instruktioner på förhand. Själva förlossningen går precis som den skall, utan komplikationer och den tar inte många timmar. Smärtan är obeskrivlig, men inget som kommer att lämna några spår hos Amalia. När hon fött barnet till världen ligger hon länge med deras son på bröstet. En mörkhårig liten gosse med brunsvarta ögon och små, mörka fjun över nästan hela kroppen. Doktorn berättar att de små fjunen över kroppen faller bort så småningom, så dem behöver hon inte oroa sig över. Oroa, frågar Amalia sig själv, när hon hör doktorns kommentar, inte är hon oroad. Hon har fått det vackraste barn som finns i sina armar. Så hon oroar sig bara över en sak och det är att den lilla gossen sannolikt aldrig kommer att få träffa sin fader.

Amalia är tillbaka på fötterna bara ett par dagar efter födseln och hon väljer att sköta barnet själv. Hon ammar, byter på barnet och tvättar honom dagarna i ända. Dels för att skapa någon mening med sitt tidigare så enahanda liv, men även för att hon älskar sitt och Carls barn så innerligt från första sekunden. Hon hade aldrig i sin vildaste fantasi kunnat föreställa sig hur man känner för sitt barn, förrän han kom in i hennes liv. Hon älskar honom mer än hon älskar någon annan, inklusive Carl.

De väntar in i våren och maj månad innan han döps. Amalia går varje dag och hoppas på ett livstecken från Carl eller att han plötsligt skall stå i förstugan och ropa "Hej!". Hon ser framför sig hur hon räcker honom sonen och hur tårarna rinner över hans kinder över att han blivit far medan han varit borta. Varje gång hon abrupt vaknar upp ur sina dagdrömmar där han kommer tillbaka till henne, känns det som om hennes hjärta rivs ur bröstet. Saknaden känns i kroppen som en molande värk och i hjärta och själ som en kluvenhet när hon blivit av med sin andra hälft. Men dagarna går, trots allt, och inget livstecken kommer. Så de ställer till med dop trots att Carl saknas. Amalia väljer namnet Edvin

Carl Oscar för sonen. Han skall kallas Edvin.

I juli kommer så beskedet de har befarat. Carls fartyg är förklarat försvunnet. Ingen har sett något eller noterat några spår efter det, fartyget är bara borta. Carls far påbörjar processen med att få Carl förklarad avliden till sjöss. Sorgen kommer i en andra våg inom familjen, då det hopp om goda nyheter som de alla hittills haft, nu krossas. De hade hållit fast vid längtan efter ett besked om att Carl, på något mirakulöst vis, fortfarande är vid liv. Men nu är hoppet ute. De måste ställa in sig på att han är borta och att de inte får någon grav att gå till där hans kropp vilar. Carls far besluter att de direkt efter Carls dödförklaring skall sätta upp ett kors till hans minne vid familjegraven. På så sätt får familjen åtminstone en plats de kan gå till för att sörja och lägga ner blomster på.

Amalia promenerar med lilla Edvin liggande i en vagn. Långa stunder stannar hon upp vid något vackert ställe invid stranden i Stockholm och stirrar på vattnet som har tagit hennes man ifrån henne. Havet tog hennes man innan hon ens hann lära känna honom och nu skall hon leva ensam med deras barn.

* * *

Elna har försummat sitt te under vintern och hösten, men mor Stina har istället rört ihop de enklare blandningarna, lagt på strut och sålt en del på torget. Inte för att de egentligen behöver inkomsterna utan mest för att Elnas kunder inte skall glömma bort hennes te eller för att någon annan skall se sin chans att ta över hennes idé och stjäla hennes kunder. Elna dricker själv stora mängder med stärkande te under vintern. Men sin styrka får hon inte tillbaka hur hon än vilar.

Vintern övergår i vår och Lisbet växer så det knakar. Hon för ljud, blir allt mer rörlig och ger sin mor allt mer arbete. Men det är med glädje och stolthet som Elna tar hand om sitt förstfödda barn. På kvällarna syr och stickar hon kläder åt Lisbet, som växer ur sina kläder under endast några veckor. Elna hoppas innerligt att tösen inte skall fortsätta att växa i den takten under hela uppväxten, för då blir det svårt att hålla henne ekiperad. De har också börjat gå ut på gården. Elna har Lisbet i en bärsele som hon och pappa Jakob har tillverkat av läder och tyg. Mor och dotter tillbringar mycket tid tillsammans med hästarna. Lisbet och Fjalar är lika glada över att se varandra båda två. I början var Lisbet rädd för hästarna, men det gick fort om.

I början av juni när svalorna anlänt och lärkan slår drill inser Elna till sin förskräckelse, att sommaren inte är det enda som spirar. Hon bär på ett nytt barn. Hon kan inte förstå, det gick lång tid innan hon och Alfred låg samman igen efter det hon varit med om. De har gjort det så sällan jämfört med tidigare, och ändå kommer det ett barn. Hon vågar inte berätta det för någon än. Det som borde vara en glad nyhet är just nu något av det värsta som kunde hända henne. Elna har inte återfått sina krafter efter den stora blodförlusten och hon begriper inte var hon skall ta orken att bära ett nytt barn. Än mindre förstår hon hur hon skall klara av att föda fram barnet. De enda hon berättar sin hemlighet för är Lisbet, Fjalar och stoet. De för inte hennes hemlighet vidare.

Alfred är dock inte så lätt att föra bakom ljuset under några längre perioder. Han frågar en dag vad det är som tynger henne, vad hon går och grubblar på när hon hela tiden ser ut som om hon är långt borta i tankarna, fastän Lisbet pockar på uppmärksamhet. Så hon berättar. Och Alfred gråter tillsammans med henne, han hulkar som han aldrig gjort förut, snoret rinner och benen viker sig under honom.

"Förlåt min älskade, jag borde ha låtit bli dig. Det är mitt fel att du åter bär på barn", anklagar han sig själv med tårarna rinnande. Elna skakar på huvudet.

"Nej, men vad säger du, vi är ju två, vi medverkade och ville det lika mycket båda två, inte är det du. Och inte kunde du veta, älskade", svarar hon i ett tappert försök att få honom att känna sig bättre.

* * *

Alfreds arbete med gården och sågen sker halvhjärtat, men lyckligtvis har han dugligt folk runt om sig, som gör sitt och hjälper till. Lisbet kryper omkring, jollrar och tar alla med storm, hon är ett charmtroll av sällan skådat slag. Hennes far är helt såld och han är redo att göra vad som helst för henne.

Efter att Elna kom på fötter igen började Alfred i sakta mak tro på livet och framtiden. Han tackar ofta Gud för att Elna fick leva och för att hon verkar återhämta sig. Tacksamheten håller i sig till den dag, då Elna berättar att hon är havande igen. Då övergår hans budskap till himlen i bannor.

Alfred ligger vaken om nätterna och stirrar i taket. I huvudet snurrar tankar av förebråelse, skuld, skam och en oerhörd skräck. Alfreds redan skuldtyngda axlar blir ännu tyngre och han känner att han snart inte kan andas. Livet går inte som han planerat. Han förebrår sig för all den tid han spenderat borta från hemmet, tid som han kunde ha varit tillsammans med Elna och hjälpt henne med allt. Alfred vill inte att Elna skall föda barn igen. Han skulle hellre avstå från att få fler barn än att hon skall föda ytterligare ett till honom. Men det finns ingen utväg ur denna knipa, inget fusk eller några pengar som kan köpa honom ut ur denna mardröm. Elna verkar lugn, men han vet att hon är lika rädd som han, men hon orkar inte vara vaken om nätterna tillsammans med honom.

Under några skräckfyllda månader läser de i dagstidningarna om hur den engelsk-franska flottan bombar Bomarsund på Åland och Sveaborg i Helsingfors. Flottan skjuter tusentals bomber mot Sveaborg, men något landstigningsförsök görs inte. Sedan seglar flottan upp mot Kvarken och de läser rapporter om beskjutningar av olika platser längs kusten: Närpes, Gamla-Karleby och slutligen även Brändö i Wasa. Befolkningen är skräckslagen. En och annan karl beger sig iväg för att försvara Helsingfors och Åland mot inkräktarna. Alfred hyser inga dylika tankar med händerna fulla hemmavid.

* * *

Elna för en långsam tillvaro över sommaren, magen växer snabbare denna gång. Höfterna är inte lika sjuka, men hon är så trött. Magda, som kommit hem igen, sköter Lisbet mest hela tiden. Magda är ännu ung, men hon inser allvaret i Elnas situation och hon växer in i sin roll direkt hon kommer hem.

Lisbet och Magda leker ofta med hunden Bosse, som är så glad över att ha Magda hemma igen. Elna hinner tala en hel del med Magda under sommaren. Elna berättar för lillasystern hur hon vill att barnen skall uppfostras och vad hon anser är rätt och fel gentemot barn. Hon säger aldrig rakt ut att hon berättar allt detta för att hon själv tror att hon skall dö, men det är nästan underförstått. Magda, som trots sin unga ålder är en mogen flicka, lyssnar tålmodigt till Elna. Elna vet inte om det, men Magda skriver ner hennes ord och önskningar om kvällarna. Hon skall sedan ge sina anteckningar till Alfred om det, Gud förbjude, visar sig att Elna faktiskt inte klarar av förlossningen.

Elna ber en av drängarna köra henne till moderns och systerns grav. Med sig har hon en blodröd pelargon som hon planterar framför korset. Medan drängen utför en del ärenden, sitter Elna framför graven och för en tyst dialog med sin mor. Hon berättar att hon själv tror att hon kommer att dö och hur hon redan nu känner den djupaste sorg en människa kan känna, när hon vet att hon inte kommer att finnas till för sina barn. Precis som hennes egen mor dog från henne själv och systrarna. Hon berättar hur hon anklagar sig själv för sin svaghet och hur hon skäms över den.

Elna försöker smeka Alfred då och då i hopp om att få honom på humör att älska med henne. Hon känner sig så ensam och trots tröttheten är hennes sköte ofta fyllt av längtan efter samvaro med Alfred. Men han lyckas inte prestera och mandomen förblir slak, så Elna får leva med en gnagande, pirrande längtan och hennes otillfredsställelse är lika irriterande som ett skoskav. Trots hennes förklaringar om att älskog varken skadar henne eller barnet, får hon leva med sin brinnande känsla utan att Alfred hjälper henne att släcka elden. Det uppstår många pinsamma stunder i deras äkta säng som ingen av dem exakt vet hur de skall hantera.

238

*** *

Till hösten, nästan exakt ett år efter Lisbets födelse, är det dags igen. Förlossningen sätter igång och proceduren med hämtningen av jordemor Anna och utkörningen av Alfred ur stugan upprepar sig. Denna gång tar han lilla Lisbet med sig ut till morfars stuga. Lisbet vaknar inte ens av promenaden över gården i den mörka oktoberaftonen. Förlossningen blir inte lika utdragen som senast och allt ser ljusare ut denna gång. Efter bara ett par timmar föder Elna fram en duktig pojke som genast drar andan och skriker rakt ut. Hon får upp honom på bröstet och håller honom ömt. Efter en liten stund är det dags för efterbörden och Anna är nervös, eftersom hon mycket väl minns hur det artade sig för ett år sedan. Att det var då som problemen började. Det visar sig att proceduren upprepar sig. Anna arbetar på lika hårt som senast. Men denna gång är det förgäves. Efterbörden sitter fast och blodet börjar snart pumpa ut ur Elna i takt med hjärtat som slår.

Elna vill inte släppa taget om sin son eller om sitt liv och hon kämpar hårt mot ljuset som kommer för att omsluta henne. Hon ropar, i sitt inre, till ljuset att ge sig iväg och låta henne stanna kvar bland sina älskade, att de behöver henne. Men ljuset ger henne inget svar eller någon barmhärtighet. Den som ljuset bestämt sig för att hämta, den tar det också m
ed sig till nästa dimension. Denna gång faller lotten på Elna. Inne i ljuset ser Elna sin mor och sin syster som sträcker ut sina händer mot henne. Slutligen, efter en lång kamp ger hon upp och fattar tag i dem, på samma gång som hon släpper taget om det jordiska livet och sin son.

Alfred och barnen står ensamma. Deras älskade fru och mamma är borta och sorgen går inte att beskriva i ord. Men livet rullar obarmhärtigt vidare.

Wasa - En kort historik

Före den svenska stormaktstiden, som inleddes år 1611 med att Gustav II Adolf besteg tronen, grundade den dåvarande svenska konungen Karl IX en stad på en ö som kallades Mustasaari, eller Mussor på svenska. Året var 1606. Staden erhöll sina första privilegier år 1611 och gavs namnet Wasa för att ära Sveriges då regerande konungaätt, Vasaätten. Kung Karl IX var nämligen den yngste sonen till Gustav Vasa.

Staden Wasa brann ner till grunden den 3.8.1852 och lämnade över tre tusen människor hemlösa. Efter enbart några timmar låg staden i ruiner. Förlusterna blev stora och de personliga kriserna svåra att greppa. Skolan, med sin stora boksamling, gick förlorad och av Mariakyrkan fanns enbart skalet kvar. Endast hovrätten och Wasastjernahuset klarade sig undan branden. Det sades att den fina kyrkklockan, som greve Oxenstierna hade donerat till kyrkan, hade smält i branden. Det florerade även rykten om att sidor från böcker skulle ha förts med vinden så långt som till Vörå.

Anledningen till branden är ett ämne som flitigt har diskuterats och debatterats. Många menade vid den tiden att det var en piga i färd med att röka ut flugor ur ladugården, som i sin oförsiktighet anlade elden. Det enda som man med säkerhet visste, var att elden hade fått sin start vid Aurénska gården. Rådmansfamiljen i Aurénska gården blev illa ansatta, i synnerhet de som arbetade på gården. Det skulle gå många år innan branden fick en acceptabel förklaring. Förklaringen blev att en Vöråbo hade somnat, trött och drucken, i ett skjul på den Aurénska gården tidigt på morgonen den tredje augusti 1852. När han vaknade hade han tänt sin pipa, som han sedan tappade i mossan som då fattade eld. Han blev så förskräckt av det som hände att han satte sig på hästryggen och lämnade staden i hast. Ett år senare erkände mannen, vars namn är okänt, detta på sin dödsbädd. Läkaren, som mottog bekännelsen, hade i sin tur tystnadsplikt och berättade inte om saken förrän långt senare.

En nioårig pojke, August Lassel, hade från stadsläkare Churbergs hustak sett branden starta. Han såg en svampliknande rökpelare ovanför Auréns hus vid Västra Långgatan. Gossen klättrade ner från taket och sprang till platsen varifrån röken kom, och kunde konstatera att det brann på gården. Det brann snart både i boss och näver och gnistorna satte sig på husväggarna runt omkring. Efter en stund började brandklockan slå och det blev liv och rörelse. Trots att många människor genast började arbeta med att få bukt med elden, spred den sig snabbt. Eftersom vinden var byig, spred sig gnistorna över staden och det tog lätt eld i de torra pärttaken. Människorna försökte slita med sig något av värde när de övergav sina hem och begav sig ut ur staden för att söka skydd undan elden.

Förlusterna var enorma och de förde med sig stor nöd. Tusentals familjer hamnade i kris. Wasa var, innan branden, en livlig svenskspråkig handelsstad med många rika köpmannahus. Sjöfarten i Norden hade fått ett uppsving under den senare delen av 1700-talet och första delen av 1800-talet. Därför var handeln stor även i Wasa. Bland andra var kommerserådet Abraham Falander, adlad Wasastjerna, en framträdande köpman i staden Wasa. Det Wasastjernska huset blev ett av de få hus som stod kvar efter branden eftersom det var byggt i sten. I staden verkade ett lyceum som var vida känt för sin utmärkta utbildning. Där fick många män sin utbildning, män som senare blev kända profiler i landet. Bland dessa namn finns Finlands nationalskald Johan Ludvig Runeberg.

Tidningarna rapporterade om branden och det började, lyckligtvis, hastigt anlända försändelser till de nödställda. Mat, kläder, husgeråd och byggmaterial anlände från vida områden till Wasa. Eftersom Finland hörde till Ryssland, sände Kejsare Nikolai 5000 rubel till staden. Totalt fick staden rätt mycket pengar – men det var ändå blott en droppe i havet när staden skulle byggas upp igen och de nödställda tas omhand. Framtiden var länge oviss för staden och dess invånare.

I februari år 1854 befaller kejsare Nikolai I att Wasa skall flyttas till Klemetsö – precis som det länge har spekulerats. Inte nog med att staden skulle flyttas – den skulle även döpas om. Eftersom kejsaren hade visat stort intresse och försökt få fram en lösning för den nedbrunna staden, ville man visa sin tacksamhet och vördnad gentemot honom och kom därför att ge den nya staden namnet Nikolaistad. Det skulle senare visa sig att det nya namnet mest användes vid officiella sammanhang, medan staden fortsatte att heta Wasa i folkmun. Inte förrän år 1917 ändrades namnet och ersattes även officiellt med Wasa.

Setterberg, som redan tidigare blev vald till stadsarkitekt, planerade den nya staden. Byamännen i Klemetsö var inte lätta att diskutera med och det blev utdragna förhandlingar med dem innan de kom överens och fick till en förlikning.

Staden planerades med dubbla esplanader, dubbla rader av träd, trottoarer och körfält och de skulle löpa i nord-sydlig riktning. Nu planerades även bygge av brandgator genom kvarteren. Den nya staden konstruerades – av förståeliga skäl – så att brandfaran blev så minimal som möjligt. Namnet på esplanaderna blev Hovrätts-, Vasa-, Korsholms-, Kyrko- och Handelsesplanaden. Den nya staden blev en vacker trädgårdsstad med ett stort torg i hjärtat. Setterberg ritade in ett par hundra privata bostadshus och ett tiotal offentliga byggnader. De offentliga byggnaderna skulle byggas i tegel med torn, mycket influerade av engelsk stil. Det kom dock att ta flera år innan den nya staden var planerad, byggd och befolkad. Under tiden bodde många invånare kvar i den gamla staden, i usla ruckel hastigt uppbyggda av dåligt virke. Ytterst få av de uppbyggda stugorna var dugliga att flytta till den nya staden, när den dagen kom.

Författarens ord

Trots att jag är uppväxt i Gamla Vasa och tillhör en släkt som bott där i några generationer, krävdes det en guidad rundvandring i Gamla Vasa, alltså platsen där Wasa låg, innan denna historia växte fram inom mig.

Vasa ligger idag i Klemetsö och platsen där Wasa låg år 1852 hör numera till stadsdelen Gamla Vasa. Ruinerna av Mariakyrkan och skolan står kvar, liksom Wasastjerna-huset och den dåvarande hovrätten som numera är Korsholms kyrka. Det är vackra platser att besöka, men känslan av historiens vingslag är dessvärre inte särskilt stark.

Jag nämner badet Liselund i boken. Det är min släkts hemgård. Gården var från början en del av Kungsgården och hade anor från 1500-talet. Där har Vasa stad idag byggt ett industriområde efter att släkten gradvis fråntogs all mark. Jag nämner även hamnen vid Hästön. Den består idag av bostadsområdet Gamla Hamnen, där jag är född och uppväxt. Ännu när jag var barn, fanns den gamla hotellkrogen från 1800-talet kvar. Denna borde naturligtvis ha bevarats för eftervärlden, men den revs på 1980-talet.

Hela denna historia är påhittad och alla karaktärer är fiktiva, liksom sågen och gårdarna. Några undantag finns förstås, eftersom jag bland andra nämner arkitekter och affärsmän som verkade under den här tiden. Alla eventuella fel i historien eller i sättet på vilket de levde på 1850-talet, är mina egna. Branden är i högsta grad verklig, men scenariot jag målar upp är mitt eget påhitt, förutom små delar som jag läst om.

Tack till vår utmärkta guide Anki för en inspirerande rundvandring i Gamla Vasa i augusti 2015. Tack till familjen som orkat med mina skrivkvällar och -helger. Tack till mamma och min lektör Anne Manner som sade att det jag skrev, var så pass bra att någon annan också ville läsa min text. Tack vare dessa ord orkade jag fortsätta. Det är ingen liten sak att skriva sin första roman vid sidan av livet och arbetet.

Jag har läst många böcker som grund för min text. För den som vill fördjupa sig kan jag rekommendera:

Vasa stads historia 3, 1809–1852 av Anneli Mäkelä.

Wasa stads historia av H. Em. Aspelin

Vanha Vaasa Palossa säilynyttä kaupunkia / Gamla Vasa: resterna efter branden av Lena Spoof

Jag skriver redan på nästa del: "Förändrad och bränd" och jag planerar att det skall bli tre böcker i Runsorserien. Jag hoppas att vi träffas igen.